走·近·巴·金

纪念巴金诞辰 120 周年

讲真话的书

1977—1979

巴金 著

四川人民出版社

图书在版编目（CIP）数据

讲真话的书：全四册/巴金著.-- 成都：四川人民出版社，2024.9
（走近巴金）
ISBN 978-7-220-13258-2

Ⅰ.①讲… Ⅱ.①巴… Ⅲ.①中国文学—当代文学—作品综合集 Ⅳ.①I217.2

中国国家版本馆CIP数据核字（2023）第084022号

JIANG ZHENHUA DE SHU
讲真话的书（全四册）
巴　金　著

出 品 人	黄立新
项目统筹	谢　雪　邓泽玲
责任编辑	邓泽玲　冯　珺
封面设计	今亮后声·张今亮　于　杰
版式设计	张迪茗
责任校对	林　泉　申婷婷　吴　玥
责任印制	祝　健
出版发行	四川人民出版社（成都三色路238号）
网　　址	http://www.scpph.com
E-mail	scrmcbs@sina.com
新浪微博	@四川人民出版社
微信公众号	四川人民出版社
发行部业务电话	（028）86361653　86361656
防盗版举报电话	（028）86361653
制　　版	四川胜翔数码印务设计有限公司
印　　刷	成都东江印务有限公司
成品尺寸	170mm×240mm
印　　张	73
字　　数	1007千
版　　次	2024年9月第1版
印　　次	2024年9月第1次印刷
书　　号	ISBN 978-7-220-13258-2
定　　价	268.00元（全四册）

■ 版权所有·侵权必究
本书若出现印装质量问题，请与我社发行部联系调换
电话：（028）86361656

1987年秋,巴金在成都金牛宾馆

目　录

| 一九七七年 |

一封信　/003

第二次的解放　/010

望着总理的遗像　/016

《家》重印后记　/025

杨林同志　/027

"最后的时刻"　/051

| 一九七八年 |

《憩园》法译本序　/059

个人的想法　/061

中国文联全委会扩大会议闭幕词　/063

我的希望　/066

永远向他学习

　　——悼念郭沫若同志　/068

衷心感谢他 /071

《巴金选集》后记 /075

关于《春天里的秋天》
　　　——创作回忆录之一 /080

怀念金仲华同志 /085

关于《父与子》 /089

《往事与随想》译后记（一） /092

关于《长生塔》
　　　——创作回忆录之二 /097

要有个艺术民主的局面 /103

等着，盼着
　　　——怀念陈同生同志 /106

《燃火集》序 /110

《家》法译本序 /112

一颗红心
　　　——悼念曹葆华同志 /114

《随想录》总序 /120

谈《望乡》
　　　——随想录一 /121

《燃火集》后记 /123

一九七九年

作家要有勇气，文艺要有法制 /131

再谈《望乡》
　　　——随想录二 /133

多印几本西方文学名著
　　　——随想录三 /135

"结　婚"
　　　——随想录四 /138

怀念萧珊
　　　——随想录五 /140

"毒草病"
　　　——随想录六 /152

"遵命文学"
　　　——随想录七 /154

"长官意志"
　　　——随想录八 /157

文学的作用
　　　——随想录九 /161

把心交给读者
　　　——随想录十 /164

讲真话的书 (1977—1979)

《家》罗马尼亚文译本序　/169

一颗桃核的喜剧
　　——随想录十一　/171

关于《第四病室》
　　——创作回忆录之三　/174

关于丽尼同志
　　——随想录十二　/182

五四运动六十周年
　　——随想录十四　/187

三次画像
　　——随想录十三　/191

小人，大人，长官
　　——随想录十五　/195

再访巴黎
　　——随想录十六　/198

《往事与随想》译后记（二）　/201

诺·利斯特先生
　　——随想录十七　/203

关于《海的梦》
　　——创作回忆录之四　/206

在尼斯
　　——随想录十八　/216

目 录

重来马赛
　　　——随想录十九　/220

里　昂
　　　——随想录二十　/224

沙多-吉里
　　　——随想录二十一　/227

"友谊的海洋"
　　　——随想录二十二　/232

中国人
　　　——随想录二十三　/236

人民友谊的事业
　　　——随想录二十四　/240

中岛健藏先生
　　　——随想录二十五　/243

观察人
　　　——随想录二十六　/248

要不要制定"文艺法"？
　　　——随想录二十七　/252

绝不会忘记
　　　——随想录二十八　/254

纪念雪峰
　　　——随想录二十九　/256

005

靳以逝世二十周年

　　——随想录三十　/262

《随想录》第一集后记　/265

关于《神·鬼·人》

　　——创作回忆录之五　/266

"豪言壮语"

　　——随想录三十一　/276

小骗子

　　——随想录三十二　/279

中国作家协会第三次会员代表大会闭幕词　/282

方之同志

　　——随想录三十三　/285

怀念老舍同志

　　——随想录三十四　/288

大镜子

　　——随想录三十五　/294

关于《龙·虎·狗》

　　——创作回忆录之六　/296

一九七七年

一封信

××同志：

你托人带来的信，我并没有见到。在"四害"横行，乌云翻滚的日子里，有些人宁愿埋下头扫自己门前的雪，担心多咳一声嗽冒犯了王张江姚"四人帮"和他们那些在上海横行了十年、无恶不作的余党，就要大祸临头。"四人帮"是复辟派、极右派，他们学某些中外古人学到了家，过去我只能在书上读到的或者听见人讲过的一些事，现在我都亲身经历了；有些事则是过去我不相信会有，而现在我的朋友终于遇到了的，如杀人灭口、借刀杀人之类。十年中间我没有写过一篇文章，只写了无数的"思想汇报"，稍微讲了一两句真话，就说你"翻案"。连在日记本上写几句简单的记事，也感到十分困难，我常常写了又改，改了再改，而终于扯去，因为害怕连累别人。我知道我只有隐姓埋名地过日子，让人们忘记，才可以躲开黑帮们的大砍刀。他们用种种的精神折磨和人身侮辱对付我，处心积虑要使我以后永远不能再拿笔。总之，他们肆意践踏伟大领袖毛主席的团结、教育、改造知识分子的政策。国民党特务张春桥公开说，对我"不枪毙就是落实政策"。在这之前，张春桥在一次报告中曾经得意地说，上海文艺界有不少人认识周总理，他已经向周总理打过招呼，不要管上海文艺界的事情。张春桥还说过，上海作家协会里没有一个好人。姚文元也在一九六七年的一次报告中点我的名，说我搞无政府主义，打倒一切，排斥一切，仿佛一切无政府主义思潮、一切无政府状态，连他们搞的在内，都

讲真话的书 *(1977—1979)*

要我来负责。总之，我的命运给抓在他们这伙黑帮的手里，由他们任意摆布，连敬爱的周总理也不能过问。但是不管"四人帮"如何狡诈、恶毒、阴险，他们在伟大领袖毛主席和敬爱的周总理跟前不能不有所顾忌。因此我居然活到现在，能够亲眼看到他们的灭亡。有些熟人曾经几次问我："你什么时候得罪过张春桥？他为什么那样恨你？"他们都替我担心，认为我翻不了身。我起初也不明白张、姚们对我有什么深仇大恨，后来才逐渐了解，因为我在三十年代①见过张春桥，知道他是个不光彩的人物，知道他的一些底细；因为我看过江青三十年代在上海演的话剧，还听见人讲起她的一些事情，也知道她并没有同鲁迅先生一起战斗过；因为我认识姚文元的父亲姚蓬子，知道他是个叛徒（这是公开的事）。我还知道张、姚两人都是忽东忽西、时左时右，都善于摆出理论家的架势，把人一棍子打死，我曾经在一次大会发言中公开提过抗议。他们的棍子没有打死我，他们就割断我的政治生命，把我赶出文艺界。张春桥得意地一再叫嚷："像巴金这样的人还能够写文章吗？"他们允许我搞翻译，好像做得十分宽大，还给我留下一条生路。其实我翻译出来的书他们也不会允许出版。离开文艺界，我还是要工作，还是要为人民服务。我牢牢记住雷锋同志的话："为人民服务是无限的。"这几年中间我常常回顾我走过的道路，我搞文学创作，在旧社会写作了二十年。我的第一部小说的第一章是《无边的黑暗中一个灵魂的呻吟》，我最后一部长篇的最后一句又是"夜的确太冷了"。我的作品里充满了忧郁、痛苦的调子。二十年中间我写了那么多的痛苦和黑暗。我在旧社会里接受了种种的资产阶级思想，这些思想贯穿着我的全部作品。我没有给读者带来光明，指明出路。我自己不断地诉苦，呼号，我不断地在黑暗中摸索，用我的痛苦折磨读者。这就是我的痛苦的经历。我对读者的确欠了一笔还不了的债，我每次回顾过去都感到内

---

① "三十年代"指"二十世纪三十年代"，以下同类年代的提法亦是指二十世纪，特此说明。

心不安。为了这个,我在无产阶级"文化大革命"中受到多次的批判,我都心甘情愿,何况我还犯过这样那样的错误,写过坏的东西。严肃认真的批判使我头脑清醒,能够更清楚地认识自己。

××同志,今天在纪念毛主席的光辉著作《在延安文艺座谈会上的讲话》①发表三十五周年的时候,我又回顾了这一段痛苦的历程,我真是万分激动。正是毛主席的光辉的《讲话》震撼了我的灵魂,给我指明了金光大道。我还记得一九四五年在重庆第一次见到毛主席时他的亲切的笑容和有力的握手。在这以后不久,敬爱的周总理又在重庆张家花园文协会所里向文艺界宣讲毛主席《讲话》的精神和为工农兵服务的方向,并且亲切、生动地介绍延安文艺界深入生活、参加生产劳动的情况,苦口婆心想把大家引上光明大道。我们的毛主席、周总理总是希望更多的人参加革命,从来不把人一棍子打死。连我这个在旧社会生活了四十多年的知识分子也受到了教育。我开始懂得:文艺应当成为"团结人民、教育人民、打击敌人、消灭敌人的有力的武器";文学作品应当提高人民群众的"斗争热情和胜利信心,加强他们的团结,便于他们同心同德地去和敌人做斗争";联系群众,表现群众,成为群众的忠实的代言人;到工农兵群众中去,到火热的斗争中去。这样洪亮的声音使我的脑子开始清醒。接着又发生了翻天覆地的大变化,中华人民共和国诞生了。中国人民推翻了压在头上的三座大山,站了起来,成为自己命运的主人。一九四九年十月一日,我在人丛中望见天安门广场上数不清的迎风招展的红旗,听见春雷般的热烈欢呼,从下午三点起接连六个小时高呼"毛主席万岁"和毛主席洪亮而亲切的回答"同志们万岁"的声音响彻云霄。我离开阳光照不到的书桌,第一次在广大的群众中间,如此清楚地看到中国人民光辉灿烂、如花似火的锦绣前程,我感觉到心要从口腔里跳出来,人要纵身飞上天空,个人的感情消失在群众的感情中间,融化在群众的感情中间,我不住地在心里说:我

---

① 以下简称《讲话》——编者注。

讲真话的书 （1977—1979）

要写，我要写人民的胜利和欢乐，我要歌颂这个伟大的时代，歌颂伟大的人民，我要歌颂伟大的领袖。在旧社会中受尽欺凌的知识分子，那个时候谁不曾有过这样的感情呢？

时代变了，环境变了，今天的读者是工农兵群众，是新社会的建设者，他们也向我伸出手来，欢迎我到他们中间去，让我在斗争生活中进行改造，用我那支写惯痛苦和黑暗的秃笔为新社会服务。我就这样地继续写了十七年。我没有好好地遵循毛主席的教导，我辜负了周总理多次的关怀，我有时也到斗争生活中去，但对自我改造要求不严，有时只是走马看花，有时住得稍微久一点，思想感情有了一些变化，也交了朋友，但是一回到书房，旧的习惯又逐渐恢复，新交的朋友又完全疏远，始终浮在上面，因此十七年中间作品写得很少，质量又差，而且我脱离了斗争生活，创作的源泉枯竭，终于写不出作品，成为"空头文学家"。今天重新学习毛主席的光辉的《讲话》，对自己的错误看得更加清楚，回顾过去，悔恨万分。但是毛主席的光辉著作在我的身上也起了作用，产生了影响。十七年中间我的笔底下再没有忧郁、痛苦的调子了；不管我那些文章怎样软弱无力，但字里行间也或多或少地闪耀着人民的胜利和欢乐。敬爱的周总理对我一再鼓励，一九六五年夏季还让我去越南采访，回国以后在周总理为庆祝斯特朗八十寿辰举行的宴会上，周总理同我碰杯，鼓励说："你比我先走了一步。"我们的好总理为了旧知识分子的改造花费了多少心血。今天我谈这些往事，周总理的声音、相貌仿佛还在耳边、眼前，我的笔表达不出我的感激之情。

××同志，张春桥、姚文元及其在上海的余党，他们这伙黑帮把我赶出文艺界，只许我搞点翻译，我即使饿死也不会出卖灵魂，要求他们开恩，给我一条生路。我也有我自己的想法，我想到鲁迅先生生前勤勤恳恳介绍世界文学名著的情景，我也有了勇气和信心。四十一年前，我曾经告诉鲁迅先生我要全译赫尔岑的一百几十万字的回忆录，倘使我能够在我生命结束之前实现这个诺言，这将是我莫大的幸福。回忆录的前几卷描述沙皇尼古拉一世统治下的俄罗斯的情况。我越译下去,越觉得"四人帮"和镇压十二月党人起义的尼古拉一世相似,他们妄想在毛主席亲手缔造的、无数先烈为之洒热血、抛头颅的新中国,在上海创造一个尼古拉一世统治那样的黑暗、恐怖、专制的时代,这是绝对办不到的。我每天翻译几百字,我仿佛同赫尔岑一起在十九世纪俄罗斯的暗夜里行路,我像赫尔岑诅咒尼古拉一世的统治那样咒骂"四人帮"的法西斯专政,我相信他们横行霸道的日子不会太久,因为他们作恶多端,已经到了千夫所指的地步了。

果然,拨开云雾见青天,我们党中央继承毛主席的遗志,一举粉碎了祸国殃民的"四人帮",挽救了革命,挽救了党和国家,挽救了人民,也挽救了文学艺术事业,我国的文学艺术已经被"四人帮"糟蹋得不成样子了。党中央高举毛主席的伟大旗帜,照辩证法办事,走群众路线,密切联系群众,关心群众,注意群众的要求和愿望,真是和人民群众心连心。在党中央主持下,"四人帮"千方百计阻挠出版的《毛泽东选集》第五卷出版了,供全国人民世世代代瞻仰毛主席遗容与纪念伟大领袖和导师的丰功伟绩的毛主席纪念堂也即将完成了。全世界的眼光都注视着中国,全世界的希望都集中在中国。面对着无限光明的前途,哪一个中国人能无动于衷,哪一个中国人能不奋发起来呢?

"四人帮"已经垮台,党中央为党除奸,为国除害,为民平愤,这是大快人心的大喜事。在文艺界横行十年,把持一切、垄断一切的"四害"虽然扫除,但是余党还在,流毒更深,必须认真对待。他们颠倒黑白,混淆是非,结帮营私,横行霸道;他们打着"红旗"反红旗,存心搞乱思想;他们信口雌黄,篡改历史;他们的文风今天还有市场,他们传播的歪理也未受到系统的批判。倘使不把他们搞乱了的思想彻底澄清,不明确划清是非的界限,不把他们插手的事情一件一件地搞清楚,文艺就不可能发挥它应有的作用,更谈不到繁荣创作、贯彻"双百"方针了。

伟大领袖毛主席的光辉的《讲话》就是批判"四人帮"的有力的武器。"四人帮"搞的那一套都是和毛泽东思想对立的,在文学艺术方面也

讲真话的书 (1977—1979)

是如此。首先,"四人帮"就反对"百花齐放、百家争鸣"的方针,他们只许一花独放,对创作方法也要横加干涉,万事都由江青一个人说了算。一九四九年中华人民共和国诞生的前夕,毛主席向全国人民宣布:"随着经济建设的高潮的到来,不可避免地将要出现一个文化建设的高潮。""四人帮"公开宣传干革命不需要文化,他们宁要没有文化的劳动者。毛主席鼓励文艺工作者到工农兵中间去,向工农兵学习,为工农兵服务,"四人帮"却大搞一出戏主义,大搞特殊待遇,把文艺作为升官夺权的阶梯。毛主席指示:"必须继承一切优秀的文学艺术遗产,批判地吸收其中一切有益的东西。""四人帮"却割断历史,对一切文化遗产都认为"必须彻底批判和与之决裂"。他们把革命导师一再赞扬的揭示政治和社会真理的卓越的、描写生动的书籍和"无与伦比的俄国生活的图画"的作品,一律说成是封资修的黑货。江青甚至张冠李戴,把崔颢的《黄鹤楼》说是李白的诗,把《醉打山门》里的《寄生草》说成是关汉卿的作品,她还自吹是"半个红学家","对司汤达颇有研究",真是不学无术,恬不知耻。以上只是举几个例子,至于组织大写、硬写党内走资派,矛头指向中央领导同志和一大批革命老干部,利用文艺干篡党夺权的反革命勾当,那更不用说了。总之,"四人帮"在文艺界横行了十年,干尽了坏事,要彻底批判他们散布的反动谬论,彻底肃清他们的流毒,把他们颠倒了的思想弄清楚,这个工作十分艰巨、繁重。但一定要做好这个工作,文艺界才能够大踏步前进。我相信全国文艺工作者在党中央的关怀和领导下,以毛主席的光辉的《讲话》为武器,深批猛揭"四人帮",把这场革命斗争进行到底,就一定能把这个光荣的任务完成得很好。

××同志,一拿起笔,我就给你写了这许多。我又恢复深夜工作的习惯了,我心情振奋,像二十八年前在天安门城楼上那样。夜很静,我心里却极不平静,我真有一种"心潮澎湃"的感觉。我想起了大庆人,我想起了大寨人。我不能不想着他们此时此刻为我们伟大的社会主义祖国所做的一切。他们是我们祖国的最优秀的儿女。和他们生活在同一个时代,我感到光荣。我听到了新的大跃进的鼓声，它像千军万马奔腾一样。一个光芒万丈的英雄时代开始了，一种热浪滚滚的沸腾生活开始了！现在是百花齐放的伟大时刻，尽管目前还有各种的困难，还有各样的阻力，但是八亿人民紧跟党中央，团结奋战、勇往直前的雄伟气魄、钢铁意志和革命热情，能够克服一切，完成一切。我们有这样的党，这样的国家，这样的人民，这是无上的幸福。八亿人民正在做我们的前人从来没有做过的极其光荣伟大的事业。让我们为着这个事业奋斗一生，为着这个事业献出自己的一切吧，这是人生最美好的事情。

五月十八日

第二次的解放

党中央继承伟大领袖毛主席的遗志，一举粉碎了王张江姚"四人帮"反党集团以后，上海文艺界欢聚一堂，纪念毛主席的光辉著作《在延安文艺座谈会上的讲话》发表三十五周年。我参加这个充满战斗团结气氛和胜利信心的大会，十分激动，心情舒畅。我最近发表了一篇文章，谈我自己这些日子里的思想感情。这是我十一年中间写的第一篇文章，在"四害"横行、乌云翻滚的时候，我做梦也没有想到还有发表文章的机会，更没有想到给"四人帮"及其余党夺走了的笔又回到我的手里，我深有"第二次解放"的感觉。事实上也正是这样，在我从事文学工作的生活中，的确有两次解放。第一次就是我最初学习毛主席光辉的《讲话》的时候。我不是一下子就理解这部光辉著作的深远意义，也不曾充分理解改造世界观的痛苦的磨炼。但是我第一次看到了文学作为战斗的武器和教育的工具这样一条道理；我第一次看到了为工农兵服务的正确方向；我第一次明白文艺工作者应当到工农兵中间去，到火热的斗争生活里去，向工农兵学习，为工农兵服务。我也曾离开阳光照不到的书房，丢开自己那支沾满资产阶级思想的旧笔，虽然在思想改造上，在写作上都没有取得多少成绩，前进的步子迈得不大，但是我并没有回头走旧路，也愿意遵循毛主席指引的光明大道走下去。正是光辉的《讲话》把我从旧思想的泥泞中解放出来，使我能够用我的笔歌颂新社会、歌颂新时代。中华人民共和国诞生前三个多月，我从上海到北平出席第一次文代会。参加文艺界这样的战斗、团结的盛会，我是头一次。后来我写了解放后①我的第一篇文章《一封未寄的信》，是作为从旧社会来的知识分子、过去国统区的一个作家向在毛主席的光辉《讲话》的教育下成长起来的解放区的文艺战士倾吐敬爱的感情。我说："我们同是文艺工作者。可是我写的书仅仅在一些大城市中间销售，你们却把文艺带到了山沟和农村，让无数从前一直被冷落、受虐待的人都受到它的光辉、得到它的温暖。我好像被四面高墙关在一个狭小的地方，你们却仿佛生了翅膀飞遍了广大的中国，去散布光明。"我又说："你们是不知道骄傲的。可是今天我却感到骄傲了。因为有你们这样的文艺工作者生活在新中国的土地上，我才觉得做一个文艺工作者是桩值得骄傲的事情。"我理解得可能很浅，我的言辞也并不恰当，尤其是"骄傲"二字。但是我敬爱的感情却是真实的。我在旧社会写了二十年，在一九二七年到一九四七年这二十年中间我写的那些作品里，人们不断地受苦，接连地死亡，眼泪好像就没有尽头！想到那些阴暗的日子，我真是不寒而栗！但是伟大领袖毛主席的洪亮的声音驱散了重重暗雾，天安门前如林的红旗和几十万群众的齐声欢呼使我看到了中国人民的光辉灿烂的锦绣前程。中国人民从此站起来了！一个从旧社会来的作家离开他过去走惯了的路，用他的写惯痛苦和哀愁的笔来歌颂人民的欢乐和胜利，这也是很自然的事情。我也曾遵循毛主席的教导，到工农兵中间去。我在中国人民志愿军中间生活了一个时期，也有一些感受。我第一次接触普通的战士，同他们生活在一起，起初有些胆怯，担心自己不能够适应环境，又担心不熟悉新的生活，无法消除我们之间的隔阂，更害怕不能理解战士的思想感情，写不出作品，无法交卷。总之，不是全心全意，而是三心二意，并且顾虑不少。可是我一旦到了战士中间，便发觉一切顾虑都是多余的。一个长期关在书房里的人来到革命的大家庭，精神上受到的冲击当然很大，然而同时我感到温暖，受到教育。指战员都没有把我当作外人，仿佛我也是

---

① 解放后，指新中国成立后，全书中类似提法亦同。——编者注。

讲真话的书 （1977—1979）

家庭中的一个成员，而且因为我新近来自祖国，对我特别亲近。在这个斗争最尖锐的地方，爱与恨表现得最突出，人们习惯于用具体的行动表示自己的感情：可歌可泣的英雄事迹像鲜花一样开遍朝鲜的山野。这些从祖国农村出来的年轻人，他们以吃苦为荣，以多做艰苦的工作为幸福，到了关键时刻，他们争先恐后地献出自己的生命，譬如用身体堵枪眼，用身体掩护领导和战友，节约口粮分送给当地的老弱幼小。在这些人面前我感到惭愧。我常常用自己的心比他们的心，我制止不住内心的斗争。我不断地同自己身上的"私"字斗。我住下去，每时每刻都受到教育。我爱上了这些人，爱上了这个环境，我不再想到写作，只是想到学习，开始交了朋友。我离开以后又再去，因为那些人、那些英雄事迹、那个革命家庭吸引了我的心。倘使我能够长期坚持下去，那么我在改造思想方面多少可以取得一些成绩。但是我一共只住了一年。第二次回来，还准备再去，但是我离开斗争的生活，旧习惯又逐渐恢复，决心动摇，安于现状，于是熟悉的又变为生疏，新交的部队朋友又逐渐疏远，甚至联系中断。因此作品写得不多，质量也不高，更谈不上反映斗争的实际、塑造人民英雄的形象了。建国[①]后十七年中间，为了表示自己对新中国的热爱，为了不辜负文艺工作者这个光荣称号，我总想献出自己的微小力量，给新社会添一小块砖瓦。但是我也犯过这样或那样的错误，说过错话，写过坏的文章。在无产阶级"文化大革命"中接受审查，我认为冲击和批斗都是对我的教育，良药苦口，却能治病。我身上从旧社会带来的垃圾，不扫除干净，就会发臭。

我只有在受到多次的批判之后，才感觉到头脑清醒，才重视自己世界观的改造。在我接受审查的期间，我曾经反复学习光辉的《讲话》。过去学习，联系自己不深，或者甚至不联系自己。现在却自然而然地联系到自己身上，越来越清楚地看到自己的错误和犯错误的原因：不坚持工农兵

[①] 建国，指新中国成立，全书中类似提法亦同。——编者注。

方向，不深入斗争生活，不认真改造世界观，始终站在资产阶级的立场讲话。为什么人服务和怎样服务这两大问题，毛主席在光辉的《讲话》中讲得清清楚楚，可是我离开了毛主席光辉著作就忘得干干净净。的确在学习光辉《讲话》的时候，我常常自怨自艾，责备自己过去不认真学，一再违背伟大领袖毛主席的教导。但是，就在这同时我也发现自吹"文化大革命的旗手"的江青和自称"正确路线代表"和"左派"的张春桥、姚文元并不是什么"旗手"、什么"左派"，他们搞的那一套都是和毛主席的教导、和光辉的《讲话》背道而驰的。他们大搞唯心主义，大搞形而上学，用概念代替生活，不向工农兵学习，不团结人民，不许百花齐放，不搞普及，大搞特殊化，一个剧组演一出戏，一个演员演一出戏，演了英雄人物就享受特殊待遇，文艺工作者不深入斗争生活，却关在高楼大厦里闭门造车，等等，等等。总之，他们打着红旗反红旗，所作所为，没有一样是遵循伟大领袖的指示，没有一样是符合《讲话》的精神。他们颠倒是非，混淆黑白，大胆妄为，无所顾忌，强迫人们大写、硬写所谓走资派，搞阴谋诡计，把文艺糟蹋得不成样子。他们搞的是"阴谋"文学，因此必然脱离生活，关起门来，鬼鬼祟祟，暗中炮制。他们绞尽脑汁炮制不少作品，使用影射手法、讽喻手法，转弯抹角，暗箭伤人。为了陷害全国人民敬爱的周总理、我们的好总理，他们挖空心思，把十八般武艺全使出来了。同志们，这哪里是文艺，这哪里是义学？他们炮制出来的"义艺"不是文艺，他们炮制出来的"文学"也不是文学。他们就是扼杀文艺的刽子手。"四人帮"是靠棍子起家的。多少年来，张春桥、姚文元就到处挥舞大棒、打棍子，他们篡夺了一部分党和国家的权力以后，篡夺了上海的党政大权以后，就大肆陷害、迫害一切反对过他们的人、一切知道他们底细的人、一切不听他们指挥的人，以及一切他们看不顺眼的人，总之，一切妨碍他们篡党夺权的人。他们陷害、迫害的方式有多种多样，考虑的周密、手段的毒辣、方法的巧妙真像叛徒江青十分崇拜的基督山伯爵对待他的仇人那

讲真话的书 (1977—1979)

样。我自己也深有体会，他们妄想一棍子把我打死。我在最近那篇文章里讲过一点情况。他们对我用的方法是精神折磨和人身侮辱，最后是断送我的政治生命。同许多朋友谈起来，我觉得我受到的迫害比别人轻得多。但是这种种精神折磨已经弄得我睡不安宁，我常常梦见自己受到妖魔迫害挥动手臂保护自己；在干校的时候，我经常梦中大叫，有时甚至摔下床来。有人说我自己"心中有鬼"。对，我心中的确有"鬼"。"鬼"就是张春桥、姚文元这两个杀人不用刀的刽子手。张春桥公开叫嚷我不能够再写文章，还假意地说要成立新文史馆来收容像我这样的人。这无非是想让我活埋在那里面，他可以少掉一个眼中钉。同志们，个人的遭遇毕竟是小事。大家更关心的是国家和人民的命运，是我们伟大的社会主义祖国的命运。一九七六年，敬爱的周总理、敬爱的朱德委员长和伟大的领袖毛主席相继与世长辞的时候，天空乌云翻滚，日月无光，人们的心上压着一块大石头。每个人都捏紧拳头咬紧牙关，免得漏出一句担忧或愤怒的话，招来大祸临头。但是大家坚定地相信已经站起来了的八亿中国人民绝不再低头，绝不再吃二遍苦，受二茬罪。"四人帮"的篡党夺权的罪恶阴谋绝对不能得逞！

在这个关键的时刻，我们的党中央采取果断的措施，挽救了党和国家，挽救了人民。真是乌云扫尽，日月重辉。阳光灿烂地照耀在新中国的大地上，我们的河山显得格外壮美。胜利了的中国人民最紧密地团结在党中央的周围，意气风发、斗志昂扬地朝着伟大领袖毛主席提出的宏伟目标奋勇前进。八亿人民齐声欢唱，八亿颗心齐向我们的首都北京，伟大领袖毛主席的纪念堂在那里。党中央在那里，全国人民衷心拥护党中央，党中央和人民心连心。粉碎"四人帮"半年多来，党中央抓的每件大事，哪一样不是符合人民的心愿？哪一样不是八亿人民所朝夕想望的？人民，我们的多么可敬、可爱的英雄的人民，在毛主席的伟大旗帜下，在党中央的领导下团结得像一个整体，以排山倒海的力量向前迈进。新的大跃进已经到来。这是打倒"四人帮"、思想大解放的必然结果。文艺必须在这个大跃进中发挥它的作用。打倒"四人帮"，我得到了第二次的解放，我又拿起了笔。在会议期间我又一次学习了毛主席光辉的《讲话》，我增强了信心。不管我的笔多么无力，我的声音多么微弱，我也要为这个伟大的时代和英雄的人民献出自己的全部力量，让这样一滴水落到奔腾的汪洋大海里面。

五月二十七日

望着总理的遗像

　　十一年中间我只写了一篇文章。这第一篇文章刚刚发表，那天我开了一整天的会，傍晚回家，感到疲劳。有一位陌生的中年人来找我，说是从北京出差到上海，住在我家附近的招待所里，一两天就要走了，只是因为我在文章里用感激和怀念的词句讲到敬爱的周总理，他冒着小雨来找我谈谈。这是一位贫苦出身的北方干部，他在我的屋子里坐了一会，我们谈起来像熟人一样。后来我送他到门口，才问清楚他的姓名，可是我感觉到我是在同一位亲近的朋友握手、告别。

　　这是一件真事，这样的事情在一年前是绝不可能发生的。对一个连姓名也不知道的陌生人像弟兄一样地倾吐自己心里的话，不怕他，也不怀疑他会利用这些话来陷害自己，只是因为他触动了自己最深的感情，只是因为我们的心上有着同样一位伟大人物的光辉形象。这说明今天的上海和一年前在王张江姚"四人帮"及其余党严密控制下的上海完全不同了。我还记得去年八月一位北京朋友避震南下，经过上海，来到我的住处表示对老友的关心。他知道我的地址，可以不经过批准就找到了我。他告诉我两年前另一位朋友从北京来要找我谈话却遭到拒绝。当时我们都有多少心里话要向彼此倾吐，可是话都给咽在肚里了，我们只谈起彼此的健康。那个时候朋友们见面常常谈的一句话就是"保重身体"，因为这样的话不会引起别人的注意，而且的确只有活得久才有希望看见"四人帮"的灭亡。有时我在街头遇见多年不见的熟人，紧紧握着彼此的手半天只讲出这样一句，这一句话里有多么深、多么复杂的意思啊！但是就在那一次，朋友告诉我，他瞻仰过总理的遗容，总理瘦多了……他说得短，说得尽可能少动感情。可是他的声音颤抖，他的眼光向下。我什么也没有说。我们心里都很清楚，万恶的"四人帮"为了诬蔑、攻击、陷害我们的好总理，调动了一切艺术手段，使用了手里控制的全部舆论工具，写小说、编历史，含沙射影，借古喻今，甚至明目张胆在总理的光辉形象上投掷污泥。全国人民看在眼里，他们忘不了这个深仇大恨。敬爱的总理离开我们的时候，竟然有人不许我们戴黑纱，不准开追悼会，不让送花圈。一个国家的人民不能公开地悼念自己敬爱的总理，我们的报刊不能报道人民的悼念活动，不能反映人民的思想感情。人们冒着严寒站在十里长街长时间等候，只为了用泪眼看一看总理的灵车，唤两声"我们的好总理"。多少人痴心梦想灵车在中途停住，总理从车上走下来。夜深了，孩子们还把身上戴的小纸花一朵一朵地系在人民英雄纪念碑后面几百米长的柏树墙上。……这些在人们中间流传的激动人心的真实故事竟然也变成了后来被追查的"谣言"，因为悼念总理构成了一种罪名。有的单位甚至记下人们在总理逝世时表现的哀痛，准备将来算账。我有一个朋友为总理戴黑纱超过了三个月，一直到清明节以后才把黑纱拿掉，在那一段时间里我和别的熟人替她担了多少心。"四人帮"陷害敬爱的周总理已经成了公开的"秘密"了。然而人民的眼睛是雪亮的，在荧光屏上谁不脱帽，谁表现得最奇特，他们看得清清楚楚。当反动文痞姚文元挥舞刀斧乱砍乱杀的时候，我只能在心里发出无声的诅咒，却不敢在大庭广众之间公开表示自己的真实的感情。

我多么为自己的怯懦感到惭愧！那天听到北方朋友的话以后，静下来时我望着总理的遗像出神，心里有多少话要对总理讲啊。晚上我梦见自己也跟随瞻仰遗容的群众，向总理的遗体告别，我也看见总理瘦多了。我醒在床上，紧紧咬着自己的嘴唇，用手搔自己的胸膛，有一团火在我的心里燃烧，有多少小虫在咬我的心。我痛苦地问：为什么现代医学的巨大成就还不能减轻这个伟大人物的病痛？在那个时候我怀着深仇大恨诅咒这一伙

讲真话的书 （1977—1979）

无恶不作的黑帮，我知道在我们广大的国土上有多少人怀着同样的深仇大恨咒骂他们，我知道真理的光芒是翻滚的乌云掩盖不了的，我相信我们伟大领袖毛主席亲手缔造的、敬爱的周总理为之献出毕生精力的中华人民共和国绝不会改变颜色，我相信毛主席的亲密战友、中国人民的好总理的光辉形象将永远活在人们的心中。……于是我又看见了我们总理的亲切、慈祥的面容，我又听到了我们总理的愉快、爽朗的笑声，总理并没有离开我们！我回忆起过去多次看见总理的幸福日子。一九四一年春天在重庆文艺界抗敌协会的欢迎会上，我第一次和总理见面，他那紧紧的握手和亲切的笑容给我驱散了雾重庆的寒气。从这个时候到一九六六年七月，二十五年中间我听过总理多次的报告、演说和谈话，我受到总理多次的接见，我后悔不曾把总理的一言一行记录下来。

不论是在抗战时期的重庆，解放前[①]的上海，新中国诞生后的北京，总理那些恳切、明确的言辞里总是闪耀着毛泽东思想的光辉，总是闪耀着共产主义必胜的信念。总理和知识分子接触较多，他亲切交谈、谆谆教诲，有时鼓励，有时批评，有时还用他自己的经历来引导听话的人。今天中国的知识分子常常含着眼泪谈起我们的总理，像谈起自己敬爱的长者和亲密的朋友，因为他忠实地执行了毛主席团结、教育、改造知识分子的政策，因为他苦口婆心把他们引上改造的道路，让更多的人参加革命，为革命贡献自己的力量。我听见总理讲过几次，说他是毛主席的学生，他在谈话中间一提到毛主席就流露出敬爱之情，我特别注意到这一点，我就是通过总理的教导开始学习毛泽东思想的。我还记得一九四四年年尾国民党湘桂大撤退、日军进入贵州的时候，重庆的文艺工作者对国民党反动派的逃跑政策愤慨万分，但又没有抗敌的办法，因而感到彷徨无路的时候，总理应邀出席我们的座谈，我们都把总理当作亲人一样，求助于他。他坚定明确地用八路军抗战的情况鼓励我们，并且给我们指出继续抗敌的道路，

---

① 解放前，指新中国成立前，全书中类似提法亦同。——编者注。

让我们在困难的时刻看到光明。他的态度恳切，话语明确，通过一个晚上的交谈，他把他那坚定的信心传染给我们了。他就有这样一种力量。在日本投降以后，总理又应邀在重庆张家花园文协会所里向我们宣讲毛主席的为工农兵服务的方向，并且用生动亲切的言辞介绍延安文艺工作者深入生活、参加集体生产劳动的情况和收获。这两次座谈深深地打动了我的心，给我打开了新的广阔的眼界。知识分子改造的光明大道摆在我的面前，可是我没有勇气同旧的生活决裂，不能跳出资产阶级思想的泥坑，又害怕痛苦的磨炼，没有走上新的路，辜负了总理的教诲。当时国民党反动派在重庆曾家岩总理办事处门外安置了不少特务，总理进出都要受到监视，但是总理坚定沉着地同敌人战斗了八年，完成了党交给他的任务。

一九四六年有一个晚上，总理在文协讲了话，最后出来，走上张家花园通大街的一级一级的石板坡，后面只有一个陪同他来的同志，总理披着一件旧的黑大氅。我怀着崇敬的心情走在他的身旁。重庆的夜使人有一种透不过气的感觉。四周非常静，再看不见一个人影。总理脚步稳定地慢慢上坡。我问他什么时候去南京，他告诉我明天去。他说国民党对谈判毫无诚意，然而还是要谈下去，这样可以向人民揭露他们企图发动全面内战的阴谋。在重庆，国民党反动派活动猖獗，他们什么事都干得出来，我真有点替总理担心。但是我知道总理在任何危急紧张的情况下都能够沉着应付，他从来不为个人的安危操心。我想起一个朋友讲过的话，她有一次同周副主席从重庆飞回延安，中途遇险，在紧急关头，把带的行李都抛下去了，周副主席非常镇静，他只顾照应别人。她说："在周副主席身边即使遇到危险，你看见他又坚定、又从容的表情，也感到很安全。"在快到最后一级石梯的时候，我说："斗争很艰巨，希望多多保重。"总理满怀信心地说："只要坚持斗争，人民一定胜利。"上了坡，我看见他同另一位同志都上了车走了，我突然觉得十分孤寂。我感觉到我多么敬爱这一个人，这样一位完全没有私心的人，在他的身边我也感到十分安全，听他谈话，我一切个人的考虑都消失了。无论在困难时期，或者在胜利时期，在

讲真话的书 （1977—1979）

革命时期或者在建设时期，总理始终是精神饱满，意气昂扬，光明正大，坚持原则，进行工作，进行战斗。他那些恳切、明确而充满信心的言辞经常在我的耳边回响。一九五〇年我参加中国代表团出席第二届保卫世界和平大会，出发前总理在中南海接见代表团全体成员。已经是午夜了，总理还对我们谈了两个多小时，分析了当前的国际形势和抗美援朝的重大意义。有些刚从外地到京的代表对抗美援朝的意义还认识不清，我就是其中之一，我听了总理的谈话以后，仿佛见到一片晴空，非常明白，一切顾虑和疑惑都消失了。那一夜我坐在后排，总理进来的时候没有看见我，还拿着名单问我来了没有，见到我又问起我的生活和工作的情况。我从中南海出来，凌晨的寒气使我感到一阵冷，可是我心里却十分暖和，好像看见了几小时以后就要上升的朝阳。回到旅馆，我就拿起笔开始写我那封《给西方作家的公开信》。

几年后，一九五七年夏天反右斗争开始的时候，总理在中南海接见文艺界，我又是坐在后排，他没有看见，又提起我的名字，要我坐到前面去。这一次总理谈得特别亲切，他鼓励知识分子认真改造世界观，彻底同过去决裂。他再三告诫，反复解释，甚至以自己为例，讲他的家庭出身和他的兄弟的事情，用亲身经历来勉励我们。有一句话我至今还记得："不要重视自己少年时期的印象，当时见到的房子、地方、见到的事物，以为很大，后来再看见就觉得并不是那么一回事。"我常常用这句话来分析自己过去的一些印象，的确是这样。总理总是鼓励人朝前看，不要留恋过去。他鼓励知识分子丢掉包袱，积极参加反右斗争。和总理握手告别的时候，我总有这样的感觉：他的笑容和他的紧紧握手含有多大的关心！我还记得一九五五年四月发生的克什米尔公主号事件，那个时候参加万隆会议的中国记者包乘的印度飞机克什米尔公主号在空中爆炸，这是由于国民党特务安放定时炸弹造成的破坏事故，目的是妄图暗害出席万隆会议的总理。我当时在印度新德里参加一个会议，我们这个人数相当多的代表团是在十天以前包乘印度飞机从香港机场起飞的。会议闭幕，我们准备包乘原机飞回香港的时候，突然接到命令，总理要我们等候通知，准备改道直接飞回昆明。总理在会议繁忙、斗争紧张的时候，还关心我们这些人的安危。我常常感觉到他关心的不只是某一个人，整个国家、全体人民、全体干部的事情都时时萦绕着他的心。一九六五年底在总理为斯特朗八十岁生日在上海举行的宴会结束后，总理留下来同参加宴会的几位歌唱家谈话，要他们再唱一遍《长征组歌》。总理说："我很喜欢听。"他明亮的眼睛里流露出很深的感情。我不禁想起他以前在一次报告中提到的话剧《霓虹灯下的哨兵》里面老班长的一段话，那段话是："他们用小米把我们养大，用小车把我们送过长江，送到南京路上，就让她含着眼泪回去了？乡亲们知道了会怎么样？"总理说："我每次听到这段话就要流眼泪。"他说话时声音微微颤动，他动了感情，他又想起过去那些艰苦的日子了。总理对人民真有一种血肉相连的感情。这次总理还向歌唱家们解释"毛主席用兵真如神"这句歌词的深刻意义，他同他们一起唱起来，还做手势，和司徒汉同志一起指挥。他这样喜爱《长征组歌》，他病重期间，在医院里想再听一次《长征组歌》，可是"四人帮"不让人给他送《长征组歌》的录音磁带去！就是在这次的宴会上，我又见到了总理，他同在座的人都碰了杯。他到了我面前，陪同他走来的陈丕显同志说："他刚从越南回来。"总理点头笑道："我知道。"他的鼓励的笑容使我充满了感激之情。我最后一次和总理谈话，是在一九六六年七月，总理在北京人民大会堂招待出席亚非作家紧急会议的外宾，总理到得早。我说："总理，您太忙了。"总理说："我习惯了，不觉得忙。"我看见他的和蔼的笑容，就想起在三年前，春节农历初四，总理在上海泰兴路文化俱乐部召开座谈会，吃饭的时候，邓颖超同志说："这些年总理从未休息过，只有这次因为痔疮出血才休假几天。"其实这哪里是休假？总理召开座谈会了解各方面的情况也是为了工作。我们的总理哪里有过一天的休息？招待宴会后第二天我又看见总理了，那是在人民大会堂召开的支援越南人民抗美斗争的大会上，大会结束，总理和陈毅同志有说有笑地离开了主席台，他的脚步

讲真话的书 （1977—1979）

稳健，声音洪亮。望着他的背影，我做梦也没有想到他已经患了心脏病需要随身携带硝酸甘油了，更没有想到这会是我最后一次看见他！……

关于总理的回忆是说不尽、讲不完的。我在这里只是简单地讲了几件事情。十年前我在小报上看到国民党特务分子张春桥的一次报告，当时窃取了上海市革委会主任职权的张春桥杀气腾腾地说，上海文艺界有一些通天的人，因此他已经向总理打过招呼，不要管上海文艺界的事情。从此上海文艺界的一些同志就给剥夺了看见总理的权利，也就完全落在"四人帮"及其在上海的余党的手里，由他们随意摆布了。我是绝不甘心的。然而个人的遭遇毕竟是很渺小的事情。我们更关心的是伟大领袖毛主席的健康和敬爱的总理的健康。十年来我天天盼望能再看见总理一面，再听一次总理的教诲，我愿意接受总理的批评，向他保证我要认真改造自己。但是我从报纸刊出的照片上看见总理一天天地瘦下去，病容越来越显著。前年九月总理在医院里会见罗马尼亚外宾的照片给全国人民带来多大的焦虑。有什么办法能够挽救总理的光辉的生命？谁也不能想象总理会离开我们。但是每个人都感觉到这个日子一天天在逼近。大家都有这样的心愿：想一切办法让总理活下去，尽一切力量减轻总理的病痛。然而"四人帮"及其余党不是这样想，他们想方设法陷害总理、迫害总理、破坏总理的治疗。总理在病中不但要为国家大事和人民生活操劳，而且要跟疾病战斗，要跟祸国殃民的"四人帮"战斗，一直到生命的最后一息，他还聆听新近发表的毛主席词二首的朗诵，他还反复唱《国际歌》："团结起来到明天，英特纳雄耐尔就一定要实现。"这说明我们的好总理在忍受巨大病痛的时候，对共产主义的事业始终怀着坚定的信念。去年一月九日凌晨，电波传来的哀乐终于使我的希望破灭。我还记得，我刚刚打开收音机，意外地听到了哀乐，我愣了一下。睡在旁边另一张床上的我的儿子马上惊呼了一声："总理！"再也讲不出话来。这个在新中国生长的青年也和老一辈的人一样热爱我们的总理。……"人民的好总理，我们不能离开你！"人们哭着，喊着。我们的总理为八亿人民操了那么多的心，总理给毛主席亲手缔造的新中国注入了那么多的心血，每个人的幸福生活里都有总理的无限的关心。八亿人民用什么来表示我们热爱总理的感情呢？八亿人民用什么来表示我们对陷害、迫害总理的"四人帮"的深仇大恨呢？……

我去年和那位朋友见面的时候，我和少数几个熟人经常谈起总理的时候，我静下来想起总理为了我们这些人的进步和改造花费多少心血的时候，我想到这位大公无私连骨灰也献给祖国大地的伟大人物遭受"四人帮"迫害的时候，怒火烧着我的心，我反复地问：用什么来表示？用什么来表示？我们究竟用什么来回答总理临终前反复唱的"团结起来到明天"呢？

回答终于来了。八亿人民的心愿实现了。党中央继承了毛主席的遗志，采取了果断的措施，恶贯满盈的"四人帮"给一举粉碎了。这一伙张牙舞爪、不可一世的妖魔鬼怪全给打翻在地上，再也翻不了身了。八亿人民也决不让他们翻身了。毛泽东思想的阳光普照大地，万众欢腾的歌声又响遍全国。人们可以心情舒畅、毫无顾虑地倾吐自己的感情。人们在报刊上、在讲台上、在会场里畅谈总理的丰功伟绩，在舞台上、在银幕上、在荧屏上尽情歌唱怀念总理的深情。演员淌着眼泪，听众也淌眼泪，泪水流成一片，演员还是要唱，听众还是要听。人们在交谈中常常含着眼泪讲起总理，到今天还是这样。像这样的事情过去哪里有过？这些流不尽的、感情真挚的眼泪，像一根带子把八亿人民的心牢牢地拴在一起了。这些眼泪是为了什么呢？这是为了表示对我们总理的无限感激和无限敬爱。我们没有权利在敬爱的总理的遗像前面流下悲伤的眼泪。总理一生坚决捍卫的毛主席的伟大旗帜现在党中央高高举起；毛主席亲手开创、总理为之奋斗了一生的无产阶级革命事业后继有人。八亿人民团结得比任何时候都更紧密，团结得像一个人，迈着坚定雄伟的步伐奋勇前进。

我又一次翻开纪念总理的书册，望着总理的遗像，我止不住满眶热泪。我再也听不到敬爱的总理的教诲了。但是我一定要把心里话讲出来，我的心才能够平静：对于千方百计迫害、陷害总理的人，绝不能心慈手软。一定要把揭批"四人帮"的斗争进行到底，彻底肃清"四人帮"的流毒，把社会主义祖国建设得无限光明，无限美好。我们总理的骨灰长留在伟大祖国的江河、山野，他的光辉形象将与山河共存、与日月同辉；子孙万代将牢牢记住他的英名。

七月十日

《家》重印后记

《家》是我四十六年前的作品。四十六年来我写过好几篇序、跋和短文，谈我自己在不同时期对这部作品的看法，大都是谈创作的经过和作者当时的思想感情，很少谈到小说的缺点和它的消极作用。

我在旧中国半封建半殖民地的社会里写作了二十年，写了几百万字的作品，其中有不少坏的和比较坏的。即使是我最好的作品，也不过是像个并不高明的医生开的诊断书那样，看到了旧社会的一些毛病，却开不出治病的药方。三四十年前读者就给我来信，要求指明出路，可是我始终在作品里呼号、呻吟，让小说中的人物绝望地死去，让寒冷的长夜笼罩在读者的心上。我不止一次地听人谈起，他们最初喜欢我的作品，可是不久他们要移步向前，在我的小说里却找不到他们要求的东西，他们只好丢开它们朝前走了。那是在过去发生的事情。至于今天，那更明显，我的作品已经完成了它们的历史任务，让读者忘记它们，可能更好一些。

人民文学出版社这次重印《家》，向我征求意见，我表示同意，因为我这样想：让《家》和读者再次见面，也许可以帮助人了解封建社会的一些情况。在我的作品中，《家》是一部写实的小说，书中那些人物都是我爱过或者恨过的，书中有些场面还是我亲眼见过或者亲身经历过的，没有我最初十九年的生活，我就写不出这本小说。我说过："我不是为了做作家才写小说，是过去的生活逼着我拿起笔来。"我写《家》就像在挖开回忆的坟墓。在我还是孩子的时候，我就常常被迫目睹一些可爱的年轻生

讲真话的书 *(1977—1979)*

命横遭摧残，得到悲惨的结局。我写小说的时候，仿佛在同这些年轻人一起受苦，一起在魔爪下面挣扎。小说里面我个人的爱憎实在太深了，像这样的小说当然有这样或者那样的缺点。我承认：我反封建反得不彻底，我没有抓住要害的问题，我没有揭露地主阶级对农民的残酷剥削，我对自己批判的人物给了过多的同情，有时我因为个人的感情改变了生活的真实等等，等等。今天的读者对我在一九三一年发表的这本小说会做出自己的判断，不用我在这里啰唆了。《家》这次重版，除了少数几个错字外，我并未作新的改动。

在"四害"横行的日子里，《家》也被当作"大毒草"判处了死刑。感谢党中央一举粉碎了"四人帮"，我国的文学艺术事业也得到了挽救。要是"四人帮"的文化专制主义没有给彻底摧毁，我的这本小说将永远见不了天日。

对祸国殃民的"四人帮"，我再一次提出我的控诉。

八月九日

杨林同志

我回到师部的那天晚上，敌机来投了一颗炸弹，就在我住的那家朝鲜老大娘的房子附近爆炸了，空地上现出了一个大坑，却没有毁屋伤人。第二天师政治部陈主任就叫人把我的行李搬到半山上一个洞子里去。这天下午我在另一个地方参加座谈会，晚上才回来。当天下过雪，雪垫得厚，我走了一段路，到山脚下。

整个山都是白的，上山的路看得出来，我对小通讯员说了一句："上去吧！"就迈步上山。我还是第一次走这条路，不知道高低，这一级一级的山路每一级中间的距离相当大，我走了几步，就感觉到吃力。"李林同志，慢点走。"这个跟着我从××山八连来的小通讯员接连说，他紧紧跟在我后面，扶着我，拉着我。最后我站在洞子前面，满头大汗，喘了几口气，小通讯员在旁边带笑说："李林同志，你年纪大，在城里头住惯了，要慢慢走。"我谢谢他，说："今晚上多亏你帮忙。你辛苦了。"我为自己感到抱歉，我才四十几岁，在他的眼里就显得"年纪大"，行动需要人照应了。

小通讯员笑笑说："我不辛苦。照应李林同志，是指导员给我的任务嘛。好……我去点个亮，让你早点休息。"他走进洞去了。

这个小通讯员才二十岁，叫杨林，圆圆脸，圆圆眼睛，身材瘦小，却相当结实。他是我的同乡，四川人。我在××山八连进行采访的时候，他在连部当通讯员，郝指导员有时派他跟着我到班、排里跑跑，我同他就

讲真话的书 (1977—1979)

熟了。这次陈主任派车接我,郝指导员说:"你去的时间不长,让杨林去照应你吧。"杨林没有讲什么,就打好背包跟我上了车。他入朝不过几个月,可是他最初在师部待过一个短时期,到了这里他并不陌生。车子在傍晚开出,深夜到达,管理员作了安排,杨林很快就把我的住处布置好了。我睡在老大娘家一个小房间里,杨林却背着背包找陈主任的通讯员郭卫去了。我在车子上给颠簸了几个小时,感到疲倦,在铺上睡下来闭上眼就睡着了,而且睡得好,连附近落了一颗炸弹也没有惊醒我。我仍在做我的梦,却没有想到把杨林急坏了。

杨林给爆炸声吵醒了。他连忙跑过来看我有没有受惊。老大娘倒醒着。我却睡得很好,他唤我两声,唤不醒。他也不走开,就坐在我房门外木廊上裹着棉大衣打盹,睡到了天明。

我起来上厕所,天刚刚亮,走出房间看见杨林在打扫院子,我问道:"有什么事?你这样早起来了!"

"没有什么事,"他一面打扫一面说,"我来给阿妈妮(老大娘)做点事情。你再睡一会儿吧。"后来我听这里的老大娘说,才知道他听见炸弹声就跑来了。我便问他:"你为什么不喊醒我?"他笑道:"你睡得好。喊不醒。"我说:"那么你就应该回去睡觉。"他又回答:"我害怕敌机再来,就等在这儿,有事情我好喊醒你。"

我看了看他的脸:两颗滚圆的漆黑眼瞳好像一对发光的玻璃珠子停在那里。此外,圆圆的脸上没有什么特征。这是一个普通的健康的年轻人的面貌。在这一对发亮的眼瞳里,我看到了新的充满生气的东西。我想起了郝指导员告诉我的事情,我就问他:"听说你这次来朝鲜,你妈不同意是不是?""我妈同意了。我妈今年五十七,我还有个哥哥,大我十岁,前年接了嫂嫂。我要参军的时候,我妈思想搞不通。"杨林讲到这里,眼睛一亮,他微笑了,"我报了名回家,她不给我饭吃。我买了十个鸡蛋,请嫂嫂煮三个给我吃。我又劝妈说:'人不能忘本,不能光想到自家啊!想想当初我们怎样,如今我们又怎样。'有人帮我做我妈的工作,我妈思想搞通了，她自家送我去参军。"

"你家里过得不错吧？你说有人帮忙做工作，是什么人呢？"我再问。

"我们从前受过很多苦，如今翻了身，有吃，有穿，有屋住。"对后一句话他就不回答了，他只是笑笑，那一对黑眼瞳一下子更亮了。

那是下午的事情。这时我走进洞里，杨林已经把蜡烛点燃了。烛光摇晃得厉害。洞子不算小，是一个长条，有一张长的土炕，炕前还有一张简单的木头小桌子。被子铺好了，我们两个人睡在炕的两头。

"李林同志，你今天累了，早点睡吧。"杨林站在小桌前对我说，又带笑地加上一句，"今晚上我不会喊醒你。"烛光在他的脸上晃来晃去，那一对黑眼瞳还是很明亮。

我的确感到疲倦，又感到眼睛不舒服，说声"好"，便脱衣睡了。他接着吹灭烛，也上了炕。

我本来想睡，可是倒下去以后，思想却活动起来。洞子里阴冷，我翻来覆去，总不能入睡。我想起下午座谈会上几位年轻战士的声音、相貌。有北方人，有南方人；有圆脸，有长脸；眼睛有大有小；但这些脸和杨林的脸有相似的地方：端正、健康、有生气、充满精力；他们讲起话来好像什么都肯告诉你一样。那几位战士和杨林的年纪差不多，参军入朝的时间也不久，可是都参加过战斗立了功。他们谈起自己的事迹，谈得很简单，看得很平常。听他们谈话，消灭敌人，保护人民，献出生命，都是分内的事，普通的事。这几张脸连续在我的脑子里显现。还有一张不太圆的脸，脸上一对眼睛也很黑很亮，嘴唇厚厚的，这是郭卫的脸。我真喜欢这些年轻人的笑脸。我想着，心又渐渐平静了。我把压在被子上面的棉大衣盖好。

就在这个时候，睡得很好的杨林忽然讲起话来，声音不小，把我吓了一跳。他说："不把美帝赶出去，我决不回家。"我翻了一个身。黑暗中我什么也看不见，但是我知道他是在讲梦话。他咳了一声嗽，然后又静下来了。

这样一来我的思想又给搅乱了。我又想起了这天下午的座谈会，那几

讲真话的书 (1977—1979)

位年轻战士谈他们的英雄事迹的时候,我边听边记,我偶尔注意到坐在炕角的杨林也在那里记下什么,他听得很注意。我早先在连部就听见郝指导员说杨林入朝以后学文化很努力。他同我在一起,也常常问起这个字怎么写,那个字如何念。他一定是在记录那些战士的事迹,他记得很认真。我很想看看他究竟记下些什么。

我这样想来想去,脑子不肯休息。我开始感觉到洞子里气闷。我就在黑暗中摸索着穿好衣服,披上棉大衣,拿着手电筒走到洞口。我轻轻地走着,不要发出响声,免得把杨林惊醒。

我走出洞,一股冷气扑到脸上。又落雪了。雪花满天飞舞,落在我脸上、手上化成一滴一滴的水。上面是灰白色的天空,山下茫茫一片白雪,没有灯光。我在洞子前站了几分钟。我感到冷。我看表,北京时间还不到十点。我来朝鲜也有三个多月了。在我家乡很少见过这样的大雪,而且现在天气开始转暖了。我忽然想:这个时候家乡的人在干什么?我觉得我同杨林的梦有些接近了。

我转身进洞。我听见杨林的声音:"李林同志。"洞子里又闪着微弱的烛光。杨林也穿好了衣服,他揉着眼睛问我:"有什么事情?"我说:"又下雪了。我睡不着,到外面去看看。你怎么也起来了?"

他看了我两眼,说:"我看见你不在,我怎么不着急?照应你是我的任务嘛!你要是摔下去怎么好!"他说到后来轻松地笑了。

我感到惭愧,就说:"你放心睡吧,没有事了。"我不再说话,就在炕上睡了。在黑暗中我还看见那对明亮的黑眼睛和那一张圆圆的笑脸,我的思想还是不平静。我听见了杨林的不太响的鼾声。我后来也睡着了。

第二天大清早,我起身的时候,杨林不在洞里。我走出洞子,雪早停了。我看见杨林拿着一把铁锹走上来。他带笑说,额上、嘴上还在冒热气:"李林同志,你不用担心,今天路好走了。"原来他把路上的积雪铲过了,土级铲平了些。本来我倒真担心路不好走,现在我顺利地跟着他走到了下面。

我刚刚停住脚,就听见有人唤我,我抬头一看,原来是兵团文工团的王协理员,他后面还有人,都是文工团员,有男有女,年纪很轻,脚步非常轻快。王协理员是我的熟人,在兵团里见过几面,有一张褐色的瘦脸,厚厚的嘴唇,三十岁不到,广东人。他问我:"你什么时候来的?又碰到你了。今晚上要看我们演出啊。"他很热情,捏住我的手不放,一连讲了三句话。

　　看他们的演出,陈主任已经给我作了安排。我们交谈了彼此的近况。文工团的部分团员在祖国学习节目,回到兵团,到部队演出,现在到了这个师。他们是昨天深夜到达的。就住在我右手上边两个较大的洞子里面。当时这些人上山吵吵闹闹,我居然一点也不知道。

　　我同王协理员谈话的时候,几个文工团员也在和杨林交谈。我听见他们称赞他做了"好事情",给大家带来方便。杨林却拉住他们问祖国的情况。因为他们有事情,我要到陈主任那里去,我们就一起走了一段路,转了弯,才分手。

　　陈主任住在紧靠山脚的一间没有人住的破房子里。房子稍微修缮了一下,里面有地炕,房外有木廊,旁边还有一小间没有地板的小屋子。他睡在有地炕的屋里,就在木廊上吃饭、会客。他听见我的声音,从屋子里揭开当门帘用的雨布走到廊上来,高兴地招呼我:"老李,把你搬到洞子里,你没有意见吧。没有想到鬼子用炸弹欢迎你。"他哈哈地笑了起来。他两只眼睛炯炯有神,一张瘦脸生气勃勃。他很精干,又是一个直性子。

　　我坐下来对他谈起昨夜上山的狼狈情况,他马上打断我的话说:"我想得不够周到,我以为四川人会爬山,没有想到你在大城市住惯了,又使惯了笔杆子。不过有这个小鬼照应你,我想问题不大。"

　　"你说杨林吗?"我惊讶地问道。"对,这个小鬼在我这里待过一段时期。初来的时候什么也不懂,就是吵着要下连队,不愿意待在上面。问他为什么,他说来朝鲜是为了打仗。再问他,他说:'不打仗就想家,想妈妈。'真是个小孩。"他爽朗地笑了,"我后来把他交给郝平。现在不同了,懂得多了。郝平没有对你谈过吗?"

我不知道陈主任指的什么,一时答不出来。他接下去说:"有一次他跟着郝平回连部,下过几天的雨,他们连部坑道口上方裂开一个大口,掉下一大块砂土,郝平刚走到洞口,小鬼看见就跑上前去,把郝平一推,两个人都倒了,小鬼膀子上受了点伤,左手半个月举不起来,他连哼都不哼一声。问他当时怎么想法,他说来不及讲话了,只好用自己身体顶住。"我还不知道这件事,虽然郝指导员也对我谈过一些别的事情。

"啊……"我这样答应着。陈主任又点燃一支烟,往下讲:"我前些时候到郝平那里去过,看见这个小鬼。才几个月,不同了,好像长大不少。不过还是提要求,想到班里去,想打仗。"讲到这里陈主任又大笑了,"我当初参加红军,比他还小,我什么也不懂,只晓得报仇。我只有十六岁,父母给反动派杀害了,红军经过我们那里,我就跟着红军走了。今天这些青年都比我那个时候强。看见他们,我真是满心高兴。你报道功臣的事迹,可是没有立功的英雄还多得很,你也可以找两个普通的年轻人谈谈,譬如我的通讯员郭卫,还有杨林……这些小鬼……"

陈主任一向健谈,要不是郭卫摆上饭菜,让我们吃饭,他还会谈下去。同桌还有宣传科的吴科长。我吃着祖国运来的罐头肉和鸡蛋粉做的菜,心又回到鸭绿江那边的祖国去了。我深切地感觉到和祖国血肉相连的关系。我应当把这些年轻战士的事迹多向祖国报道。陈主任这次找我来就是要我接受这样的任务。我已经开始工作了。

我们正在吃饭,王协理员来了,他来找陈主任和吴科长,谈演出的事。吃完饭我听见他们谈话,知道这次文工团还要到连队演出,要分散到坑道里演出,也要到八连演出。王协理员兴奋地谈他们的计划和决心。吴科长详细地谈他的安排,陈主任有时作一点补充。他们谈得起劲,我要去参加宣传科为我布置的青年战士座谈会,就先走了。

我参加了整个上午的座谈会,八个青年战士谈他们的事迹和心情。和昨天的会不同的是,发言的人中有一半不曾立过功,其中就有郭卫,有的入朝不过几个月。他们谈得朴素、简单，但是谈的是真实的事情和真实的感情。我尽可能多地把他们的谈话记在本子上。我注意到杨林也在记录。不过他更多的时间望着讲话的人，两只又黑又亮的眼瞳动也不动一下。特别是他的朋友郭卫讲话的时候，他嘴唇边露出微笑。

散会以后，我同杨林走到我头一夜住过的老大娘的家里去休息。路上我问他听了这样的发言有什么想法。"我要学习他们。"他答道。我说："你做梦也说：不把美国鬼子赶出去，决不回家。你的决心真大啊。"他红着脸说："我就是爱说梦话，把啥子心事都讲出来了。不瞒你李林同志说，我初到的时候常常想家。我自己跟自己思想打仗。后来我决心大了。有时候我梦见我妈要我回去，我不答应。"

我们走进了门前有棵栗树的小院子，瘦小健康的老大娘像招呼亲人一样，问这问那，问我搬到哪里去了，住得是不是舒服。她笑起来眼睛眯得很小。老大爷不讲话，但他也用笑脸欢迎我们。他们的木廊擦洗得很干净，光滑发亮。老大娘就让我们在廊上休息。我对杨林谈起他的笔记本，说我想看看。他爽快地从衣袋里掏出来递给我。

这是一个普通的笔记本，是一位上海工人赠给"最可爱的人"的纪念品。头一页是毛主席的像，接着的一页上面有杨林写的几个大字："把一切献给祖国。"另一页写："一定要做一个好通讯员。"然后又写："牢记指导员讲的故事。"以后就是记录别人的谈话，记得不全，只是一些重要的句子，但笔画很清楚。昨天和今天的会上他记的都在这里。我看那些简单句子，也能明白别人讲些什么。有好几处地方，他写了"向张祥言烈士学习"的字样。我一下子想不起张祥言是谁。我把笔记本还给他的时候附带问了一句。

"就是指导员的老师嘛。"他答道，两只黑眼瞳又不动了。"啊……我知道。"我想起来了。那是两个月前在八连连部发生的事情。杨林又在向郝指导员要求到班里去，他表示不愿意当通讯员。郝指导员起初不作声，他伸起右手放在嘴上，五根指头用力把两边脸颊摸了一下，托住了下

讲真话的书 （1977—1979）

巴，眼光落在遮窗洞的木板上面，然后移到杨林的脸上。他说："我上次答应给你讲我当通讯员的事。……我从小就吃苦，也没有念过一本书，连一个'大'字也不识。我后来参军当通讯员。我跟着一位指导员，他对我真好，一有空就教我学文化，逼我识字。有一次我跟着他去打仗，我执行了通讯任务，回到他的身边，他挂了花。部队开始转移阵地，敌人炮打得猛，我把他背下火线。他去休养的时候，我仍然跟着他。……他看了不少书，本本都念给我听，讲给我听，有时还要出题叫我回答。我要是答不出，要是不认真听，他就摇摇头说：'小鬼，每个人都要往前走啊！你也不会当一辈子通讯员。你不好好学文化，学政治，要是你当了指导员，你怎么办？你会给人民带来多大的损失啊！'我听他这么一说，再也不敢偷懒了。"

杨林不眨眼地望着指导员，听见指导员忽然静下来了，哪怕是一分钟，他也不能等待似的急着问："那位指导员现在还在部队吗？"

指导员摇摇头，声音低沉地说："他牺牲了。他是在解放锦州的战役中牺牲的。他指挥两个排堵住了敌人一个团十几次的猛攻，最后剩下十多个人，仍然守住阵地。他受了重伤，还趴在地上指挥作战。后来友军消灭了敌人，同我们会师了。我背他下去，他两手两腿都断了。我刚刚把他湿漉漉的身子背在背上，他说：'小鬼，又是你背我，这是第二次了。谢谢你啊。你背起来，我一点也不痛。'他看见我掉眼泪，他还批评我：'小鬼，这是革命啊，像你这样哭哭啼啼怎么行！'我听他这一说，倒真的哭起来了。他又说：'不要哭了，我们打了大胜仗，应当高兴啊。……少我一个不要紧。你记住我的话，你将来也会当指导员的，我们要听毛主席的话，要解放全中国……要坚强啊……要乐观啊……'"指导员掏出那块用降落伞改做的手帕揩了一下眼睛，又把手帕放回裤袋里，加上一句："我到今天还记得我这位老师的话。"

杨林站在条桌前，仍然望着指导员的黑黑的长方脸，泪珠从眼角落下，他也不去揩干。他忽然挣红脸正经地说："指导员，我一定记住。"

指导员点点头说："记住就好。"他看看杨林，又看看旁边另外两个青年战士，他微微露出笑容说："要是他看到你们这些小青年，他会多高兴啊。……你们一定要大步往前跑啊！"他伸起手把军帽往上一掀，手指头在额上搔了几下。我才看到他的额上本来长头发的地方，现在是一块发亮的、淡红和浅白色的伤疤。……

老大娘端着一盆团子从房里出来，笑容满面地说："吃吧，阿妈妮做的东西，你们一定要吃。"我推辞，杨林也推辞，我们又说又比画，但是没有办法。老大娘把杨林当作儿子一样，老大娘做出生气的样子。后来又笑了，终于逼着杨林吃了个团子，老大娘才满意地走开了。

我阖（合）上笔记本，交还给杨林，含笑问一句："你现在不要求到班里去吗？"

他不假思索地回答："我听指导员的话。"天还没有黑，演出开始了。陈主任差郭卫来找我时，我正和杨林到剧场去，在半路上遇着了。郭卫同杨林是同时到朝鲜的熟人，年纪差不多，见了面很亲热，总是有谈不完的话。路有点滑，走得慢。我们到了剧场，王协理员已经讲完话，节目开始了。陈主任招呼我坐在他旁边。我们都坐在木头上。杨林和郭卫坐在我的旁边。

剧场是利用山脚原有的一个大洞子改建的，可以容纳两三百人，一根一根的木头横倒在地上，当作座位。舞台很简单，是新近筑成的，在明亮的汽灯下面，显得干干净净。我回头看后面，木头上坐满了人，许多张年轻战士的脸，许多对漆黑发亮的眼珠，全朝着舞台。节目不多，有歌有舞，有独唱，有合唱。内容是反映祖国人民的新生活，歌颂毛主席，歌颂党。合唱《东方红》开始，最后一个节目是舞蹈《抢渡大渡河》。每一个节目结束，战士们都热烈鼓掌，露出满意的笑容，我听见杨林对郭卫说，他入朝以后还是头一次看见这样好的节目。郭卫说，他看过朝鲜人民军协奏团的慰问演出，也很好。杨林说，看了这些节目，更爱祖国，晚上一定要做梦。郭卫笑着说，他高兴起来，就睡得特别好，不做梦。我觉得好

讲真话的书　（1977—1979）

笑，真是小青年的想法。演到最后一个节目，剧场里特别安静，人们聚精会神地望着舞台上的每一个动作。争分夺秒，有敌无我，奋不顾身……勇士们的一举一动牵引着两百多个战士的心。我侧头看杨林，他睁大眼睛，嘴微微张开，好像在说："快！快！"他把郭卫的手拉住。郭卫也不眨眼地望着台上的红旗。勇士过了江，红旗插在对岸，胜利了！战士们热烈鼓掌。杨林小声对郭卫说："最好再演一次。"他也拼命鼓掌。大家站起来，有秩序地陆续散去。

"老李，你到我那里去坐坐。"陈主任对我说。我们又走到那个小院子，在木廊上坐下来，我坐在用木箱改做的椅子上。陈主任叫郭卫沏了两杯茶。

夜很冷，院子里还有积雪，廊上长条桌上烛光暗淡，摇晃得厉害。"老李，看了这些节目，更想祖国了。好啊！"陈主任端起茶杯带笑地说。"我看，你会想到更远的日子，那些忘不了的日子吧。"我接下去说，我知道他是经过长征的干部。"对，我当然忘不了，"他歇了歇，好像他眼前出现了那些日子的景象似的，"当时哪里想得到今天！但是有些人脑子里的的确确有个今天。虽然模模糊糊说不清楚，但总是有个今天。"他看了看郭卫同杨林，他们在小声谈论什么。他又说："小鬼，你们现在幸福多了。你们想也想不出我们当时的情况，你们听听也好。"

两个通讯员听见他这么说，就走了过来，望着他那张带着刚毅表情的瘦脸，等待他讲什么。他咳了一声嗽，就讲道："我爬雪山过草地的时候年纪比你们还小。那年我们过了金沙江以后，就爬上一座高山，正是在大热天，起先还很热，走了三分之二，有的人就气喘得不得了，也有人口渴得没有办法，把路旁的雪水捧起来喝，一喝下去就倒下死了。一坐下来休息，也就站不起来，闭气死了。我看见自己的阶级弟兄就这样白白地死去，也哭过几次。可是哭过后我还是要硬起心肠往前走。我就是经过这样的考验来的。"

杨林和郭卫都瞪着眼出神地听陈主任讲话，两个年轻人的眼球都是黑亮黑亮的，杨林的眼睛稍微大一些，郭卫的嘴唇厚一些。陈主任喝了一口茶，他好像不打算讲了，可是看见年轻人听得那样注意，他又往下说："草地上没有人烟，气候时常变化，时而下雪，时而下雹。……我们晚上只好在山脚草坪上用竿子支雨伞，或者拆被子搭帐篷，自己待在里头。……有时候下大雨刮大风，把帐篷一吹就吹得很远，那时人就只好淋雨。有一次下了一整天的大雨，淋得人只想找个洞子钻进去。……我们每天煮一点稀的东西吃。后来实在没有东西，就把脚上穿的牛皮鞋脱下来煮起吃。……我们还走到一片陷泥地，一个不小心陷下去，就起不来，死在里头……"杨林的嘴里忽然冒出一句话："首长，你们很坚强啊！"他自己马上觉得不该出声，就站直了身子。陈主任微微笑了起来，说："小鬼，我那个时候也是通讯员。"停了停又说，"朝鲜战场上最艰苦的日子，一口雪一口炒面的日子也比那个时候强得多。可你们都没有赶上。"

"我们来晚了。"杨林又惋惜地说了一句，郭卫连忙拉他袖子，他就闭上了嘴，脸上还有笑容，看得出他对陈主任怀有敬爱的感情。"来晚了不要紧。反正仗还有得打。"陈主任带笑说，他又喝了一口茶，把杯子放在长条桌上。"我知道你想打仗，一直没有赶上机会。不要紧，你好好锻炼吧，你们那里的一七〇高地不是大家都讨厌吗？敌人不肯谈判，就把它拔掉……"一七〇高地是八连的眼中钉，就在××山前面，郝指导员经常提到它。

屋子里电话铃响了，打断了陈主任的话，是师政委打来的，政委和陈主任在谈什么事情，我就告辞走了，陈主任也没有留我。

我在积雪的路上走着，一面和旁边的杨林讲话，他兴奋地告诉我，他今天给母亲寄了一封信去。我问他信上写些什么。他说："我请她不要多想我，我向她保证我要争取打仗立功，把喜报送到家里去。"我就说："你妈一定很高兴，有你这样的好儿子。"他说："我妈好久没有来信了，多半是他们忙，来不及替我妈写信……"他还要讲下去，忽然听见后面有人叫："杨林！"我们站住回过头去看。郭卫跑了上来。他到了我们

讲真话的书 *(1977—1979)*

面前，敬个礼说："李林同志，首长叫送来的，他说刚才忘了拿给你。"他递了一个小纸包给我。我打开纸包，现出两盒咳嗽糖来。这种糖在祖国是极其普通的。我说："你替我谢谢主任。"

我把纸包塞在棉军衣的口袋里，继续往前走。我们回到洞子里，杨林点燃蜡烛，我打开纸包，看到陈主任的一封短信：

李林同志：从祖国带来的糖，分两盒给你，请收下这份来得不易的礼物。此致
　　革命的敬礼

陈正昌
××日

我准备分一盒给郝指导员他们。我打开另一盒，嚼了一颗糖，也让杨林尝一块。我说："含着祖国来的糖，心更贴近祖国了。"这一晚我睡得很好。

早晨醒来，我感到冷，盖在被子上的棉大衣落到地上了。杨林不在洞里。我穿好衣服，发现桌子上有一张纸片，我拿到洞口看，原来是杨林留的字条，纸是从笔记本上撕下来的。他写着："报告李林同志：半夜里鬼子炸坏了老乡的房子，杨林去帮忙，请你先到首长那里。"

洗脸水等等他都准备好了。我把字条揣在衣袋里，走出洞去。我以为落弹的地方较远，因为我在睡梦中毫无感觉。可是走到山脚，我又遇见王协理员，他正在和文工团员讲话，看见我，他激动地说："一位阿妈妮牺牲了！"他的眼里射出来火一样的眼光。

我愤怒地问："在哪里？""不远，就在那里，"王协理员指了一下，他又说，"你那个小通讯员也在那里帮忙！"我急急地跑向他指的那个方向。原来就是我两天前住过一夜的人家。房子没有了，剩下一堆土、瓦片和断木头。门前那个栗树也只剩下半截树桩。土堆里挖出来的东西堆

在雪地上，也没有多少完整的了。朝鲜干部、志愿军人员和老大娘们在那里，有的在瓦砾堆里挖掘，有的在哭，有的在商量事情。

杨林看见我就奔过来，他的军服扯破了，上面有大块的污迹，脸上污黑，手上有血迹，一张脸冒着热气，黑亮黑亮的大眼睛被泪水罩住了，他拉着我的一只手，说："阿妈妮牺牲了。"我捏住他的手，过了半晌才吐出一句："老大爷呢？"这一家就只有一对老夫妇，儿子是人民军战士，在这次战争中牺牲了。"在那里。"他指了指。我朝他指的方向看去。老大爷蹲在一棵光秃的树下，拿着一根长烟管，默默地吸着，吸着。

"挖出来，阿妈妮已经断气了。……老大爷捏着拳头，不讲话……"他说不下去了。

"不要太激动……记住这个仇恨，"我低声说，眼前现出那张笑得眼睛眯起来的、和善的黄瘦脸，我想起了干净得发亮的木廊，和她满心高兴地端来的团子，我心里一阵难过。我拍了拍杨林的肩头，"没有事情，回去洗个脸吧。"我走到老大娘的遗体前，她躺在木板上，头上盖着白布。我行了一个礼就走了。

杨林跟在我后面，走了一段路，他忽然问我："李林同志，我可不可以再要求首长让我到班里去？"

我想：又来了！但是我同情他，我只说了半句："你昨天不是还说……"

他好像等不及了，好像忍耐不下去了，他说："我要打美帝，要给阿妈妮报仇！"不像在说话，倒像在呻吟。

"我见到指导员，一定替你说话。"我终于答应了他。"谢谢你。"他说，吐了一口气。下午他就把扯破的军服缝补好了。

第二天，我写完了关于青年战士的报道，交给陈主任看过以后发出去。不到傍晚我就同杨林动身再去八连，仍然坐师部的小吉普，车子开出的时间早一点，路上又比较顺利，不到深夜就到了下车的地点。杨林背

讲真话的书 （1977—1979）

着背包，还提着我的手提包给我引路。我们翻过一座长了不少马尾松的小山，在交通沟里走了一段路，遇到郝指导员派来接我们的人，他亲热地说声："回来了？"就把手提包从杨林手里拿过去。我听见杨林高兴地小声叫："王理明！"来的也是连部的小通讯员，上海人，年纪和杨林差不多，身材也差不远。我听见王理明说："你家里来了信。"又听见杨林惊喜地问："真的？"

我们打着手电筒经过黑暗的通道，走进了连部办公室。郝指导员坐在长条桌前面，桌上点着一盏油灯，昏暗的灯光照着那张亲切的长方脸。他站起来伸出一只长满了茧的大手欢迎我。我坐在桌前那个小凳上，我们就谈起来。我谈了几天的情况，谈了我写的那篇报道。我说我还想写一篇介绍普通的青年战士的文章，这些入伍不到一年的年轻人并没有立过功、打过仗，但是他们一旦走上战场，都会成为英雄。我讲话的时候，他伸出五根手指摩自己的下巴，听着，可是不等我讲完，他就露出笑容打岔说："杨林怎样？他让你满意吗？"

我称赞了杨林几句，我也反映了杨林那个到班里去的要求。郝指导员笑了。他说："这个小鬼真顽固，他一直没有放弃他那个愿望。""那么，你就满足他一次吧。"郝指导员并不直接回答，他说："仗总是有得打的，我们总有一天要拔掉前面那个眼中钉。快了。美国鬼子不肯认真谈判，只有一拳一拳地揍他，一个山头一个山头地吃他，他才肯认输，坐下来规规矩矩地谈。"我又重说了一遍，讲了这几天里杨林的一些事情。他听得很注意。他答复了："你放心，我们会考虑让他去锻炼一下。其实，打起仗来，通讯员也很需要。……我赞成你写那篇文章，这样的年轻人我的确见过很多，叫人从心底热爱我们的社会主义祖国。"他看见另一个通讯员王理明走进来，就顺口问道："王理明，杨林看了家信怎样？高兴吗？"

"报告指导员，他妈死了。"王理明答道。

"怎么会死，也没有听说生病！"郝指导员吃惊地说。我不作声，我心里想：怎么都集中在这一天！我同情这个小青年。指导员把军帽向上一掀，又说一句："你讲吧。"

"报告指导员，我刚刚回到我们住室，看见杨林呆呆地站在那里。我喊他，他好像没听见。他望着贴在壁上的《江楼春晓》的图片，不理我。我忍不住拉着他的肩膀，问他：'怎么啦？信里讲的啥事？'他转过身捏紧我的手，流下眼泪来。我猜到信的内容了。我再问他：'信里有啥消息？'他说：'我妈死了。'我安慰他，劝他。他放开我的手，一边擦眼睛，一边说：'信上说，我妈病了一个多月才死。她一直不让他们把她的事情告诉我。她临死前还特别嘱咐他们不要给我晓得她的死信，让我安心在朝鲜打仗。'我说：'做母亲都是这样，你就应该听你妈的话。'他说：'我怪我自家为啥不早给她多写两封信！现在我有一肚皮的话，她一句也不晓得！我心里不好过。'我挽住他的肩膀问他：'你妈的后事都办好了吧？'他点点头说：'我妈的后事都办好了，人民政府对我们家照顾很好。我再也没有牵挂了。'他叫我让他一个人再想一阵，我只好出来，他一个人望着壁上那张图，不知道在想什么。我有点担心。指导员，你是不是叫他来谈谈？"

指导员把右手的五根指头放在下巴上，用力把两边脸颊揉了两下，听完王理明的话，他短短地说："不要紧，我去看看他。"

我知道指导员要去做思想工作，我放心了。我想起王理明提到的《江楼春晓》的图片，那是从一份画报上裁下来的，彩色图片上现出一丛碧绿的竹子和一条缓缓地向前流去的河，还有一座漂亮的楼房，那是成都有名的望江楼。杨林的家离望江楼不远。我听见杨林讲过，他的家就在锦江那一边。他妈送他参军、母子分别的时候，他妈对他说："你要去，就高高兴兴地去嘛。早点打垮美国鬼子，早点回家。"她带笑地对他挥手。哥哥嫂嫂来信说他妈回到家哭过一回，就只哭过一回，以后讲起他，她总是高高兴兴的。她得到他入朝后寄回家的第一封信，欢喜得不得了，逢人就讲儿子在朝鲜的事情。……我全记起来了。杨林对我讲这些话，他也为了这样一位母亲感到自豪。

讲真话的书 （1977—1979）

　　指导员出去了。我和王理明还谈了一阵，王理明为杨林担心，我却觉得不要紧。我们谈得起劲，还不曾谈完，指导员回来了。他的脸色开朗，我知道他的思想工作做得顺利。他不等我问，就称赞说："真是一块好钢。我一说他就懂。他要求给他最艰巨的任务。"

　　这一晚我没有再看见杨林。第二天大清早他就进来了。他招呼我，讲话，和往常一样，只是眼皮有点肿，也没有露笑容。他和王理明到炊事班把饭打回来，我们吃过饭，我又找他谈了一阵，是在他们几个人住的洞子里谈的。《江楼春晓》的图片还贴在洞壁上，另外一张《北京初雪》的图片也在那里。洞壁冷冰冰，又潮湿。洞子里阴暗，我坐在炕上，很吃力地记下他的谈话。他回答我的问题，讲了些他家乡的情况和解放前后的变化。我提到他刚刚寄出的家信，他讲起他妈的好处。后来他说："李林同志，我生得晚，不过我想我也受得了爬雪山过草地的考验。"他还有事情，我记录又太吃力，因此问得并不多，结束谈话的时候，他告诉我他有一个未婚妻，本来决定今年春天结婚，他要参加抗美援朝，未婚妻支持他，就把婚事搁下来了。他说这里只有指导员知道，他没有对别人讲过。我想起来了，就问："上次你说'有人'，就是指她吗？"他点点头。我问他为什么不对别人讲。他红了脸说："不好意思。"关于这个未婚妻，他只说她在村子里工作，和他同样年纪，别的他就不讲了。我也没有多问，心里想什么时候向指导员打听一下。

　　下午李连长从团部回来了。晚上郝指导员宣布让杨林到二班去锻炼一个月，杨林这时才笑了笑。他明天就下去。这样的宣布也使我高兴：杨林的愿望实现了。但是这个晚上我睡不好。我听见远处的炮声和机关枪声，有一次洞子震动了一下。指导员和连长先后起来查哨，我都知道。

　　早晨吃过早饭，杨林背着背包、挎着枪、戴着伪装帽高高兴兴出发的时候，上海人王理明和卫生员范阳（这个挂着有红十字的布袋的小胖子是杨林的同乡，相隔四十里路）送他在交通沟里走了十几步路，他们之间显得非常亲热；我也送他到那里，他向我敬礼，我握着他的手，说："过几天我到二班来看你。"去一趟并不难,而且我也想了解杨林在班里的情况。杨林带笑说:"欢迎李林同志来。"……他转了弯。我起初还看见伪装帽上的树叶,一瞬眼什么也不见了。

我们三个人转身回去,范阳年纪比杨林稍微大一些,爱讲话,他和王理明还在谈杨林的事情,回到连部,我就向指导员表示三五天后我要去二班看看杨林锻炼的情况,他很赞成。这一天我就在考虑我到二班去谈些什么,我还需要了解些什么,以及我打算写的那篇报道怎样写法。

这一次我对杨林失了信。就在我准备去看他的前一天,我得到通知要我回国去参加一个会议,陈主任又派了车来接我。我在师政治部休息半天,和陈主任匆匆见了一面就走了。他派郭卫把我一直送到安东,分别前他还嘱咐我早日回来,免得错过一次战斗。我问他是不是要拔掉八连那个眼中钉,我这样问,因为我离开八连的前一天新来了一位副指导员,我动身的时候,郝指导员和李连长都到团部开会去了,就由王副指导员看家,我猜想要执行什么任务了。

他笑笑,说:"你还是早点回来吧。"雪已经化尽,树枝添了新叶,风吹到脸上使人感到舒适,我们白天休息,黑夜行军,沿途不少炸坏的房屋,一排一排的照明弹高高挂在天空,但是到处有防空哨挥着旗、吹着哨子给汽车指路。车上我们都不讲话,白天休息的时候,郭卫经常和我谈起杨林,我把新发生的事情告诉了他。

到了安东,郭卫和司机老吴在留守处向我告别,这个山东小青年握着我的手一再说:"你要再来啊!"我也感到留恋,我连声回答:"我一定再来。"……

不到两个月,我又坐在陈主任的廊上了。陈主任两只眼睛发红,显然睡眠不足,但是他精神好,看见我,叫声"老李",拿着我从祖国带给他的上海糖果,笑起来。郭卫也像欢迎亲人那样地招呼我。我发现那张长条桌上添了一个用炮弹筒做的花瓶,里面插了一枝金达莱花。这枝美丽的红花使廊子显得明亮多了。

讲真话的书　(1977—1979)

"你来得正好,八连刚刚打了胜仗,把一七〇高地拿下来了。你休息几天,以后再下去看看。"陈主任说,喝着他喜欢的云南沱茶,他叫郭卫也给我沏了一杯。他满意地说:"喝这样的茶,我好像回到祖国了。"

"打了胜仗,好得很,让我早点下去祝贺他们。我很想看见那几个熟人,特别是郝平、杨林他们。"我兴奋地说。

陈主任皱起了他黑黑的浓眉,接连喝了两口茶,他的颧骨好像更突出了,嘴边一圈短短的胡子带着水发亮。他说:"你要看郝平,不用下去,他就在疗养所。我叫郭卫陪你去。"

"他在疗养所?他挂花了……是不是?"我惊问道。"不要紧,就要送回国去治疗。抓紧时间,我保证你明天早晨就见到他。"陈主任爽快地说。我看见陈主任满脸倦容,就没有追问下去。可是不等我去疗养所,郭卫来照料我的时候,就把他知道的全对我讲了:杨林打到最后,牺牲在阵地上,直立不倒。他红着眼说:"李林同志,你知道他,一定要把他的事迹写出来。"我说:"我知道你们是好朋友。"小青年说:"他真好,我们一块儿从祖国来,路上我生病,他照顾我很周到。"他的泪水流到脸颊上了。他又说:"他这次打仗很勇敢。我向首长打了报告要求到连队去,我也要打仗。李林同志,你也替我向首长讲讲话吧。"

我看见他脸上的恳切表情,不能不答应。第二天天刚亮,我们就到了疗养所。疗养所在山脚,也是利用一个不小的山洞修建的,洞外是石片顶的平房,房前有一棵树叶繁茂的大树。郭卫去办了手续。所长把我带进病房,一个房间里六张病床,在右上角的病床上,我看见了那张熟悉的脸,我忍不住唤了一声:"指导员!"声音并不大,所长连忙做手势止住我。我站在床前,看这张黑黑的长方脸,下巴尖了,颧骨高了,胡子长了,眼睛没有神,嘴唇灰白。我听见一声"老李"。这张脸上浮起了笑容。我安慰他,向他祝贺胜利。他带笑说:"我的伤不要紧。治好以后我就回来。……小鬼他救了我……自己却牺牲了。……你还记得杨林吗?"

"记得,我一直记得。""就是他……我挂了花,他给我包扎好,把我背进防空洞……他说：'你从前也背过你的指导员，我背你也不会使你痛。'……他留一颗手榴弹给我……自己跑出去打敌人……子弹打完了，他退到洞口，用他的身体堵住洞子……小鬼他说：'你放心，我在，阵地就在。'……他说：'指导员，我绝不让敌人碰你一下！'最后的手榴弹也扔出去了……他满身都是子弹孔，拿着枪，站在洞口，一直不倒。……副指导员就上来了……"

我并不是让负伤的指导员一次谈许多话，这些话是断断续续地几次说出来的。病房里还有三个八连的伤员，他们也要给送回国去治疗，说是明天出发。我在郝指导员的病床旁边待了将近一天，没有听见他哼过一声。这中间他睡过几次，睡得还好，醒来又断断续续地讲几句话。他始终相信自己能够回到战场。他并不在乎自己的"这点伤"。有一次他像说梦话似的叫着"小鬼"，眼睛里涌出了泪水，还说："想不到轮着你来背我……的确不痛啊……"我注意地看他，用手帕轻轻地揩去他的眼泪，他又醒了，对我微笑。

最后我向他告别的时候，劝他安心养伤，他请我替他谢谢陈主任，陈主任到疗养所来看过他，还说要是我再去八连，请代他向同志们问好。总之，他的心还在他的战斗岗位上。可是所长告诉我指导员的左腿可能保不住。所长的话和指导员的话，郭卫在旁边都听见，所以我们上车以后，这个山东小通讯员就痛苦地问我："郝指导员没有了左腿怎么办？"我接连说："不会，不会。"

过一天我就到八连去了。我又坐上了老吴开的小吉普，还是和郭卫一起，离开了师部的山沟。敌机经常在夜空盘旋，炸弹在不远处爆炸，车子不开灯在公路上奔跑。我们终于到了下车的地点。有人在那里等候，他一开口，我就认出来是小通讯员王理明。郭卫跑上去，拉着手同他讲了一阵话，就向我告辞坐原车回去了。

不久我听到一声枪响，这是防空哨的枪声，敌机又在上空盘旋了。王理明带着我翻山、摸黑在交通沟里走来走去，我感到吃力，也顾不得和王

讲真话的书 *(1977—1979)*

理明讲话,默默地跟着他到了连部。

"到了。李林同志,又见到你了。"王理明亲切地说,他打着手电筒把我送到了办公室。李连长还是那样结实,新来的王副指导员我上次匆匆见过一面,虽然瘦小,却显得精神饱满。王理明黑了些,瘦了些,胸膛却挺直了些。他望着我,好像有不少的话要对我说,我也想找他畅谈杨林的事情。但是李连长和王副指导员却主张让我休息,明天给我安排座谈。我同意了他们的决定。可是这一夜我怎么会睡得安稳?杨林的一对黑亮的眼珠一直在我的脑子里活动。

早晨我才发现坑道里有不少的洞子,整个山差不多都挖通了。我意外地看见了王协理员,他和一部分文工团员在这里整理材料,帮忙搞总结,也演一些小节目慰问战士。他还是那样热情,那样容易接近,他拉着我的手高兴地说:"我知道你会来,我盼了好久了。"我在这里遇见熟人感到特别亲热。他还说:"我也在搜集杨林同志的材料,我也要宣传他。"

连长给我安排了一天的座谈,上半天他和副指导员介绍战斗的情况:他带着战士攻占了一七〇高地,指导员坚守阵地到最后负伤,副指导员带着增援部队赶上去消灭反扑的敌人,坚固了阵地。下半天立了功的战士介绍他们的英雄事迹,王理明也发了言,他就是在关键时刻炸掉了敌人的大母堡,跟着连长最先登上主峰的英雄,可是他把自己的事情讲得很简单,不像他讲他的朋友杨林的事情那样。

另一天我请他单独给我讲杨林的事情,他一口答应。晚上我就在他的洞子里听他谈,洞子里有两个炕,壁上挂着一盏用罐头盒子改做的油灯,用棉絮搓成的粗灯芯发出带黑烟的火光,我们就坐在杨林生前睡过的炕上。王理明谈了杨林的屯兵洞里和阵地上的表现,谈了杨林的一些英雄事迹,最后说:"我参加副指导员带的增援部队上去,把敌人完全消灭了。副指导员担心指导员的安全。我们走到防空洞跟前,看见杨林瞪着双眼拿着枪守在洞口,洞子前面地上横七竖八地躺着十几具敌人的尸首。我听见范阳远远地叫杨林,我一看高兴得不得了。可是他不答应。我们走近一看，他的眼睛无光，嘴唇雪白，闭得紧紧的，衣服撕破了。我拉他一只膀子，刚说了三个字：'小鬼，你……'手一松，他就倒下去了，我才注意到他满身枪洞，尽是血。我听见副指导员在后面问：'指导员呢？'我连忙到洞子里面去看。指导员坐在地上，身子斜靠洞壁，右腿上放着一颗手榴弹。我唤了两声'指导员'。他慢慢睁开眼睛，动一下头，说：'你来了，杨林呢？'我说：'我们来迟了。'我就跑出洞大声叫：'指导员在此地！'我看见范阳弯下身子，用他的手把杨林睁开的眼睛闭上，心里一阵难过，眼泪流出来了。范阳也赶来了，我们两人把指导员抬出来。副指导员和几位同志在洞门迎接。副指导员弯下身子握着指导员的手说：'指导员，我们来迟了，让你吃了苦。'指导员勉强笑笑，连声说'不迟'。他躺在地上，范阳替他重新包扎腿上的伤。他问起杨林，没有人回答。杨林的尸首就在身边，指导员看见了，说：'果然是他，让我好好看他一眼。'副指导员说：'让指导员看看吧。'我扶起指导员的上半身，指导员注意地看他，我也在看那张浅黄色的圆脸，那双松松地闭上的眼睛，那两片有血迹的嘴唇……我心里想：你说一句话吧！我忍不下去了。我听见指导员说：'把我抬下去吧。……老王，阵地交给你们了。'……"王理明的声音嘶哑了，他停了停。

"我带着担架员把指导员抬下去，"卫生员范阳接下去说，他是在我们谈话的中间进来的。他原先是一个胖小子，现在瘦多了，好像也高了些。他仍然穿着洗得干净的褪了色的军服，仍然挂着他那个有红十字的布袋。"指导员在担架上常常一个人在说话。他有热度，我想他是在说胡话。我听见这样一句：'为什么不让小鬼多活几十年？'原来他还是在讲杨林。我们走着走着，天色暗了，落下雨点来。我把身上披的棉军衣取下来给他盖上。他手一动，说：'我不要，你给杨林盖上吧。'我惊讶地问：'给杨林盖上？'他醒过来了，听见我的话，用力说了一句：'他没有死。'以后又睡着了。……"

范阳又回头讲杨林牺牲以前到三排长守的阵地来传达指导员的命令，

讲真话的书　（1977—1979）

三排长当时负了重伤不肯离开火线，范阳在给他包扎。范阳对杨林说："你回去报告指导员，说范阳在这里照料三排长，一定坚守到底。"范阳揉了揉眼睛说："他正要动身回去，我抓住他的膀子小声说：'你将来回到成都一定要把我的事情告诉我家里。'我当时是准备永远不离开阵地了。他不加考虑立刻回答：'我一定走四十里路传达这个口信。'这就是我同他最后的谈话。"

"那么你将来回国就应当走四十里路去讲他的事情！"王理明严肃地插了一句。

"不说四十里，就是走四百里我也情愿！"范阳激动地答道。我的眼光停留在洞壁上贴的天安门广场上国庆节游行的彩色图片，这也是从画报上裁下来的，我一进来就注意到了，因为这个地方原来贴的是那幅《江楼春晓》。我以为是王理明把图片换过了。我还没有发问，王理明就说话了："这张图也是杨林贴的。他从二班锻炼回来，拿到这张图，就把旧的那张换了。他很喜欢这张图。有一天他忽然问我：'王理明。你还记得国庆节吗？天安门多热闹啊！你想不想到天安门广场上去？'我说：'当然想。'他马上接下去说：'我只想国庆节在天安门广场上站半天，我只想看在城楼上检阅队伍的毛主席他老人家。'又有一次他半夜里把我叫醒，拉着我的膀子说：'王理明，我看见毛主席了。他老人家问我想些啥子。我说：杨林永远听主席的话，为人民服务，杨林连心肝也肯挖出来。毛主席他老人家听见哈哈大笑。'他兴奋得不得了。原来他刚刚做了梦。第二天早晨他偷偷对我说，他刚刚醒过来的时候，还以为真的见到了毛主席……"

后来我问起杨林有没有遗物留下来。范阳说："我听见他自己讲过，他刚刚到师里的时候，分到了一个慰问袋，说是朝鲜老乡送来的慰问品，上面绣着一枝花，还有十几个朝鲜字，他不认得。他说：'我没有用它，就收起来了。我打算将来带回祖国送给我妈做个纪念，让她常常记得朝鲜同志跟我们是心连心。'"

王理明接下去说:"这个慰问袋杨林给我看过。上面绣的是金达莱,绣得很好。他的东西都交到连部了。……"

我最后去找文工团的王协理员。这个瘦小精干的广东人正在编写介绍杨林英雄事迹的说唱节目,他热情地给我帮助,把他知道的有关杨林的事情都讲了。这次战斗之前他和部分文工团员下来做鼓动工作,他同一些战士谈过心,也同杨林谈过几次话。他从衣袋里掏出一个小布包,慎重地打开那块布,从一个笔记本里取出两张残缺的纸片,交给我,说:"你看。"我接过来,原来是一封无头无尾的信,纸上还有干了的血迹。信上写着:"……我一直守在妈身边。她临死前还不准我写信告诉你。她要你安心在朝鲜打仗,不要想家。妈一直到死,没有说过想你回家的话,她只说当初不该逼你结婚。我知道她想你。她临死还喊你的小名,脸上还有笑容,好像并不难过。……

"不管你怎样说,我还是想到朝鲜来。我知道志愿军里也有女的,我们村里也有人上省城听过女志愿军的报告。但是我要报名抗美援朝,他们总不收我。杨林哥,你替我想个办法吧,让我到朝鲜立个国际功。不光是你,我也想上北京见毛主席他老人家,我也有好多话对他老人家讲啊……""这是他未婚妻写的,我知道。"我说,小心地把纸片交还给王协理员。

"李秀兰同志的信是在杨林的身上找到的。他放在军服的口袋里面。战斗前我同他谈话,有一次他讲起他家里的事情,说他当初报名参军,他母亲不同意,而且逼他结婚,他不肯。他母亲生他的气,哥哥嫂嫂也没有办法,还是他未婚妻向他母亲做工作,他母亲才同意。他母亲和未婚妻一起高高兴兴地送他去参军。他说李秀兰是个好姑娘,在村里劳动生产,又在民校教妇女认字念书。"王协理员说到这里,又打开笔记本取出一张有些损坏的两寸照片递给我。照片上一位面貌和善的老大娘坐在当中,背后立着三个年轻人,一男二女,右边那个梳双辫的瓜子脸上带笑的年轻姑娘,不用说就是李秀兰了。

讲真话的书　（1977—1979）

"主席像也是在他身上找到的。这个笔记本他留在家里。"王协理员把笔记本递给我。这就是杨林上次给我看过的那个笔记本。我翻了一下，杨林把陈主任关于长征的谈话也简单地记下来了，还写上："千万不要忘记。"我注意到笔记本开头印着毛主席近照的那一页是裁下来以后又贴上去的，皱纹还没有压平。王协理员马上解释道："他出发前把主席像裁了下来，带在身上，放在贴身的衬衣口袋里面。他说，这样他什么也不怕了。他是团员，出发战斗前还打了申请入党的报告。后来在他身上找到这张主席像，没有损坏，我又贴在本子上了。连长说这些遗物将来寄回杨林的家里去。"

听了这个解释，我又一次望着毛主席的慈祥的面容，我记起来杨林不止一次地对我讲过：倘使他能够到北京见到毛主席，那将是他一生最大的幸福。我忍不住说了一句："可惜他见不到毛主席了。"

"我揣想过他瞪着双眼挺着胸膛端着枪站在防空洞口的心情，我觉得他已经见到红太阳了。"王协理员接着说，眼里含着泪水，可是声音里充满信心。

我用不着再向别人打听杨林的事情了。我把笔记本交还给王协理员之前，还翻看了一下，无意间翻到一张纸片，原来是一个信封，已经毁掉了一半，我拿起来看，中间几个字还看得清楚："杨林同志"。不用说这是李秀兰的笔迹。我低声念着这四个字，我多么希望他就站在我的面前，我真想再看见他那对黑亮黑亮的眼珠。……

八月二十七日写完

"最后的时刻"

近年来我的记忆力开始衰退，有一些记得很牢的事情也渐渐地模糊了，仿佛有一把板刷蘸着水在我的脑子上面擦洗，要使我忘掉一切。但是，无论如何，有一些事情、有一些情景是永远擦洗不掉的。不久前，我在一次会上讲过："就是在'四人帮'对我的精神折磨使我感到日子难过的时候，我对社会主义祖国的热爱，对伟大领袖毛主席和敬爱的周总理的热爱也始终是坚定不移的。"这绝不是虚假的话，正是由于这种感情我才没有走我的一些朋友走的那条路，正直、善良的老舍同志就是这些人中间的一位。十一年了，有一个情景经常在我的眼前闪过或者在我的脑子里浮现，我在梦中也曾重见到它。那就是一九六六年七月十日，在北京市人民支援越南人民抗美斗争的大会上。大会是在人民大会堂召开的。主席台上总理和陈毅副总理坐在一起，陈毅同志准备讲话，拿错了稿子，总理连忙给他换了过来。总理侧过脸，我在后排看见了总理的友好的笑容。我一直在看他们两位。我看见他们健康、精神饱满，我真是说不出的高兴，我感到幸福，我自己也浑身是劲。陈毅同志讲完话，总理带头热烈鼓掌。大会结束，总理和陈毅同志有说有笑、感情十分融洽地离开了主席台。老舍同志坐在我前面一排，他离开时也在望总理的背影。这是这一年中间我和老舍同志唯一的一次见面，也是我一生中最后的一次。我更想不到这就是我最后一次看见我们敬爱的总理，我最后一次看见我们敬爱的陈毅同志。

十一年过去了。前些日子一个朋友从北京给我送来总理最后的遗像。

讲真话的书 (1977—1979)

总理坐在沙发上休息，他的面容安静而严肃，一位伟大人物在思索自己的国家、人民和人类的光明的未来。这是我们大家经常看见的总理，这是我们大家熟悉的总理，这是我们大家热爱的总理。他沉思之后有多少话要对我们讲啊！每天我望着这幅遗像，我就仿佛听见总理的响亮的声音："鞠躬尽瘁！"据说这照片是某个外国代表团得到总理的同意拍摄的，这是总理最后的一幅单人照片，有人因此称它为"最后的时刻"。可是在这消瘦的面容上我看不到任何病痛的痕迹。有的是力量，有的是信心。敬爱的总理，他的一生，他的全部思想感情都献给中国人民的革命事业了，哪里有丝毫个人的考虑？哪里会想到个人的病痛？有一天夜里，在荧光灯下，我立在像前，出神地望着，望着，我忽然觉得总理张开了口，我好像听见了笑声，一下子我的脑子里又浮现了十一年前人民大会堂主席台上的情景：总理是那样健康，那样精神饱满，在他旁边坐着满面笑容的陈毅同志。我们的总理并没有死，他永远活在中国人民中间，陈毅同志永远和总理在一起。

总理和陈毅同志在一起的场面，我不知见过多少次。我们几个熟人谈起"陈老总"，连声音里也充满着强烈的喜悦，好像在谈自己最信赖的好朋友。建国以来陈毅同志一直是总理的好助手，一九五八年总理把自己担任了九年的外交部长的重任交给陈毅同志的时候，我们在会上热烈地鼓掌赞成。我和陈毅同志没有私人的交往，但是我衷心地爱着这个人，他跟着伟大领袖毛主席南征北战，出生入死，他的一生是完全献给中国革命的；他完全做到：忠诚坦白，光明磊落，坦率直爽，没有半点虚假。作家协会召开大会的时候他代表总理对我们讲过话；代表团出国的时候请过他给我们分析当前的国际形势，他畅谈跟随总理出国访问的详细情况，他那一连几小时从不使人感到冗长的报告，他谈自己怎样犯过错误怎样改正错误的毫不掩饰的讲话，他那明确、尖锐、辞严义正、语言生动的答记者问，他那反映了他的全人格的感情充沛的诗词吸引着每一个人。在他的身边我感觉到心情舒畅，同他谈话好像他是一位和善的兄长。他的革命热情有时候像一团火，会烧掉你一切的私心。同他接近时我觉得他像一块水晶，让你什么都看得清楚。我永远忘不了他那衷心愉快的笑容。有一次在北京，任白戈同志拉我跟陈毅同志一起到郊区川剧团的住处看演员们排练小戏，陈毅同志像一个普通老百姓坐在同乡的演员中间，欣赏他熟悉的节目。他看得那样高兴！我常常回想起他在一九六二年一次报告中讲的一个故事：抗战开始前后，陈毅同志奉中央命令去收编一个游击队伍。他戴草帽穿长袍，又没有带证件，别人把他当作国民党特务绑起来，押送到一个地方。一路上他受到敲打，他却很镇静地对他们说："不要打我的脑壳好不好？"后来发现他真是党派来收编队伍的人，那个队伍的负责人抱着陈毅同志痛哭，向他请罪。他并不计较这个。后来那个人跟着他打仗干革命很勇敢，也很忠诚。故事很鲜明地印在我的脑子里，细节可能有一些出入，但陈毅同志讲话时的感情至今还使我的心激动。我怎么能不热爱这样一个真诚的人呢？怎么能不热爱这样火热的感情，这样博大的心呢？

我们敬爱的总理常常向外国朋友介绍陈毅同志是一位"元帅"和一位"诗人"，这两个称呼里含着多么深厚的感情，这是陈毅同志用战斗的一生换来的光荣的称号。就是这样一位全国人民热爱的"元帅"和"诗人"，却一再受到林彪和王、张、江、姚"四人帮"的迫害、诬陷、折磨和侮辱。报纸上再也看不到他的名字，有些"四人帮"控制的小报上不断地用恶毒的语言攻击他。一九七二年一月我还在上海市文化系统"五七"干校劳动，一个寒冷的早晨，广播室转播了陈毅同志追悼会的实况，这真是一个晴天霹雳！我不能相信生龙活虎一般的陈毅同志会离开了我们。但是报纸来了，我明明看见毛主席佩戴黑纱面色忧戚地站在灵前。总理悲痛地念悼词。我不敢想象总理当时的心情，我不由自主地一一回忆我见过的总理和陈毅同志在一起的欢乐场面。我暗暗地咒骂那些在这一段时间里公开做报告、散布流言、诬蔑陈毅同志的坏人。他们胡说什么"老右派""黑大炮""不会打仗"，这真是一派胡言，信口雌黄！陈毅同志率领的中国人民解放军第三野战军解放上海，是上海全市人民有目共睹的。

讲真话的书　（1977—1979）

陈毅同志在毛主席和党中央的领导下，对上海这个城市的建设和改造倾注了多少心血。上海人民对他有多么深厚的感情。恶狗的狂吠丝毫减少不了日月的光辉。但是看见狼犬咬人，我却不能站出来打狗，我多么恼恨自己。海边的冬夜非常冷，寒风震摇着干校的茅草屋，我越睡下去越感到阴冷。我想起"四人帮"对这位伟大死者的种种迫害，想起他们在"九大"期间逼着正在患病的陈毅同志深夜到上海小组接受"批判"，让反革命流氓陈阿大带头对他进行围攻，想起陈毅同志最后几年的遭遇和心境，仇恨像一团火烧着我的心。陈毅同志是被林彪和"四人帮"一伙害死的。陈毅同志身体结实，也很坚强。我们都知道这样一个故事：陈毅同志在第四次反"围剿"时，大腿盘骨受伤，有一次伤口化了脓，很厉害，没有药，只有万金油，他把大腿绑在树上，叫人拼命挤，挤出了血水，扯些白布条抹上万金油用竹签子一点一点塞进伤口，旁边的人都不敢看下去，他却毫不在乎。他就是这样一个钢铁汉！

一九六六年六、七月我在北京出席亚非作家紧急会议，经常见到陈毅同志，他是那样健康，那样生气勃勃。有一天晚上开会到夜深，我在旅馆里遇见他，天气很热，他摇着葵扇，揩着额上的汗水，像一个和气的胖老伯伯，我笑问他："陈总，还不睡呀？"他笑答道："我来看看。"他关心我们的会议，自始至终给了最大的帮助。他接见了参加会议的各国代表，和来自世界各地的作家们共同庆祝大会的成功。当时传说有人想破坏会议，他坚决地严加制止。他谈起这件事情，眼里射出威严的光芒，声音是那样坚定。在任何时候他的爱憎是非都是十分鲜明的。还有一次，北京中山公园卖茶的地方忽然想出新办法，让顾客为自己服务。我和朋友去喝茶，自己也动过手。不久陈毅同志到了那里，他笑着说："既然让顾客为自己服务，就用不着服务员了，你们都可以回家去。"后来这个办法就取消了。像这样一个身心非常健康的人，像这样一个十分坚强的人，像这样一个敢于带着"十万旧部"去"斩阎罗"的人，怎么会在这么短短几年的时间里就突然死去呢？说"突然死去"，因为普通老百姓都不知道陈毅同志身患重病，消息给封锁了，我们不知道陈毅同志在什么地方，做什么事情，我只能暗暗地祝他身体健康。没有想到正是在他病重的时期，上海的"四人帮"的御用喉舌却还在批判他，毁谤他，一个余党做报告，另一个余党随声附和，一犬吠影，百犬吠声，诽谤中伤，血口喷人，这是流氓干的丢石灰包、投西瓜粪的下流勾当。他们唯恐陈毅同志患病不死，就想用各种手段把他气死、逼死，这伙人面兽心的东西在伟大领袖毛主席亲自出席追悼会、表示沉痛悼念以后，还胆敢在死者身上投掷污泥。固然这一切都是徒劳，他们的所作所为都是在给自己挖掘坟墓。但是伟大的死者不可能复活了！他生前所受到的种种迫害和侮辱，我们将用什么来洗净、来补偿呢？我用力咬自己的嘴唇，为的是不要发出呻吟和咒骂。风继续摇撼茅屋不时发出痛苦的响声。一屋子的人都睡着了，我得不到一声回答。

六年又过去了。陈毅同志离开我们已经六年，总理离开我们也两年了。回顾六年前的情景，我觉得好像隔得很远似的。在"四害"横行的时间里，一天仿佛有一年那样的长，每个人心上都压着一块大石头。但是作恶多端、万人痛恨的"四人帮"终于被彻底粉碎了，真是大快人心！阴霾扫尽，日月重辉。我们捧着《陈毅诗词选集》，我们唱着怀念总理的歌。这些日子我常常在想：要是陈毅同志活到现在多么好，要是我们的总理活到现在多么好！我只要这样一想，我的眼前就出现了一九六六年七月十日的那个场面，总理和陈毅同志有说有笑边走边谈的背影。我望着《最后的时刻》这幅遗像的时候，我的脑子里也浮现了这同样的场面，这同样的背影。他们仍然活在我们中间，而且永远活在我们中间。照片的拍摄者使用了"最后的时刻"的标题，其实总理并没有"最后的时刻"，陈毅同志也没有"最后的时刻"，他们永远没有"最后的时刻"，他们的事业，他们的精神要永远活下去，他们将作为伟大领袖毛主席的好学生、中国人民的好儿子而名垂万代！

就在那一天我最后一次见到老舍同志的时候，他对我说："请告诉朋友们，我没有问题，我很好，我刚才还看到总理和陈副总理。"说到"总

讲真话的书 (1977—1979)

理和陈副总理",他的声音里流露出极深的敬爱的感情。这个声音今天还在我的心里激荡。我也有这样的感情,再长的时间也不能把它擦洗掉。它没有"最后的时刻"。它将长留人间。

十二月十五日

一九七八年

《憩园》法译本序

我高兴我的小说《憩园》也给译成了法文，让《家》的读者更清楚地看到中国封建地主家庭怎样地走向没落和灭亡。

一九四四年《憩园》初版发行的时候，我写过如下的"内容说明"：

> 这部小说借着一所公馆的线索写出了旧社会中前后两家主人的不幸的故事。……不劳而获的金钱成了家庭灾祸的原因和子孙堕落的机会，富裕的寄生生活使得一个年轻人淹死在河里，使得一个阔少爷病死在监牢中，使得儿子赶走父亲、妻子不认丈夫。憩园的旧主人杨家垮了，它的新主人姚家开始走着下坡路。连那个希望揩干每只流泪的眼睛的好心女人将来也会闷死在这个公馆里，除非她有勇气冲出来。

我自己就是在这个公馆里出生的。我写的是真实的生活。《憩园》中的杨老三杨梦痴就是《家》里面的高克定。他的死亡是按照他真实的结局写的。有人批评我"同情主人公，怜悯他们，为他们感到愤怒，可是……没有一个主人公站起来为改造生活而斗争过"。小说《憩园》中就没有一个敢于斗争的人。我的小说只是替垂死的旧社会唱挽歌。然而这一切终于像梦魇似的过去了。我的祖国和人民，还有我的读者今天正迈着大步向无限光明的未来前进。过去痛苦的回忆和新旧社会的对比，只能加强他们前进的勇气和信心。

法国的朋友和读者倘使从这个忧郁的故事中看到我们在其中生活过的旧社会，更加理解摆脱了旧枷锁的新中国人意气昂扬的精神面貌和我们迫切实现四个现代化的愿望和决心，热情地紧握我们伸过去的友谊的手，那么作为小说的作者，我再没有更多的要求了。

五月三日

个人的想法

听说《外国文艺》创刊，我非常高兴。我谈一点个人的想法。像我这样的文学工作者和文学翻译工作者，正需要这样一份刊物。首先我们需要学习外国的"有益的东西"，向一切优秀的作品和丰富的经验学习。我记得鲁迅先生说过："如要创作，第一须观察，第二是要看别人的作品……"这个借鉴很重要，伟大领袖毛主席就教导我们"决不可拒绝继承和借鉴古人和外国人"。说到借鉴，只要是别人的长处，不论是外国古人的，或者外国现代人的，对我们都有用。有没有这个借鉴，正如毛主席所指示，关系到"文野之分，粗细之分，高低之分，快慢之分"。我在三十年代认识一个作家，他说自己不看别人的作品，免得受别人的影响。我不知道他是否坚持了这个原则，不过后来他也没有写出什么好作品。

其次，我们需要了解外国文学的情况，特别是现代文学的情况。我们生活在这个广大的世界上，要争取对人类有较大的贡献，要和各国人民交朋友，同外国人进行友好往来和文化交流，就应当对别人有所了解，应当知道他们的思想感情和文化水平，应当熟悉他们想的、讲的、爱的、恨的究竟是什么。我们生活在这个世界，就应当对我们周围的世界有所理解。我们能出去走走看看，当然很好；倘使没有这样的机会，我们就得求助于各国的文艺作品，外国文艺是帮助我们了解外国人民的最好工具。总之，我们不出大门就想知道天下大事，就想了解别人的情况，只好多读别人写的东西，多读反映别人现实生活的文艺作品。可是近十多年，我在这

讲真话的书 (1977—1979)

方面什么也不知道，什么也看不到。一年多来我接待过一些外国朋友，交谈起来，他们问我喜欢哪一位现代外国作家，谈起西方现代文学的情况，我只好承认我一无所知，虽然这并不是光彩的事情。不能怪我，这是"四人帮"推行法西斯文化专制主义和文化虚无主义的恶果。"四人帮"为了实现他们篡党夺权的野心，搞阴谋诡计，宣扬种种谬论，推行种种歪理。他们在自己的周围画一个圈圈，把圈外的一切完全勾销，吹嘘只有他们的"阴谋文艺"世界第一，用不着向别人学习。在"四害"横行的时候，有些人甚至有这样的想法：不读外国作品就不会受"封资修"的影响，好像什么事都不做就不会犯错误那样。也有人这样看：要发展社会主义文艺就得远离"资本主义文艺"。"四人帮"的流毒今天还没有肃清。尽管读者排长队如饥似渴地购买外国文学名著，还有人不敢决定多印几本外国作品。我说，"四人帮"不准介绍外国文学名著（不准图书馆出借，不准出版社出版），这只是一方面，他们有时也介绍几本他们喜欢或者对于他们有利的外国东西，甚至大吹特吹，欺骗青年。他们搞起阴谋来，对外国的东西也尽量利用。他们也办文艺《摘译》那样的刊物，借口介绍外国文艺情况，用外国人的文章攻击今天中国的现实，攻击中国的革命老干部。他们搞"洋为帮用"，把外国文艺作为他们害人的利器，加注释，添说明，造谣中伤，诬蔑诽谤，这都是他们擅长的伎俩。你若认为他们真正在介绍外国文艺情况，那就会上大当。他们既然可以编造历史，当然也会胡诌外国文艺。总之，对"四人帮"的流毒必须严肃对待，彻底肃清。

　　以上是我个人的一点想法，别人可能还有不同的意见，当然编辑部的同志也有自己的主张。我相信编辑同志会密切联系读者，了解读者的需要，办好刊物，在发展和繁荣社会主义文艺的伟大事业中发挥应有的作用。

五月十一日

中国文联全委会扩大会议闭幕词

  中国文联全国委员会第三次扩大会议经过十天的紧张工作和热烈讨论，它的全部议程已经进行完毕，现在会议就要胜利地闭幕了。
  我们衷心感谢党中央，因为只有在祸国殃民的"四人帮"被粉碎以后，我们来自祖国各地的三百几十名代表才能够欢聚一堂，举行这样一次盛会。
  这次会议开得很好，是一次团结的大会、学习的大会、战斗的大会，是一次深入揭批"四人帮"在文艺领域犯下的滔天罪行的大会，也是一次繁荣社会主义文艺创作的誓师大会。
  这次会议的成功是在中央宣传部的直接领导下和文化部的大力支持下取得的。
  会议期间，我们听取和讨论了黄镇同志代表中央宣传部所做的重要讲话，我们聆听和讨论了文联主席郭沫若同志的书面发言，听了茅盾等同志的讲话。今天张平化同志抱病到会，给我们做了重要的讲话，乌兰夫同志代表党中央来看望我们，对我们今后的任务做了重要的指示，这是对我们的极大的关怀和鼓舞。
  连日来，同志们怀着极大的愤怒对万恶的"四人帮"进行了义正辞严的控诉，揭发了"四人帮"残酷迫害作家、艺术家的大量的法西斯罪行。同志们满怀革命豪情，信心百倍畅谈今后的创作计划，决心大鼓干劲进行创作，一定要夺回由于"四人帮"的干扰、迫害失去的宝贵时间。参加会

讲真话的书 (1977—1979)

议的同志都经历了一场严峻的考验，经受了一次深刻的锻炼。不少的同志带着满身伤痕拄着拐杖来到会场。我们虽然吃尽苦头、受尽折磨，长时间不能进行正常的艺术活动，我们虽然含着悲愤的眼泪接连埋葬倒下去的同志、战友，我们全国委员有许多已经去世，但是我们并不是白白地度过这一段时期的。我们付出了不小的代价，但是我们也有很大的收获。在这一场极其尖锐复杂的革命斗争中，我们这支文艺队伍给锻炼得更加坚强了。有不少同志虽然年逾古稀，满头白发，但他们的心仍是红的，精神仍是旺盛的，他们焕发了革命的青春。有不少同志在残酷的迫害下，健康受到极大的损害，甚至步履艰难，但是他们仍然斗志昂扬、精神抖擞，决不放下武器。我们这支队伍比任何时候都更加紧密地团结，更加勇敢地战斗，更高地举起毛主席的伟大旗帜，为着发展和繁荣社会主义的革命文艺，全力以赴，奋勇向前。我们经历了一个长时期的"阵痛"，这是产生新的文化高潮的"阵痛"，一个崭新的文化高潮就要到来了。这次会议取得的积极成果，就是把我们的极大的愤怒化为极大的干劲、极大的力量，成为推动新的文化高潮迅速到来的巨大动力。通过这次会议我们恢复了中国文联，恢复了中国作家协会、中国戏剧家协会、中国音乐家协会、中国电影工作者协会、中国舞蹈工作者协会，宣布了《文艺报》的复刊，其他一些协会也将逐步恢复工作。这样我们文艺战线的战斗力量就更加强大了，更加团结了。我们一定要把恢复的工作做好，一定要在文艺战线上造成一个万马奔腾的新的跃进的局面。

当然，我们的任务还很艰巨，我们虽然推倒了"文艺黑线专政"论，但是它的流毒还很深很广，远远没有肃清。"四人帮"编造的种种谬论歪理，在某些地方还在兴妖作怪，我们决不能轻易放过。我们一定要把深揭狠批"四人帮"的斗争进行到底。

同志们，现在形势大好，人心振奋。在"四人帮"粉碎后不到两年的今天，我们的社会主义祖国遍地阳光、前程似锦，我们的人民勤劳、勇敢，干劲冲天。我们有战无不胜的马列主义和毛泽东思想，我们有全国人民爱戴的党中央，我们有紧密团结坚强如钢的八亿人民，我们还有什么顾虑不能打消？还有什么"余悸"不能消除？我们的目标是宏伟的，我们的任务是光荣的。我们在党的领导下，跟八亿人民一同前进，在新的长征中，在各自的岗位上贡献自己的全部力量，这是最大的幸福。让我们把最热烈的爱和最深厚的感情献给我们的社会主义祖国，投身到三大革命运动的第一线去，投身到火热的斗争中去，投身到沸腾的生活中去，用各种文艺形式歌颂我们的时代，歌颂我们的祖国，歌颂我们的领袖，歌颂我们的人民。

为了迎接建国三十周年，为了迎接第四次全国文代大会的召开，我们必须大张旗鼓地开展一个创作运动，来一个新的社会主义的竞赛，让大家发挥革命干劲，坚持毛主席的革命文艺路线，贯彻执行"百花齐放，百家争鸣"的方针，为繁荣社会主义文艺创作而奋斗，创作出更多更好的作品，作为我们的献礼。

最后，我们感谢西苑饭店全体职工对我们的支持和照顾，感谢大会全体工作人员日以继夜的辛勤劳动，这一切对大会的圆满成功都做了贡献。

现在宣布大会闭幕。

六月五日

我的希望

《文艺报》复刊是广大读者盼望了好久的事情。事情本身就是对"四人帮"的严正批判。复刊后的《文艺报》一定会以新的面目出现。刊物的一个任务就是：肃清"四人帮"的流毒，改变他们遗留下来的文风，把"四人帮"搞乱了的思想彻底澄清，把他们颠倒了的是非纠正过来。这是一场严肃的长期的战斗。《文艺报》应当是一个战斗的刊物，它的战斗性要强。在文艺战线尖锐复杂的斗争中，刊物要高举毛主席的伟大旗帜，勇敢地战斗；要坚决贯彻"百花齐放，百家争鸣"的方针。要真正做到立场坚定，旗帜鲜明。少登不痛不痒、四平八稳的文章；批评不怕尖锐，但思想要明确，也要实事求是；批评要以理服人，不能以势压人，绝不搞"四人帮"那一套。有批评也要有反批评。不能一个人说了算，一篇文章就是结论，不准别人碰一下。要鼓励大家进行热烈讨论。

文章不一定太长，要说老实话。至于把"成套设备"一齐用上，把大家常说的全照搬，就是不讲出自己真正的见解，这种文章读者不喜欢。

我这样想：只要不违背六项政治标准，敢想、敢写，都是可以的，而且应当受到鼓励，刊物也要敢于发表。

我钦佩《广东文艺》，它敢于首先发表批判浩然的文章，摸摸老虎的屁股，给我们树立了一个好榜样。要不是从广州发射出这颗"中程导弹"，捂着的盖子一时还揭开不了。闯将是不能缺少的，要是没有人敢于一马当先飞奔向前,大家都看风色、看行情,袖手旁观,那么就绝不会有新的气象和新的局面。

我希望《文艺报》在这方面也起带头的作用。

六月九日

永远向他学习
——悼念郭沫若同志

听完北京来的长途电话，我不相信郭老已经离开了我们。离京的前一天（就是一个星期以前的事），我和两个同志到北京医院看望郭老。我们知道郭老的病情，只希望能站在病房门外远远地看看他。可是这个愿望也没有能实现。我们见到了于立群同志，她告诉我们，郭老病情严重，医生不让见客；不过这两天病情稍有好转，他还想到文联开会的事。走出医院的时候我们衷心祝愿郭老早日恢复健康。这不单是我们三个人的祝愿，在刚刚闭幕的文联全委扩大会议上同志们都说出了这样的愿望。

整整一天我的眼前一直现着郭老的笑容。我不能把死亡同郭老连在一起。在我的脑子里郭老永远是精神饱满、生气勃勃的，永远是意气风发、豪情满怀的。我最后一次看见他，还是在十二年前，在上海机场送他回北京的时候。那一个多月我们一起从北京到武汉、到上海，他始终精神焕发地活跃在亚非几十国作家的中间。他坚持战斗、坚持学习，也从未放松国际统一战线的团结工作。不少文化界、知识界的同志跟他一起参加过各种国际会议。在反帝、反殖、反修的国际斗争中，他始终坚持毛主席的革命路线，团结最大多数，受到普遍的尊敬。他那豪放、热情的谈话和演说打动了五大洲人士的心。人们常常讲："你们的郭沫若！"我跟他一起参加过一九五〇年在华沙召开的第二届保卫世界和平大会和一九五五年在新德里召开的亚洲国家会议，我因为有这样一位"团长"而感到自豪。在国际斗争的讲台上他的声音十分洪亮。在他身上人们看到了战士、诗人和雄辩家；智慧、才能、气魄、热情和谐地结合在一起。

我同郭老接触多年，印象最深的是他非常真诚，他谈话、写文章没有半点虚假。我想说他有一颗赤子之心。五十几年前我读他的《凤凰涅槃》，读他的《天狗》，他那颗火热的心多么吸引着当时的我，好像他给了我两只翅膀，让我的心飞上天空。《女神》中的诗篇对我的成长是起过作用的。

我每一次同他接触，虽然时间不同、情况不同，可是我觉得他那颗赤子之心从未改变。一九六六年八月亚非作家在上海举行最后一次大会，会前郭老在旅馆里关门伤了手指，他在包扎后出席会议，虽然已是七十二岁的高龄，但在会上他仍然从容自若，和外宾热情交谈。最后他回北京，我们到机场送别。望着他那精神饱满的和善的笑脸，我感到依恋，这个时候我对自己未来的遭遇已有一种预感，我不知道自己还能不能再听到他那洪亮的声音，再看到他那和善的笑容，我为这个苦恼着。

这以后我就开始经历那种我做梦也没有想到的奇怪的遭遇。我真的再也听不到他那洪亮的声音，再也看不到他那和善的笑脸了。在痛苦难熬的日子里，我想到许多我所敬爱的人，我想中国还有他们在，我就应当好好地活下去。这些人中间就有郭老。在批林批孔的初期，我看到一本所谓《学习材料》的油印本子，上面尽是"四人帮"围攻敬爱的周总理和诬蔑攻击郭老的反革命言论。叛徒江青一再威胁郭老，国民党特务张春桥张牙舞爪地说他找过郭老两次，"谈不通"。短短的一句话让我又一次接触到郭老的火热的赤子之心。我真担心他的安全。可是面对着"四人帮"的阴谋陷害，郭老始终"岿然不动"。"四人帮"这伙跳梁小丑也奈何他不得。他却亲眼看见了"四人帮"的覆灭，而且对准这伙狐群狗党的要害投出了他那锐利无比的投枪："大快人心事，揪出'四人帮'。"我还记得大字报贴满大街小巷的日子里，我多么激动地反复吟诵这首《水调歌头》，短短几十个字就画出了群魔的鬼脸。他们永世也翻不了身！

讲真话的书 （1977—1979）

　　战士、诗人、雄辩家的雄姿在我的脑子里更加鲜明了。……郭老还是离开了我们。没有能在医院里见到他，我感到遗憾。想到今后再也听不到他那振奋人心的新演说，读不到他那气势磅礴的新诗篇，我感到不可弥补的损失。但是他那精神饱满的笑容始终印在我的心上。他给我们树立了一个光辉的榜样。"卓越的无产阶级文化战士"，他是当之无愧的。要向他学习，我还得走长远的路。一九二一年我开始读他的《女神》，一九七八年我最后读他的《科学的春天》。五十八年来他走了多少路程，不论是在书斋，或者在战场；不论是在中国，或者在日本，在世界各地，他的足印是十分明显的。五十八年来他从未停止战斗，从未放下他的笔。像这样一位勤奋的文化工作者在我国是不多见的。直到最后一息，他始终保持着那一颗燃烧的心。一九二〇年他放声歌唱："我飞奔，我狂叫，我燃烧。我如烈火一样地燃烧。"一九七八年他热情高呼："让我们张开双臂，热烈地拥抱这个春天吧！"精力虽然衰退，热情却从未衰竭，心灵之火永远在熊熊地燃烧。在文联全委扩大会上的书面发言，应当是他的遗嘱吧。他豪情满怀地要求我们："粉碎了'四人帮'，我们精神上重新得到一次大解放。一切有志于社会主义文艺事业的文学家、艺术家，有什么理由不敞开思想、畅所欲言、大胆创造呢！"我要永远记住他的话，永远向他学习。

六月十四—十五日

衷心感谢他

去年七月我在上海得到其芳逝世的消息，想起好些事情，很想写篇短文倾吐我的感情。我特别感到难过的是前不久沙汀同志还来信要我也劝告其芳爱惜身体、注意劳逸结合。我来不及写那样的信就听说他住进医院了。十几年中我们只互通过一次信。他在报上看见我的名字（十一年中间的第一次！），写了一封信托报馆转来，开头就说："读到你的文章，很高兴，你又拿起笔来了。"最末一句是："很希望不久还能见到你。"我绝没有想到这是他怀着深厚友谊在向我告别。我多么后悔我为什么不回答他一封长信，详细叙说我十几年的遭遇和今后的打算，连他托我代买的维尔特的诗集我也没有能够办到！我的情况他可能不清楚。但是他的消息断断续续地传到了我的耳里：他被揪去批斗，他离开了干校，他回到北京带病工作，他到四川搜集材料准备写小说……还有他几次发病的情况。其间报上也常常出现他的名字，更多的时候是有人用"四人帮"的鞭子抽打这个读者熟悉的名字，那些时候我真替他担心。"四人帮"垮了，枷锁一个接一个地给打碎了。我听说他夜以继日地奋笔写作，看见他一篇一篇的作品发表，他给我的信还提到部分的译诗计划。我了解他的心情，也为他的成绩感到高兴。我在去年五月的世界语版《中国报道》上看到一幅其芳的近照。采访的记者说他虽已年过六十但仍然精力充沛、生气勃勃，五六个小时的访问中他谈得很多，而且很高兴，他在谈毛主席《在延安文艺座谈会上的讲话》对他的影响和教育。他说他觉得自己好像还是那个刚刚听

讲真话的书 （1977—1979）

过毛主席讲话的三十岁的年轻人。这是多么可敬、多么可爱的精神状态！可是看照片，我几乎认不出他来了，在那位笑谈着的老人身上保留着多少"四人帮"迫害的痕迹！听牟决鸣同志说他不知休息地带病写作，每天写到深夜，一直到发病进医院。他的确是带着年轻人的热情坚持在自己的岗位上，工作到最后一息、战斗到最后一息的。遗憾的是他留下多少未完成的遗作，多少来不及实现的计划！

  文章并没有写成，因为那个时候我的生活已经忙乱起来了。我没有时间把几十年的回忆理出一个头绪，我怕我写不好、对不起亡友。关于其芳的种种回忆经常在我的脑子里活动，想起来又忘记，以后又忽然泛起。我第一次看见其芳是在一九三二年，他还是一个穿长袍的斯斯文文的大学生、诗人。以后我为他编印出版了几本集子。从《扇上的烟云》[1]到《呜咽的扬子江》[2]，再到《夜歌》[3]，他一步一步地走向光明，在"那长长的道路，那艰苦的道路"上他留下的脚印，我看得十分清楚。一九四四年夏天我在重庆再看见他，我仿佛见到一个新人。他陪我到曾家岩"周公馆"去（我还记得他到民国路来接我，从容地告诉我怎样躲开特务的注意），他向我介绍延安的一些情况，他给我送来解放区生产的小米和红枣。一九四九年上海刚解放，他就从北平来信很关心地问我的情况。不久我到北平出席全国文代会，他看见我显得多高兴、多亲切……这些片断的回忆给过我多大的鼓励和温暖，倘使把它连串起来，可能成为一部动人的小说。

  好几位朋友在不同的时期对我称赞过其芳。他一九三八年从成都到延安是和两个朋友同去的，朋友们住了一段时期，后来都回到大后方去了，他却留了下来。同去的朋友谈起这件事至今还流露出钦佩之情。另一个朋

---

[1] 《扇上的烟云》：其芳的第一本散文集《画梦录》（一九三六）的代序。
[2] 《呜咽的扬子江》：其芳的第三本散文集《还乡杂记》的第一篇。
[3] 《夜歌》：其芳的第二本诗集，第三版起名《夜歌和白天的歌》。

友说其芳初到部队,夜间行军,路中把眼镜丢了,生活上发生困难,他还是平静地坚持下去。再一位朋友说其芳到农村参加土改和贫雇农同吃同住,真正做到了打成一片,农民都叫他"老何"……关于其芳的事我听到的并不止这么一些,但也用不着在这里多引了。在他的身上还能看出《画梦录》作者的丝毫痕迹么?

其芳是知识分子改造的一个好典型,我始终保留着这个极其深刻的印象。

解放后我和其芳的接触不算多,但也不太少。他给我印象最深的另一件事,就是他从来不隐瞒自己的观点,他敢说、敢想、敢争论,辩论起来不怕得罪人,不怕言辞尖锐。有一次我听见一个朋友婉转地批评他,他不接受。他说,有意见就应当讲出来;要分清是非,就要把话讲清楚;不能因为怕得罪人,有话不讲;话讲出来,错了改正就是。……我当时也不完全理解他的意思,我有这种不正确的想法:为了团结人,何必这样认真?不用说,我没有讲出来。但是从此我就没有得到安宁:讲不讲的问题始终不曾解决。每当我听见了面面俱到、不痛不痒的讲话,或者看见人为了"明哲保身"什么话也不讲,不然就是当面一套背后一套的睁起眼睛信口随说的时候,我就仿佛挨着皮鞭的抽打,我就想到其芳,我深感自己同他差得太远了。

一年很快地过去了。其芳的声音相貌仍然鲜明地在我的脑子里活动,还是那样生气勃勃、精力充沛。今天我多么怀念他。这一位"永远这样奔波、永远不能给自己造一个温暖的窝"[①]的人,他是为了发展和繁荣祖国社会主义文艺事业献出了个人的一切的。他在一九三七年写过这样一句话:"我一定要坚决地、勇敢地活下去。"[②]在一九四二年他又歌唱道:

---

① 引自《北中国在燃烧》断片(二),见《夜歌》。
② 引自《我和散文》(《还乡杂记》代序)。

讲真话的书 (1977—1979)

> 我是命中注定了来唱旧世界的挽歌
> 并且来赞颂新世界的诞生的人。①

他是说到做到，是完成了这个任务的。他的确是一个冲锋陷阵、死而后已的文艺战士。

我还记得在《中国报道》上发表的访问记中，其芳对采访的记者最后讲过这几句话："毛主席《在延安文艺座谈会上的讲话》发表以来三十五年中间，我主要是做文学批评和文学研究的工作，很少写诗、写散文。要是可能，我将来还要写诗、写散文、写长篇小说。"他念念不忘他计划中的"诗、散文、长篇小说"！但是现在没有这种可能了。对我们来说这是多大的损失。因此我们更加珍惜他遗留下来的一部分作品。昨天我还含着眼泪重读他的诗《北中国在燃烧》断片，为了它给我唤起的崇高的感情，我衷心地感谢他。

七月

---

① 引自《北中国在燃烧》断片（二），见《夜歌》。

《巴金选集》后记

人民文学出版社要我编一部新的《选集》[①]，我照办了。一九五九年出版的我的《选集》里本来有一篇后记，我把校样送给几个朋友看，他们都觉得很像检讨，而且写的时候作者不是心平气和，总之他们认为不大妥当，劝我把它抽去。我听从了朋友的意见，因此那本《选集》里并没有作者的后记。但是过了一年我还是从那篇未用的后记中摘出一部分作为一篇散文的脚注塞进我的《文集》[②]第十卷里面了。今天我准备为新的《选集》写后记的时候，我忽然想起了那篇只用过一小半的旧东西，它给人拿去，隔了十一年又回到我的手边来。没有丢失，没有撕毁。这是我的幸运。这十一年中间我给毁掉了不少文稿、信件之类的东西。家里却多了一个骨灰盒，那是我爱人的骨灰。在"四害"横行、度日如年的日子里她给过我多少安慰和鼓励。但是她终于来不及看见我走出"牛棚"就永闭了眼睛。她活着的时候，常常对我说："坚持下去，就是胜利。"我终于坚持下来了。我看到了"四人帮"的灭亡，我又拿起了笔。

今天我心平气和地重读十九年前"并不是心平气和地写出来的"旧作。我决定把它用在这里，当然也做了一些删改。我所崇敬的中外前辈作家晚年回顾过去的时候，也写过类似"与过去告别"的自白。我今年

[①] 《选集》，指《巴金选集》。——编者注。
[②] 《文集》，指《巴金文集》。——编者注。

讲真话的书 （1977—1979）

七十四岁，能够工作的日子已经不多，在这里回顾一下过去，谈谈自己的看法，即使谈错了，也可以供读者参考，给那些想证明我"远远地落在时代后面"的人提供一点旁证。

那么我就从下面开始：我生在官僚地主的家庭，我在地主老爷、太太、少爷、小姐中间生活过相当长的时期，自小就跟着私塾先生学一套立身行道、扬名显亲的封建大道理。我也同看门人、听差、轿夫、厨子做过朋友（就像屠格涅夫在小说《普宁与巴布林》中所描写的那样）。我看够了不公道、不合理的事。我对那些所谓"下人"有很深的感情。我从他们那里得到不少的生活知识。我躺在轿夫床上烟灯旁边，也听他们讲过不少的动人故事。我不自觉地同情他们、爱他们。在五四运动后我开始接受新思想的时候，面对着一个崭新的世界，我有点张皇失措，但是我也敞开胸膛尽量吸收，只要是伸手抓得到的新的东西，我都一下子吞进肚里。只要是新的、进步的东西我都爱；旧的、落后的东西我都恨。我的脑筋并不太复杂，我又缺乏判断力。以前读的书不是"四书""五经"，就是古今中外的小说。后来我接受了无政府主义，但也只是从刘师复、克鲁泡特金、高德曼的小册子和《北京大学学生周刊》上的一些文章上得来的，再加上托尔斯泰的像《一粒麦子有鸡蛋那样大》《一个人需要多少土地》一类的短篇小说。我还读过一些十九世纪七八十年代俄国民粹派革命家的传记。我也喜欢过陈望道先生翻译的《共产党宣言》，可是多读了几本无政府主义的小册子以后，就渐渐地丢开了它。我当时思想的浅薄与混乱不问可知。不过那个时候我也懂得一件事情：地主是剥削阶级，工人和农人养活了我们，而他们自己却过着贫穷、悲惨的生活。我们的上辈犯了罪，我们自然也不能说没有责任，我们都是靠剥削生活的。所以当时像我们那样的年轻人都有这种想法：推翻现在的社会秩序，为上辈赎罪。我们自以为看清楚了自己周围的真实情形，我们也在学习十九世纪七十年代俄国青年"到民间去"的榜样。我当时的朋友中就有人离开学校到裁缝店去当学徒。我也时常打算离开家庭。我的初衷是：离开家庭，到社会中去，到人民中间去，做一个为人民"谋幸福"的革命者。

　　我终于离开了我在那里面生活了十九年的家。但是我并没有去到人民中间。我从一个小圈子出来，又钻进了另一个小圈子。一九二八年底我从法国回到上海，再过两年半，成都的那个封建的家庭垮了，我的大哥因破产而自杀。可是我在上海一直让自己关在小资产阶级的圈子里，不能够突围出去。我不断地嚷着要突围，我不断地嚷着要改变生活方式、要革命。其实小资产阶级的圈子并非铜墙铁壁，主要的是我自己没有决心，没有勇气。革命的道路是宽广的，而我自己却视而不见，找不到路，或者甚至不肯艰苦地追求。从前我们在成都办刊物《半月》的时候，有一个年纪比我大的朋友比我先接受了无政府主义的思想，我有时还把他当作导师一般尊敬。他就是"激流三部曲"里面的方继舜。在我离开成都以后，他不能满足于空谈革命，渐渐地抛弃了无政府主义，终于找到了正确的道路，参加了共产党，在一九二八年被成都某军阀逮捕枪毙了。……说实话，我当初开始接受新思想的时候，我倒希望找到一个指导人让他给我带路，我愿意听他的话甚至赴汤蹈火。可是后来我却渐渐地安于这种自由而充满矛盾的个人奋斗的生活了。自然这种生活也不是没有痛苦的。恰恰相反，它充满了痛苦。所以我在我的作品里不断地呻吟、叫苦，甚至发出了"灵魂的呼号"。然而我并没有认真地寻求解除痛苦、改变生活的办法。换句话说，我并不曾寻找正确的革命道路。我好像一个久病的人，知道自己病重，却习惯了病中的生活，倒颇有以病为安慰、以痛苦为骄傲的意思，懒得去找医生，或者甚至有过欣赏这种病的心情。但是另一方面，我也曾三番五次想在无政府主义中找寻一条道路，我读过好些外国书报，也译过克鲁泡特金的著作，和俄国民粹派革命家如妃格念尔这类人的回忆录，可是结果我得到的也只是空虚；我也曾把希望寄托在几位好心朋友的教育工作上，用幻想的眼光去看它们，或者用梦代替现实，用金线编织的花纹去装饰它们，我写过一些宣传、赞美的文章；结果还是一场空。人们责备我没有在作品中给读者指出明确的道路。其实我自己就还没有找到一条这样的

讲真话的书　（1977—1979）

路。当时我明知道有马克思列宁主义，明知道有党，而且许多知识分子都在那里找到了治病的良药，我却依然没有勇气和决心冲出自己并不满意的小圈子，总之，我不曾到那里去求救。固然我有时也连声高呼"我不怕，我有信仰"。我并不是用假话骗人。我从来不曾怀疑过：旧的要灭亡，新的要壮大；旧社会要完蛋，新社会要到来；光明要把黑暗驱逐干净。这就是我的坚强的信仰。但是提到我个人如何在新与旧、光明与黑暗的斗争中尽一份力量时，我就感到空虚了。我自己不去参加实际的、具体的斗争，却只是闭着眼睛空谈革命，所以绞尽脑汁也想不到战略、战术和个人应当如何参加战斗。我始终依照自己的方式去反对旧社会和黑暗的势力，从来没有认真想过会得到什么样的结果。有时候我感觉到我个人的力量就像蜉蝣一样撼不了大树（哪怕是正在枯死的大树），我起了类似疯狂的愤激。我恨旧社会恨到快要发狂了，我真愿意用尽一切力量给它一个打击。好心的读者责备我宣传疯狂的个人主义。我憎恨旧社会、憎恨黑暗势力到极点的时候，我的确希望每个人都不同它合作，每个人都不让它动他一丝一毫。……这种恨法不用说是脱离群众、孤独奋斗的结果。其实所谓"孤独奋斗"也只是一句漂亮话。"孤独"则有之，"奋斗"就应当打若干折扣。加以由于我的思想中充满了矛盾和混乱，我甚至在"孤独奋斗"的时候，也常常枪法很乱，纵然使出全身本领，也打不中敌人要害，或者近不了敌人身旁。而且我还有更多的冷静的或者软弱的时候，我为了向图书杂志审查老爷们表示让步，常常在作品里用曲笔转弯抹角地说话，免得作品无法跟读者见面，或者连累发表我文章的刊物。有时我也想尽方法刺老爷们一两下，要他们感到不舒服却又没法删掉我的文章。然而我只是白费力气，写出来的东西，总是软弱无力。我常常把解放前的自己比作一个坐井观天的人。我借用这个旧典故，却给了它一个新解释：我关在小资产阶级知识分子的小圈子里望着整个社会的光明的前途。我隐隐约约地看得见前途的光明，这光明是属于人民的。至于我个人，尽管我不断地高呼"光明"，尽管我相信光明一定会普照中国，但是为我自己，我并不敢抱什么希望。我的作品中会有忧郁、悲哀的调子，就是从这种心境产生的。我自己也知道我如果不能从井里出来，我就没有前途，我就只有在孤独中死亡。我也在挣扎，我也想从井里跳出来，我也想走新的路。但是我的勇气和决心都不够。

然而解放带给我力量和勇气。我不再安于坐井观天了。我下了决心跟过去告别。我走上了自我改造的路。当然改造并不是容易的事情，跟自己做斗争也需要长期苦战才有可能取得胜利。……

我希望我上面的"回顾"能够帮助《选集》的读者了解我过去的作品。今天在新的《选集》付印的时候，我还要重复十九年前想说而未说出来的几句话：

> 我的这些作品中描写的那个社会（旧社会），要是拿它来跟我们的新社会比，谁都会觉得旧社会太可恨了。不用说，我并没有写出本质①的东西，但是我或多或少地绘出了旧社会的可憎的面目。读者倘使能够拿过去跟今天比较，或者可以得到一点点并非消极的东西，这就是我的小小的希望。

七月

---

① 例如《选集》中那篇《窗下》，我在小说里连"日本"两个字也用"异邦""友邦""那边"等字眼代替，并非我发神经，其实是我害怕得罪了国民党官老爷，一怒而封禁刊物。然而过了两个月，这份刊物终于毫无理由地被查封了。

关于《春天里的秋天》
——创作回忆录之一

上星期我会见了两位瑞典文化界的朋友。他们送给我一本瑞典文小书，原来是我的旧作《春天里的秋天》的译本。这是出乎我意外的。这本小书出版于一九七二年，那个时候我还在"靠边"，给剥夺了公民的权利，主要原因就是我写了"流毒很广"的十四卷"邪书"，其中也包括这本中篇小说《春天里的秋天》。

我带着这份礼物回家。我找出我的原作翻看到深夜。屋子里气温是三十三摄氏度。我听见远方火车驶过的声音。这是一个多噪音的炎热的夜。我不想睡。我翻开书，一页一页地，翻着，看着……我想起了四十六年前的事情。那是在一九三二年的春天。我在"一·二八"日军侵犯上海闸北地区以后，迁出了宝山路宝光里。不久，我到福建晋江去看朋友，在那里住了不到两个星期。在那个南方古城里，我有好些朋友，有的是本地人，有的是从上海去的，他们在两所学校里当教师。一所叫黎明高中，校址是过去的武庙（关帝庙）；另一所是平民中学，设在文庙（孔子庙）的旧址。还有一家晋江书店，书店的主人姓沈，也是我的朋友。他常常跟我谈文化界的情况。他几次提到一个生病的少女的名字，简单地讲了她的故事。他希望我去看看这个年轻的读者。

我同意了。在一个雨后的晴天，沈和另一个教书的朋友陪我走过泥泞的田畔小路，去访问这个陌生的姑娘。在本地有钱人家的庄院里，在一间阴暗的屋子里，我看见了那个相貌端正的少女。她躺在宽大的架子床上，身上盖了一幅薄被，看见我们进去，便坐了起来。我们三个人坐在一条长板凳上。沈说明了来意。

姑娘只是微笑。我讲了两三句鼓励的话，沈又重复解释一遍。她看看我，好像要说什么，却只说了两声"谢谢"，再也没有讲别的话。我们在她这里停留了半个小时，谈话不到十句以上。我们告辞的时候，她仍然默默地笑。但是我看见从她的眼里流下了泪珠。……

她的名字我早已忘记。她当时不过二十左右，听说一两年后她就逝世了。她的病一直没有治好。使她疯狂的原因是：父亲逼她同她所不爱的男人结婚，不许她继续上学念书。

这位疯狂的少女的故事折磨着我的心。我太熟悉了！不自由的婚姻、传统观念的束缚、家庭的专制，一句话，不合理的社会制度，摧残了千千万万年轻的心灵。我说，我要替他们鸣冤。

我回到上海，一口气写成一部中篇小说。放下笔，吐了一口气，我才感到轻松。我觉得我替疯姑娘讲了话了。

其实，我在小说里写的并不是疯姑娘的事情。我不熟悉她的家庭环境和故事的细节，也没有进行过调查或者采访。我想，我也不需要知道那些细节，我的脑子里已经有了人物和情节了。我把小说的背景放在厦门、鼓浪屿，因为我从上海到晋江，来回都在鼓浪屿小住。我喜欢那个风景如画的小岛。我常常坐划子来去厦门，晚上也在海上看到星星。鼓浪屿的春天给我留下很深的印象。在这里我想起了另一个南国的姑娘，她没有发疯，却默默地憔悴死去。我把她的悲剧写在小说里面了，郑佩瑢就是她。不同的是小说里的郑佩瑢向父亲屈服，免得父亲用手枪打死她的恋人，而生活中的那个姑娘却不顾一切要求跟恋人一起远走高飞。她姓吴，是归国华侨，我见过她，却并不认识她。可是我知道她的不幸的遭遇，而且在四十七八年后我写这篇《回忆》时，我还满怀同情地想到她。我看见她是在一九三〇年我第一次到晋江的时候，那一次我在黎明高中做客，就住在

讲真话的书　(1977—1979)

武庙里面。我是到晋江过暑假的。学校的校长是我的朋友，还有两三个熟人在那里教书。学校附近公园里有几株龙眼树，正是龙眼熟了的时候。我有时到大街小巷闲走，有时同两三朋友逛公园；更多的时间则用来写短篇小说，或者做翻译工作，或者向一位姓陈的朋友学习；白天我观察显微镜下草履虫、阿米巴之类的生活，晚上坐在高高的露台上看秋夜的星星。偶尔我也坐坐办公室，帮忙办一点杂事，因为开学的日期近了，校长又患了伤寒症。吴来报到的时候，我正在办公室。以后我还见过她一两面。她是一个活泼、秀丽的姑娘。不久，校长住进医院，我也回上海了。学期结束，一位在那里教书的朋友来到上海，在我们闲谈中他讲起了吴。吴爱上了学校的英语教师，事情被家里知道了，进行干涉。家里早替她做了安排，挑选的未婚夫就是这个学校的校董，本省一位有钱的绅士。英语教师也是我的朋友。他姓郭，爱好文学，喜欢写散文，年纪不过二十三四。他唤起一个少女的爱、接受这个热情少女的爱，也是寻常的事。他们之间就只有这样一种感情的交流。然而压力来了。女的不肯屈服，男的先是受到批评，后来给赶出学校，逃到鼓浪屿，住在友人家中。校董胜利了。婚礼提前举行。姑娘还不甘心投降。但是她有什么办法冲出樊笼呢？在结婚的前夕她还冒着大雨偷偷跑到鼓浪屿去找我那个朋友，表示要跟随他流浪到天涯海角，永不分离。我那个朋友一则没有胆量，二则不愿意让她跟他一起吃苦，他婉辞谢绝了她的爱。她绝望地回到家中，不再做任何冲出去的尝试了。寂寞的死亡在等待她。我写的就是这样的爱情故事。我把两个少女不幸的遭遇合在一起了。其实，我奋笔写作的时候，在我脑子里活动的人物形象并不止这两个，我可以举出许多名字。我有一种习惯：小说写成了，常常没有题目。这部中篇写完，我也想不出题目来。当时我翻译的中篇小说《秋天里的春天》刚刚在《中学生》月刊上连载完毕，我准备交给开明书店印单行本。我把全书重读一遍，忽然"灵机一动"，给我的中篇想好了一个题目：《春天里的秋天》。我根据这个题目和小说的内容写了一篇序。这年十月，两本小说同时在开明书店出版发行。《秋天里的春天》是匈牙利作家尤利·巴基用世界语写的小说。中译本借用了原书的封面，突出一个人物的画像。我的小说的封面则是钱君匋同志参照这个格式设计的。译本中有一幅插图，表现中学生雇吉卜赛人在"小太阳姑娘"的帐篷外奏小夜曲，这是照原书的插图翻印的。钱君匋同志也为我的小说绘了一幅《海上看星》的插图。到一九四〇年，开明书店把两本小说同时重排，封面一律简单化，插图也就取消了。

关于《春天里的秋天》，我就写到这里。但是我的故事并没有完结。那位姓郭的朋友离开福建以后，又到别处教书。在那些日子里，人要找一个铁饭碗，很不容易。一个普通的知识分子找工作更困难。没有靠山，没有"来头"，纵然精通英语、会写散文，也不得不东奔西跑，求人帮忙，找一碗饭吃。我写完《春天里的秋天》的时候，听说郭在武汉美专教书，又遇到了麻烦。他爱上了一个女学生，也可以说是他们彼此相爱。女学生姓许，她的未婚夫在国外留学。他是校长的兄弟。事情明朗化以后，校长出来干涉。女的不屈服，她父亲就把她关起来，交给她一盘粗绳和一把利刀，要她自杀。不然她就得断绝同郭的往来。女儿不肯听话，父亲也是十分顽固。在这紧要的关头，靠了母亲和哥哥的帮忙，许逃出了家，拿了一张船票，上了长江轮船到南京去投靠亲戚。许动身的时候，郭到船上送行，两个人都很激动，谈着，谈着，郭就不下去了。他把许一直送到南京。他们就在南京结了婚。当时住在南京的一位姓陈的朋友家里（就是我在晋江黎明高中认识的那位）。他后来告诉我：郭和许到了南京，一起去找他，打算托他照料许。朋友听了他们的故事，非常感动，主动地让出屋子，把郭留下来，安排他们结了婚。陈后来又到福建工作。他患肺结核，后来病情恶化，一九四一年初死在武夷山。他几次对我谈起郭和许的事情，总是用赞叹的口气，而且很满意自己让出屋子成全了他们。

故事到这里还不曾结束。这一对夫妇有了两个女儿，生活虽不算宽裕，家庭中却没有纠纷。他们到过好些地方，后来在上海住了下来。郭写了不少篇散文，翻译了几部西方文学名著，生活比较安定了。但是

讲真话的书　(1977—1979)

一九三七年"八一三"日本侵略军的炮火打散了他们那个小小的家庭，他们又开始到处转移。全国解放后几年，他们到北京，在西单区定居下来。五十年代中我也曾到那里看望过他们。他老了，话也少了，但笑容却多了些。我想他们可以"白头偕老"了。

但是林彪、"四人帮"的魔爪也伸到了他们的头上。他们在北京西单区有五间小屋，是一个院子里的一排上房，这是郭用他的稿费买下来的，他翻译的《贵族之家》和《前夜》在全国有不少的读者。打击来的时候，许一个人在家，郭在广州暨南大学教书，女儿在别处工作。于是房屋没收，扫地出门，许给送到了广州。她的丈夫已经给关进了"牛棚"，连见一面也不可能。广州没有地方收留她。他们又把她送回湖北老家。她后来才到了女儿那里。我去年底意外地收到她一封信，告诉我她在一九六八年夏天得到学校通知，说她丈夫"因天气炎热劳动时晕倒而死"。那么郭死在一九六八年夏天了。这才是我的故事的结束。但是我在一九三二年春天写那个"温和地哭泣的故事"的时候会想到这样的结局吗？不仅是我，便是那个一盘粗绳和一把刀子没有能使她低头的姑娘，她想得到四十五年以后会给我写这样一封信吗？

过去的终于过去了。今天我重读这部旧作，四十几年前的往事还历历在目。我用什么来安慰亡友的家属呢？听说郭的问题至今尚未彻底解决[1]，可能人们已经忘记了他。但是现代中国文学史的研究者不会忘记他在现代散文的发展上所做的贡献。他在三十年代写的三本散文集《黄昏之献》《鹰之歌》和《白夜》都还在我的手边，他翻译的小说《贵族之家》《前夜》和他校改过的小说《罗亭》也都在我的手边。我会常常翻看它们。它们有权利存在。那么这个善良的人的纪念也会跟着它们存在下去吧。

七月十四日

---

[1] 一九七八年九月十四日暨南大学在广州举行了追悼会为郭和其他七位同志平反昭雪，恢复名誉。

怀念金仲华同志

昨夜我梦见仲华，他握着我的手不肯放，反复地说："我一直在等你的电话，你为什么不打来？下次不能再这样啊！"他笑了起来，我也一笑，就醒了。在这间灭了灯的屋子里，在铺着草席的矮矮的床上，我睁大眼睛朝左右望。只听见窗外一片虫声。我才知道自己做了梦。

我的确欠仲华一次电话。十二年前那个晚上，他像平常那样打电话来，唤声"老巴"，便亲切地向我问好。我老实告诉他：我可能马上就要"靠边"，请他不要再来电话。我说，等我的问题解决，我立刻打电话给他。他没有再讲什么，只答应了一声"啊"。这一声含着多大失望的"啊"至今还留在我的耳边。从那个时候起我就记住我的诺言。我常常考虑将来怎样跟他再通电话。我当时还相信会有那一天，我多么急切地等着那一天。在痛苦难堪的时刻，这样的等待也是一种安慰！可是不到两年我就听见仲华的噩耗，"牛棚"里的日子好像是醒不了的一场噩梦。我想，这也许是谣言吧。在漫长的等待中我也不曾完全失去信心。可是有一天我无意间走过仲华的门前，房屋已经换了主人，门上挂着一块牌子，什么机关在那里办公了。

仲华就这样无影无踪地消失了。每当我拿起电话听筒，我就想起这位等着我的电话的老友。我到哪里去找他呢？仲华的死是完全出人意外的。我今天还想不通他为什么要死。我真想念他。他是那么善良，那么正直，那么乐观；他那么热爱生活，热爱祖国，热爱他的工作——一根红线贯串着这一切，那就是他对党的感情，他一直是靠拢党、紧跟党的。和仲华在

讲真话的书 （1977—1979）

一起，我总觉得他没有一点私心。若干年来我没有听说他讲过一句错话，并不是他讲话过于谨慎，同熟人在一起他常常谈笑风生，他思想上没有疙瘩，心里没有尘土。就是在一九六六年他还对我说过几次："要紧跟着党啊！遇到什么事情我总是听党的话。"的确，解放以来的历次运动他都积极参加。对十七年中的国际斗争和对外宣传他也做出不少贡献。他是国际问题的专家，他做工作非常认真、全神贯注；工作面广，他却能从容应付。不管工作怎样繁忙，他晚上总要看书学习，剪贴材料，一直到最后的日子。在国外他团结了不少的反帝战士，结交了不少的朋友。他每次接到出国的任务，总是衷心愉快地通知我。完成任务回来他谦虚地谈旅行的收获，但也流露出轻松的感觉。我也替他高兴，因为我知道他是尽了自己的力量的。

朋友们都喜欢同仲华接近。我听见人讲过："仲华像一块吸铁石，吸引了许多人到他身边。"他善于做团结知识分子的工作。他待人亲切、真诚，同他在一起交谈我感到愉快、有益。他不是喜欢高谈阔论的人，也不善于表现自己，可是他知识丰富、态度恳切，他也虚心听别人谈话，向别人学习。六十年代中有一个时期我们一些专业作家每星期六下午在文艺会堂举行漫谈会，交流经验、讨论问题，也找人谈一下生活的体会和出国访问的见闻，出席的人都是自愿参加的。仲华便是我们的座上客，他很赞赏这种心情舒畅、没有拘束的气氛。他不仅参加我们的交谈，他还详细介绍了他带着艺术团访问西欧的情况。可是这个漫谈会后来也间接受到批评，无形中解散了。我对他谈起这件事，他淡淡地一笑，说："到我家里来谈吧。"在他家里，我们是无话不谈的，他并不限制我们。却常常把话题引到大路上去。我忘记不了一件事情：一九五〇年十一月下旬一个夜晚，我和仲华在华沙二届世界保卫和平大会的会场，这一天从早晨六点开会开到午夜，在闭幕之前我们到场外喝一杯咖啡休息，大家都很兴奋，谈起各人的感受和今后的工作，他说："我们互相帮助、共同前进吧。"然后脚步轻快地回到会场。一直到一九六六年他还表示过这样的意思。这些年我们经常在一起工作，在一起学习，在一起斗争。可是我始终落在他的后面。

他那善意的笑容过去给过我多大的鼓励，今后也将督促我前进吧。

仲华的生活相当简朴，五十年代初我到他家里，看不见一张床，他晚上就睡在三用沙发上。他的儿女都在外地工作。他爱他的母亲，这是朋友们都知道的事。我最后一次看见老太太的时候，她已经八十出头了，身体还非常健康。仲华那时主动地到郊县农村锻炼，她很关心地谈起他的生活。她很担心在她之后有没有人来照料她的儿子。我望着这位白发老人，我没有忘记我在这个家里吃过多少次她亲手做的菜，仲华对朋友提起这些美味就感到自豪。这样一位母亲，她爱儿子、关心儿子，她全心全意地照料他，让他把全部力量放在工作上，更好地为人民服务。在这个家里，除了母亲和儿子以外，还有一个八九岁的小外孙女，仲华很喜欢这个小宝贝，她是这个家庭的一朵花！但是我"靠边"以后不到半年就听说小外孙女同外公"划清界限"到北京去了。这在当时是极其平常的事，我的女儿就不得不跟我"划清界限"，而且我也希望她跟我离得越远越好，免得她受到牵连。然而对于正直善良的仲华，对于这一对相依为命的母子，这是一个多大的打击啊！我虽然为仲华担心，但是我相信他一定经受得住，而且我已经自顾不暇，到了今天不知道明天的地步了。仲华是不该死的，他是受到林彪和"四人帮"的迫害而死亡的。

用不着我来谈他的死给我们带来的损失。倘使他能活到现在，他会在党中央领导下的新长征中做多少事啊！今天他的骨灰给安放在适当的地方，恢复了名誉，他可以毫无遗憾地安息了。但是回顾过去、展望未来，我不能不想起梦里的那句话："下次不能再这样啊！"当然不会有"托梦"的事。只能说这是我"心有余悸"，热爱生活的人给逼着走上死路，高龄老母来不及看到儿子沉冤的昭雪，这个惨痛的教训怎么能够轻易忘记？和仲华分别了整整十二年，对着他的沉默的骨灰，我有一肚皮的话，不知道从哪里说起！倘使骨灰会讲话，我相信一定是这样的一句：坚决把反对林彪和"四人帮"的斗争进行到底！

八月

关于《父与子》

俄国作家伊凡·谢尔盖耶维奇·屠格涅夫（一八一八——一八八三）在一八五五年开始的二十一年中间写了六部长篇小说（作者自己称为中篇小说）。其中影响最大的、最好的一部就是《父与子》。这是六部小说中的第四部。一八六〇年冬天作者开始写《父与子》，到一八六一年七月完成。小说发表、出版于一八六二年。从来没有一部作品像它这样引起那么激烈的争论。

作者怎样想起写这部小说呢？据他自己说："我最初想到写《父与子》还是一八六〇年八月的事，那个时候我正在怀特岛上的文特纳尔洗海水澡……"[①]

"主要人物巴扎罗夫的基础，是一个叫我大为惊叹过的外省医生的性格（他在一八六〇年以前不久逝世）。照我看来，这位杰出人物正体现了那种刚刚产生、还在酝酿之中、后来被称为'虚无主义'的因素……"[②]

"那个典型很早就已经引起我的注意了，那是在一八六〇年，有一次我在德国旅行，在车上遇见一个年轻的俄国医生。他有肺病。他是一个高个子，有黑头发，皮肤带青铜色。我跟他谈话，他那锋利而独特的见解使我吃

[①] 引自屠格涅夫的《文学与生活回忆录》。怀特岛是英国南海岸外的海岛，文特纳尔是一个著名的疗养地。
[②] 转引自《俄国文学史》下册（蒋路、刘辽逸译）。

惊。在两个小时以后,我们就分别了。我的小说完成了。我花了两年的工夫来写它……这不过是埋头去写一部已经完全想好了的作品罢了。"①

标题《父与子》就说明小说的内容。作者写的是父亲一代和儿子一代之间的矛盾、冲突,写的是具有科学思想和献身精神的青年与标榜自由主义却不肯丢开旧传统的贵族之间的斗争。在新旧两代的斗争中,作者认为他的同情是在年轻人的方面。

可是完全和作者的预料相反,小说引起了那么多互相矛盾的批评和那么长久激烈的争论,小说给作者招引来那么多的误解。保守派抱怨他把"虚无主义者""捧得很高",进步人士却责备他"侮辱了年轻的一代"。年轻人愤怒地抗议他给他们绘了一幅"最恶毒的讽刺画"。上了年纪的人讥笑他"拜倒在巴扎罗夫的脚下",在彼得堡发生大火灾的时候,一个熟人遇见作者就说:"请看,您的虚无主义者干的好事!放火烧彼得堡!"使作者感到最痛心的是:"许多接近和同情我的人对我表示一种近乎愤怒的冷漠,而从我所憎恶的一帮人,从敌人那里,我却受到了祝贺,他们差不多要来吻我了。这叫我感到窘……感到痛苦。"②

作者痛苦地说:"这部中篇小说使我失去了(而且好像是永远地)俄国的年轻一代人对我的好感。"③这对作者的确是一个沉重的打击,一直到最后他始终没有恢复过来。他寂寞地死在法国。我在一九七八年校阅我这个旧译本。④再过五年便是屠格涅夫逝世的一百周年纪念。一百多年前的激烈争论早已平息,对作者的种种误解也已消除。九十五年前作者在法国病逝,遗体运回彼得堡安葬的时候,民意党人曾散发传单,以俄罗斯革命青年的名义向死者致敬,这是最大的和解了。

---

① 译自巴甫洛夫斯基的《回忆屠格涅夫》第六节。
② 引自屠格涅夫的《回忆录》(蒋路译)。
③ 引自屠格涅夫的《回忆录》(蒋路译)。
④ 《父与子》初译稿一九四三年在桂林完成。第二次的译稿于一九五三年在上海出版,一九七八年我只做了一些小的改动。

讲真话的书 （1977—1979）

说到《父与子》，我同意屠格涅夫的话。在平民知识分子巴扎罗夫的身上，作者的确"用尽了"他"所能使用的颜色"。他对自己创造的典型人物感到一种"情不自禁的向往"。他认为巴扎罗夫是"一个预言家，一个大人物，具有一定的吸引力"。固然他写了巴扎罗夫的死，但他是把巴扎罗夫看作一个生在时代之前的人[①]，因此把他放在和他格格不入的社会环境中，使他显得很孤单，还给他安排了一个过早死亡的结局。而且他写到巴扎罗夫死的时候，还流过眼泪。他甚至说巴扎罗夫是他的"心爱的孩子"。这都不是假话。然而作者是一个资产阶级的自由主义者，是一个改良派、西欧派。他不会真正理解巴扎罗夫，也不可能真正地爱巴扎罗夫。他只是凭着自己对俄罗斯社会生活长期的观察和研究，凭着他的艺术的概括力量，看到了一代新的人，知道这新人——十九世纪六十年代的平民知识分子一定要压倒过去的一代人物。他称巴扎罗夫为"虚无主义者"。他创造了这个词。他又在私人通信中解释道："虚无主义者——这就是革命者。"这个词在十九世纪后半期中普遍地被采用，用来称呼一切反对沙皇政治、地主和资产阶级的党派。民意党人司捷普尼雅克在他的著作《地下的俄罗斯》（一八八二）的开头就说："俄国小说家屠格涅夫的名声自然将由他的著作而长存于后代，但是只靠一个词他也可以不朽了。他就是第一个使用'虚无主义'这个词的人。"

屠格涅夫发表《父与子》的时候，巴扎罗夫这个新人刚刚产生，一般人对他还很生疏。但是不久，这样的新人便大量出现，像"大自然是一座工厂""拉斐尔没有一点用处"这一类话已经成了"虚无主义者"常用的警句。他们是严肃地相信这一切，并且准备为它们献身的。这般六十年代的平民知识分子，"不服从任何权威的人"，到了七十年代，在巴黎公社

[①] 这个说法也值得考虑，因为十九世纪六十年代的所谓"旧虚无主义者"就是巴扎罗夫这样的人，他们存在的时间虽然不很长，但是他们并不孤单，而且他们给七十年代的新人开辟了路。

革命之后，就让位给另一代新人了，那就是"到民间去"的"民意党的英雄"们。然后又出现了同工人紧密结合在无产阶级领导的革命运动中冲锋陷阵的战士……但是远在法国的衰老的屠格涅夫已经无法理解而且也来不及在新的作品中反映了。他的最后一部长篇是在一八七六年脱稿的。他把年轻的涅日达诺夫（《处女地》的主人公）几乎写成了像他自己那样的人。然而有一点是可以肯定的，就是我在《处女地》后记中写的那一段话："他不赞成革命，但是他知道革命必然要来；……而且要改变当时存在的一切。"也就是一八八三年民意党人在散发的传单上所说的："也许他甚至不希望发生革命，而只是一个诚恳的'渐进主义者'……对我们来说，重要的是他用他作品里的真挚的思想为俄罗斯革命服务过，他爱护过革命青年。"[1]

　　屠格涅夫"想通过主人公的形象把迅速嬗替中的俄罗斯社会文化发展的各个阶段加以典型的艺术概括"[2]，他的六部长篇小说完成了这个任务。他"写出了数十年间[3]的俄罗斯社会生活的艺术编年史"[4]。一百多年前出现的新人巴扎罗夫早已归于尘土，可是小说中新旧两代的斗争仍然强烈地打动我的心。对于这个斗争屠格涅夫是深有体会的，他本人就同他的母亲（短篇《木木》中的地主婆）斗争了一生。但是她母亲所代表、所体现的一切在翻天覆地的大革命中已经化成灰烬，找不到一点痕迹了。旧的要衰老，要死亡，新的要发展，要壮大；旧的要让位给新的，进步的要赶走落后的——这是无可改变的真理。即使作者描写了新人巴扎罗夫的死亡，也改变不了这个真理。重读屠格涅夫的这部小说，我感到精神振奋，我对这个真理的信仰加强了。

九月八日

---

[1]　转引自《俄国文学史》下册（蒋路、刘辽逸译）。
[2]　转引自《俄国文学史》下册（蒋路、刘辽逸译）。
[3]　数十年间：十九世纪三十年代到七十年代。
[4]　转引自《俄国文学史》下册（蒋路、刘辽逸译）。

《往事与随想》译后记（一）

《往事与随想》是亚历山大·赫尔岑的回忆录。中译本将分五册陆续出版。现在先出第一册。第一册包含最初两卷，即《育儿室和大学》和《监狱与流放》。第二册尚在译述中，将收三、四两卷（《克利亚兹玛河上的弗拉基米尔》和《莫斯科、彼得堡和诺夫哥罗德》）。作者的俄罗斯生活的回忆到第四卷为止，一八四七年初他就远离祖国一去不返了。

回忆录的作者亚历山大·伊凡诺维奇·赫尔岑（一八一二——一八七〇）是俄国革命民主主义者、政论家和作家。他的后半生是在国外，在西欧度过的。他在伦敦创办了"自由的俄语刊物"，成立了第一家"自由俄语印刷所"。他编印的《北极星》（丛刊，一八五五——一八六九）和《钟声》（报纸，一八五七——一八六七）在国内产生了很大的影响。他死在巴黎，葬在尼斯。他的著作，除了《往事与随想》外，还有《论自然研究的信》（一八四六）、《克鲁波夫医生》（中篇小说，一八四七）、《偷东西的喜鹊》（中篇小说，一八四八）、《谁之罪？》（长篇小说，一八四六——一八四七）、《法意书简》（一八五〇）、《来自彼岸》（一八五〇）、《俄国革命思想的发展》（一八五一）和《俄国的人民与社会主义》（一八五五）等书。《赫尔岑全集》共有三十卷。

关于赫尔岑，列宁在一九一二年赫尔岑诞生一百周年纪念日，写了《纪念赫尔岑》这篇光辉的著作，对他做了全面的评价。列宁写道：

我们纪念赫尔岑时，清楚地看到先后在俄国革命中活动的三代人物、三个阶级。起初是贵族和地主，十二月党人和赫尔岑。这些革命者的圈子是狭小的。他们同人民的距离非常远。但是，他们的事业没有落空。十二月党人唤醒了赫尔岑。赫尔岑展开了革命鼓动。

响应、扩大、巩固和加强了这种革命鼓动的，是平民知识分子革命家，从车尔尼雪夫斯基到"民意党"的英雄。战士的圈子扩大了，他们同人民的联系密切起来了。赫尔岑称他们是"未来风暴中的年轻舵手"。但是，这还不是风暴本身。

风暴是群众自身的运动。无产阶级这个唯一彻底革命的阶级，起来领导群众了……无产阶级，一定会给自己开拓一条与全世界社会主义工人自由联合的道路，打死沙皇君主制度这个蠹贼，而赫尔岑就是通过向群众发表自由的俄罗斯言论，举起伟大的斗争旗帜来反对这个蠹贼的第一人。①

列宁称赫尔岑为"在俄国革命的准备上起了伟大作用的作家"。

《往事与随想》是赫尔岑花了十五年以上的辛勤劳动写成的极其重要的文艺作品。它是一部包含着日记、书信、散文、随笔、政论和杂感的长篇回忆录。它也是从十九世纪二十年代一直到巴黎公社前夕俄罗斯和西欧社会生活和革命斗争的艺术记录。还有人说，它"是时代的艺术性概括"。作者自己说这是"历史在偶然出现在它道路上的一个人身上的反映"。在本书中作者把他个人的生活事项和具有社会历史意义的一些现象有机地结合起来了。

《往事与随想》的内容非常丰富。在它的前四卷中展开了十九世纪上半叶俄罗斯政治、社会、文化生活的景象。在这样一幅宽广的历史画面上

---

① 《列宁选集》第二卷，人民出版社1972年版，第422页。

讲真话的书 (1977—1979)

活动着各式各样的人，从高官显贵、各级官员、大小知识分子、各种艺术家到仆婢、农奴。作者善于用寥寥几笔勾出一个人物，更擅长用尖锐的讽刺揭露现实生活中的怪人怪事，从各方面来反映以镇压十二月党人起家的尼古拉一世统治的黑暗、恐怖的时代。他以坚定的信心和革命的热情说明沙皇君主制度和农奴制度是俄国人民的死敌，它们必然走向死亡。

作者在后面四卷（即《巴黎—意大利—巴黎》《英国》《自由俄语印刷所与〈钟声〉》和《断片》）中描写了西欧资产阶级社会各种生活景象和各个阶层的人物。家庭日常生活、大规模的历史事件和鲜血淋淋的革命斗争……十分鲜明地出现在这样一幅巨大的历史画卷上。把一八四七年后的二十多年间的人物和事件连在一起的仍然是作者这一根线。每一行文字都流露出作者的爱憎。书中散发着淡淡的哀愁，有时也发出怀疑的嘲笑和悲观的叹息，但横贯全书的始终是作者对未来的坚强信心。

赫尔岑是出色的文体家。他善于表达他那极其鲜明的爱与憎的感情。他的语言是生动活泼、富于感情、有声有色的。他的文章能够打动人心。和他同时代的俄国诗人涅克拉索夫说："它紧紧地抓住了人的灵魂。"

有一次俄国小说家屠格涅夫读完了《往事与随想》第五卷中叙述作者的家庭悲剧的那一部分手稿，他感动地说："这一切全是用血和泪写成的：它像一团火似的燃烧着，也使别人燃烧……俄罗斯人中间只有他能够这样写作……"

《往事与随想》可以说是我的老师。我第一次读它是在一九二八年二月五日，那天我刚刚买到英国康·加尔纳特夫人（Mrs. C. Garnett）翻译的英文本。当时我的第一本小说《灭亡》还没有写成。我的经历虽然简单，但是我心里也有一团火，它也在燃烧。我有感情需要发泄，有爱憎需要倾吐。我也有血有泪，它们要通过纸笔化成一行、一段的文字。我不知不觉间受到了赫尔岑的影响。以后我几次翻译《往事与随想》的一些章节，都有这样一个意图：学习，学习作者怎样把感情化成文字。现在我翻译《往事与随想》全书，也不能说就没有这样的意图，我要学习到生命的最后一息。当然学习是多方面的，不过我至今还在学习作者如何遣词造句，用自己的感情打动别人的心，用自己对未来的坚定信心鼓舞读者。

我最初把书名译作《往事与深思》，曾经用这译名发表过三四万字的"选译"。现在我根据一位朋友的建议将"深思"改译为"随想"，这样可能更恰当些。我们翻看全书，作者在叙述往事的时候常常夹杂了一些感想，这些感想与其说是"深思"或者"沉思"，倒不如说是"杂感"。作者随时随处发表的这一类议论，就在当时看，也不见得都正确。作者学识渊博，但他的思想是有局限性，甚至也有错误的。赫尔岑是和马克思、恩格斯同时代的人。马克思和恩格斯在著作中几次直接或者间接地提到赫尔岑，指出他的一些错误观点。[1]列宁也批判过赫尔岑"在民主主义和自由主义之间动摇不定"的立场。[2]我并不向读者推荐这些"随想"，我颇想删去它们，但为了保持全书的完整，我还是把它们译出来了。我曾经对一位朋友讲过我想作一些删节，朋友不赞成，他说："应当相信读者，读者不是小学生，他们是知道怎么取舍的。"

一九七四年九月我抄完《处女地》重译稿以后，便开始翻译《往事与随想》，到一九七七年四月第一、第二两卷的译稿就完成了。我翻译这部被称为"史诗"的巨著的时候，并没有想到出版的事，我只是把它当作我这一生最后的一件工作，而这工作又只能偷偷地完成，因为"四人帮"要使我"自行消亡"，他们放在上海的那条无恶不作的看家狗一直瞪着两眼向我狂吠。"四人帮"给粉碎以后，我在一九七七年五月发表的《一封信》里说："我每天翻译几百字，我仿佛同赫尔岑一起在十九世纪俄罗斯

---

[1] 例如，恩格斯："身为俄国地主的赫尔岑……把俄国农民描绘成为真正的社会主义体现者、天生的共产主义者，把他们同衰老腐朽的西欧的那些只得绞尽脑汁想出社会主义的工人对立起来。"（《马克思恩格斯选集》第二卷，人民出版社1972年版，第623页。）

[2] 列宁还说："赫尔岑已经走到辩证唯物主义跟前，可是在历史唯物主义前面停住了。"（《列宁选集》第二卷，人民出版社1972年版，第417页。）

讲真话的书 (1977—1979)

的暗夜里行路，我像赫尔岑诅咒尼古拉一世的统治那样咒骂'四人帮'的法西斯专政，我相信他们横行霸道的日子不会太久……"有人认为拿尼古拉一世的统治来比"四害"横行的日子并不妥当，因为封建已在我国绝迹。我不想替自己辩解。反正书在这里，请某些人自己看看书中有没有他们的画像。我特别请读者注意皇位继承人扔在窗台上的一颗桃核，这难道只是一百四十年前的笑话吗？

我的译文是根据苏联科学院出版的三十卷本《赫尔岑全集》第八卷（一九五六年）和康·加尔纳特夫人的英译本第一册（一九二四年）翻译的，主要是依靠英译本。书中的注释除了注明"作者原注"或者"英译者注"的以外，都是译者增加的。

我以前做翻译工作，都是一个人单干。去年五月《文汇报》发表了我的《一封信》以后，特别是在新华社发了我翻译赫尔岑回忆录的消息以后，不少的读者来信表示愿意给我帮助。福建师范大学的项星耀同志把他译好的四卷译稿全部寄来供我参考。[①]我曾经请外国文学研究所的高莽同志根据原书替我校阅了第一册中的序文和第三、第六两章的大部分。今年北京大学的臧仲伦同志主动地替我校阅了第一册的全稿并且提出不少好的意见。最后，上海译文出版社的周朴之同志不仅校阅了我的全部译文，而且还做了技术性的工作。靠了这几位新、老朋友无私心的帮助，我才可以把这部十九世纪的名著照目前这个样子献给读者。我的译本还不能算是定稿，但是我相信，靠着大家的努力，这个译本一定可以修改得比较完善。这样的事只能发生在新中国，在今天的新社会！这是值得我们自豪的事情。我真诚地感谢给了我帮助的和来信给我以鼓励的一切见过面和未见面的朋友。

九月十七日

---

① 辽宁新民县的刘文孝同志也寄给我他翻译的第二卷的译文。

关于《长生塔》
——创作回忆录之二

我在前一篇回忆录(《关于〈春天里的秋天〉》)里,讲到瑞典朋友送我小书的事。那天晚上除了小书,外宾还送给我一本大十六开本的杂志《人民写实报》,是今年的"夏季特大号",上面有我的童话《长生塔》的译文和大幅插图。真没有想到在北欧还有人记得我一九三四年写的那篇童话!

当时我住在日本横滨本牧町小山上一个高等商业学校副教授的家里。他是汉语教师,我本来不知道他。我有几个留学日本的朋友同他熟,我去日本,他们把我介绍给他。那个时候去日本非常方便,不用办护照,买船票很容易,随时可以买,不要交出证件。我买的是"浅间丸"的二等舱票,船上服务周到,到横滨上岸也不受检查。我动身前由朋友去信通知武田我到达的日期。船靠岸时武田夫妇带着两个女儿,打着"欢迎黎德瑞先生"的小旗,在码头上迎接。他的妹妹同我一个朋友谈过短时间的恋爱。他教授中文,也需要找人帮忙。因此我就做了他家的客人。我把副教授的书房借用了三个月。朋友们的介绍信上说我是一个书店职员,我用的名字是黎德瑞。我改名换姓,也不过是想免去一些麻烦。早就听说日本警察厉害,我也做了一点准备。为什么叫"德瑞"呢?一九三四年上半年我和章靳以、陆孝曾住在北平三座门大街十四号时,常常听见陆孝曾讲他回到天津家中找伍德瑞办什么事。伍德瑞是铁路上的职工。我去日本要换个名

讲真话的书 （1977—1979）

字就想到了"德瑞"。这个名字很普通，我改姓为"黎"，因为"黎"和"李"日本人读起来没有区别，用别的姓，我担心自己没有习惯，听见别人突然一叫，可能忘记答应。我住下来以后，果然一连几天大清早警察就跑来问我："多少岁？"或者"哥哥叫什么名字？"我早想好了，哥哥叫黎德麟。吉庆的字眼！或者"结婚没有？"经过几次这样的"考试"，我并没有露出破绽，日本警察也就不常来麻烦了。

副教授武田先生就是我的短篇小说《神》里面的"长谷川君"，也就是《鬼》里面的堀口君。他信神，当然也信鬼。我借住的正是那间"精致的小书房"，我在《神》里面已经详细地描写过了。我在这间书房里一共写了三个短篇：两篇小说和一篇童话。十二月中写成的《长生塔》，是其中的第二篇。我离开上海的前夕答应给开明书店的《中学生》月刊第二年一月号写一个短篇。《神》写成寄出以后，我翻阅《现代日本小说集》消遣，读了森鸥外的《沉默之塔》（鲁迅先生译），忽然想起苏联盲诗人爱罗先珂（一八九九——九五二）的童话《为跌下而造的塔》（胡愈之译），我对自己说："写篇童话试试吧。"我的眼前出现了一座摇摇晃晃的高塔，只摇晃了几下，塔就崩塌下来了！长生塔的故事我也想好了。

我写《长生塔》并不费力，可以说是一口气写成的。不过我也遇到困难，我不能公开地写作，让主人知道我是作家。我只好偷偷地写。我放一本书在手边，听见脚步声就拿书盖着稿纸。在武田去学校教课、孩子上学去的时候，家里非常清静，我也可以放心地写作。但是我记得我写《长生塔》时，武田患感冒请假在家，他脖子上缠了一块毛巾，早晨晚上仍然在紧接书房的客室里念经，不过整天没有进书房聊天，只是推开门探头进来打了个招呼。这样我虽然有点担心，但在两天里也就把童话写成了。一直到我同他告别去东京的时候，副教授还不知道我是一个作家。

我在前面提过爱罗先珂的《为跌下而造的塔》。我的《长生塔》就是从爱罗先珂的两座宝塔来的。不过爱罗先珂的塔是两个互相仇恨的阔少爷和阔小姐花钱建筑的，为了夸耀彼此的富裕，为了压倒对方，为了谋取个人幸福。而结果两个人同时从宝塔上跌了下来，跌死了。我的童话里的长生塔是皇帝征用民工修建的，他梦想长生，可是塔刚刚修成，他登上最高的一级，整座塔就崩塌下来，他的尸首给埋在建塔的石头下面。这就是皇帝的结局。皇帝就是指蒋介石。我通过这篇童话咒骂蒋介石。我说，他的统治就像长生塔那样一定要垮下来。童话的结尾有这样一句话："沙上建筑的楼台从来是立不稳的。"

《长生塔》在一九三五年一月号的《中学生》上发表了。一九三五年八月我从日本回到上海，这年冬天《中学生》月刊社又向我组稿。我就写了第二篇童话《塔的秘密》。这一篇比较长，又有些自己编造的东西。那些细节是从什么地方来的呢？一定是从我小时候听到的故事和读到的童话书里搬来的。开始有些吃力，但写到后面就感到思想顺畅了。这是一篇爱罗先珂式的童话。"'父亲'你来吧，我闭上眼睛不顾一切地向着他手里的刀迎上去。"我的童话中的叙述和爱罗先珂童话里那个要造"全人类都可以乘的幸福的船"的"阿哥"的愿望不是一样的吗？今天我重读它，我还看到《幸福的船》[①]的影响。说实话，我是爱罗先珂的童话的爱读者。二十年代爱罗先珂的童话通过鲁迅先生、夏丏尊先生和胡愈之同志的翻译在我的思想上留下了很深的烙印。上个月（一九七八年八月）以德田六郎先生为首的十多位懂世界语的日本旅游者在上海见到我，其中一位女作家向我问起对爱罗先珂的看法，我说我喜欢他的童话，受过他的影响。现在回想起来，我的"人类爱"的思想一半，甚至大半都是从他那里来的。我的四篇童话中至少有三篇是在爱罗先珂的影响下面写出来的。在本世纪二十年代，爱罗先珂在中国读者中间有过很大的影响。

第三篇童话《隐身珠》是根据古老的四川民间故事改写的，就是我小时候听惯了的"孽龙"的故事。这一次我给旧的故事加上了新的内容，把原先用来增加财物的宝珠改成了"隐身珠"。至于孩子变成龙，回头望母

[①] 《幸福的船》：爱罗先珂作，鲁迅、夏丏尊等译。

讲真话的书 （1977—1979）

亲，母亲拉住脚不肯放，大水淹没全城……这都是旧有的民间传说，要是没有它，我就写不出《隐身珠》来。

《隐身珠》是在一九三六年秋天写成的。当时凌叔华女士在编辑武汉一家报纸的文学副刊，她两次来信要稿。这以前不久她到过上海，萧乾同志介绍我认识了她。我过去是《花之寺》①的读者，谈起来，我觉得她很爽快，很容易就同她相熟了。而且还有一件事情：我在横滨写第一篇童话《长生塔》的时候，那位日本朋友武田几次对我谈起他单恋过一个中国女人，有一回他给我看一封信，原来是一个女作家写给外国读者的回信，写信人的名字是凌叔华。武田当时大概在北平进修，他喜欢她的小说。一直到我住在横滨的那个冬天，他求神念经以后，到小书房来找我聊天，他还说，神告诉他中国女人现在还想念他。我始终没有对凌叔华女士讲过这件事情，但是在一九三六年看见她，我不得不想到她的小说的魅力。我和她见面就只有这一次。全国解放的时候她不在国内。我四十年没有得到她的音信。只有一次听说她五十年代中回过北京。去年读徐迟同志的文章，我才知道她曾经打电话劝李四光同志提前回国。也是在去年，香港《大公报》发表了中国新闻社记者写的关于我的报道，她从伦敦来信说她读了"记事""十分安慰"，她说她要回国探亲。她还说："你或者不会记得我。"我当然记得她，而且我还保存着她四十二年前写给我的几封信。一九三六年八月三十一日的信上说："您的文章到了。我该怎样高兴。"信里说的文章就是《隐身珠》。

这篇童话写起来更不费力，可以说，我只是把我小时候听惯了的、而且一直使我的心非常激动的故事忠实地记录了下来。我改动不大、增加不多，原来的民间故事就很动人。给我讲故事的人虽然大都是老妈妈，但她们讲得有声有色，而且很有感情，因为故事里含有人民的共同心愿，这就是：凡是压迫人民的都要灭亡。我的童话里说明的也就是这个真理。

---

① 《花之寺》：凌叔华的短篇小说集。

第四篇童话《能言树》，是为开明书店的《新少年》半月刊写的。我自己很喜欢它。这是一九三六年冬天我在拉都路（襄阳路）敦和里二十一号二楼房间里写成的。当时我替朋友马宗融夫妇看房子（宗融在广西大学教书），一个人住一幢房屋。二楼那个房间不算大也不算小，除了桌椅和沙发，好像就没有别的东西。有的是我可以自由活动的空间。我发了狂似的奋笔写了两个晚上，每晚都写到两点钟。屋子里生着火，我心里燃烧着火，头上冒着汗，一边念，一边写，我在控诉国民党军警镇压学生、摧残青年的罪行。我写到"为什么那些同情别人、帮助别人、爱别人的年轻孩子就该戴镣铐、挨皮鞭、坐地牢、给夺去眼睛、给摧残到死？"我丢下笔在屋子里走了好几转。我感到窒息，真想大叫几声，我快要给憋死了。

在这个时候以前我写的是小女孩把脸压在树干上向大神哀告，神一直没有回答，因为神是不存在的。现在，那棵把小女孩的眼泪尽量吸收去了的年轻的树讲话了："凡是把自己的幸福建筑在别人的痛苦上，用镣铐、皮鞭、地牢等等来维持自己的幸福，这样的人是不会活得长久的，他们终于会失掉幸福。"

这就是《能言树》的由来。即使是编童话，我也不愿让树木随便讲话。但是到了非讲话不可的时候我就控制不了我的"人物"，换句话说，我控制不了我的笔了。过去我常说我写小说就像在生活，这是真实的情况（当然不是指所有的作品）。

《能言树》发表以后不到半年，我的童话集《长生塔》也在文化生活出版社出版了。我在书前加了一篇"序"。我说："我勉强称它们为童话，其实把它们叫作'梦话'倒更适当。"没有人表示不同的意见，因为这几篇童话并不曾受到人们的注意。

一九五四年初，我从朝鲜回来，北京有一位朋友写信来索取这本小书，说是打算介绍给一家出版社。我感谢他的好意，把书寄去了。过了一段时间，书稿给退了回来。朋友来信说，他读了这本小书，不很了了，拿给孩子读，孩子也说不懂。朋友讲得干脆、老实，我应当感谢他。我虚心

讲真话的书 (1977—1979)

地把《长生塔》等四篇重读了一遍放在一边，觉得不印也好。但是过了两个月，另一个朋友偶然向我提起这本书，我又找出来看了一遍，坦然地把它交给另外一家出版社排印了出来。

《长生塔》就这样地保存下来了。但是我觉得那位朋友的话也有道理。今天的孩子的确不容易看懂我这四个短篇，它们既非童话，也不能说是"梦话"，它们不过是用"童话"的形式写出来的短篇小说。我的朋友用看安徒生童话的眼光看它们，当然不顺眼。至于孩子不懂，更不能怪孩子，因为他实在不知道三十年代中国的事情，然而历史是不会迁就人的，而任意编造历史、篡改历史的人一定会受到历史的惩罚，林彪和"四人帮"的下场就是很明显的例子。

九月二十四日
一九七九年七月二十五日修改

要有个艺术民主的局面

最近围绕着"实践是检验真理的唯一标准"的问题,在全国展开了越来越热烈的讨论。这并不是一般学术观点的讨论,这是思想战线上一场重要的斗争。这场斗争关系到整个国家的前途;关系到新的长征是否能取得胜利、四个现代化是否能顺利完成;关系到揭批林彪、"四人帮"的斗争是否能进行到底;关系到各条战线的工作和每个人的工作。总之,要搞好这场斗争,我们的各项工作才能够前进一步。

其实关于检验真理的标准的问题,无产阶级革命导师早已讲清楚了。这次讨论中大家也讲得很多。在伟大领袖毛主席的光辉著作中就有多处说明这个问题(毛主席不是还说"此外再无别的检验真理的办法"吗?)。这已经是人所共知的常识了。即使说好些年来林彪、"四人帮"颠倒是非、混淆黑白,把思想弄得混乱不堪,但根据我们的经历,根据我们的实践,我们也应当看透了林彪、"四人帮"搞的那一套鬼把戏。对他们讲的"顶峰""紧跟""句句照办""一句顶一万句""不理解的也要执行"等,我们都深有体会。在"四害"横行的日子里,有一个时期我们每天要举行几次"请示""汇报""祝万寿无疆"的仪式。别人在我们面前念一句语录,"凡是反动的东西你不打他就不倒",于是我们就成了该打倒的"反动的东西"。他们又念一句,"这是一些极端反动的人",于是我们就成了"极端反动的人"。他们再念一句,"革命不是请客吃饭……"于是我们就受到了粗暴的待遇。他们又念一句,"凡是'毒草',凡是牛

讲真话的书 （1977—1979）

鬼蛇神，都要进行批判"，于是我们就被当作"牛"给关进了"牛棚"。这就是林彪、"四人帮"所谓的"活学活用""立竿见影"吧。他们就是这样地"句句照办"的。在那一段时期，我们受到非法的待遇，受到接连不断的批判，都是在"高举伟大红旗"的口号声中进行的。因此，就是在那个时候，我们也开始明白他们是在歪曲、篡改、阉割毛泽东思想，利用《语录》作为他们打人的武器，他们说"句句照办"，实际上一句也不照办。他们搞武斗，搞逼供信，搞打砸抢，制造冤案、假案……哪一样不是和毛主席的指示对着干？他们口口声声喊"高举"，却地地道道搞封建迷信。今天我们要全面地、准确地学习毛泽东思想，真正高举毛主席的伟大旗帜，就应当彻底肃清林彪、"四人帮"的流毒，坚持实事求是，一切从实际出发，只能由实践检验真理，搞科学，不搞迷信，敢说敢做，解放思想。

坚持实践是检验真理的唯一标准，必须落实到各条战线、各个方面、各项工作上去。我们文艺界当前的主要工作是发展和繁荣社会主义文艺。要实现这个目的，就得按照文艺发展的规律办事。首先还是要解决实践的问题。作品来源于作者的生活实践和艺术实践，判断一部作品的好坏，也还是离不开实践。毛主席说："要看实践，要看效果。"就是要看作品在广大人民群众中产生的效果：它在人民群众中产生了积极的作用，还是消极的作用；人民群众欢迎它，还是抵制它。好的作品对读者，特别是青年读者的心灵的确有潜移默化的作用，对读者的智慧的发展有不小的影响。这样的作品才能在群众中间扎根，才是有生命力的。对作品最有发言权的人就是读者，就是广大人民群众。任何作品都要经过广大群众的实践来检验。一部作品的价值不是少数几个人点点头说两三句话就可以决定的，正如一部现代文学史也不是几个人关起门就可以随意编造出来的。因此我有一个意见：文艺创作的主管部门不要抓得太紧、管得太死。在政治上不用说，应当把住六条标准的关，在艺术方面还是让"百花齐放"吧。要繁荣社会主义文艺，就要有个艺术民主的局面；这里设"禁区"，那里下

"禁令"，什么都由少数人说了算，不见得很妥当。毛主席早说过："不要求全责备。"多演一些戏剧，多放几部影片，有什么害处呢？听说《阿诗玛》要公开放映了。这是一个好消息。我读到描述杨丽坤同志的遭遇的文章，我心里燃起一团火，对于这样一个遭受"四人帮"残酷迫害的受害者，我们除了表示同情外，难道不能做更多的事情么？现代科学虽然不能恢复她的青春和健康，但是让她的艺术得到广大群众的赞赏也是对受害者的一点安慰吧。多印几本近代、现代的西方文学名著，又有什么不好呢？对我们周围的世界，对各国人民和他们的文化发展稍微多知道一点，也不是没有好处的！那么，还是多听听群众的呼声吧，眼睛不能专门向上，也应当向下看看，群众才是真正的英雄，文艺作品是为他们服务的，他们知道应当批准什么，抵制什么。

总之，当前最重要的事还是让人多讲话，多听别人的意见，经过"无产阶级文化大革命"锻炼的人民群众的觉悟大大地提高了，他们肚子里有话要讲。毛主席说："让人讲话，天不会塌下来……"社会主义文艺事业是亿万人民共同的革命事业，还是让大家多讨论，多发表意见，用集体的智慧做好工作，前途是无限光明的！

十月十二日

等着，盼着
——怀念陈同生同志

近年来有一个时期我大清早出门，刚刚在十字路口拐了弯，就看见前面不远处一个熟人的背影，他拄着拐杖缓步向前，一个年轻人扶着他。我睁大了眼睛，前面没有熟人的影子。我并不惊奇，我知道这是我的幻想。这个幻想把我折磨了好几年。我始终不相信一个活生生的人就像雾一样地消散得无踪无影。

我就是在我们家附近的街口最后一次看见陈同生同志的。那是在十一年前的一个早晨，他拄着拐杖走路，他的儿子扶着他。我想不到短短的两三个月内他会变成这个样子！他老了，病了。可是大清早还得去"上班"，去接受审查，接受批判。他还是像往常那样笑了笑，问我一句："身体好吗？"说一句："要保重啊！"我和他一起走完了这一条街，一起上了无轨电车。可是我们并不走成一排，也没有交谈什么。我还记得当时的情景，仿佛四处都有耳朵，四面都是眼睛，我多说一句话就会给朋友带来麻烦，给自己带来苦恼。在"几次点名"和"无限上纲"的情况下，我对自己的前途不敢存多大的希望。但是对同生同志我却祝愿他长寿，他对人民有过贡献，又是一个坚贞不屈、临危不惧的革命者，我相信他一定经得起严峻的考验。我们分手的时候，他的亲切的笑容给我留下深刻的印象。当时我已经被一纸"勒令"剥夺了宪法上承认的一切公民权利，给关进了"牛棚"。"牛棚"里并不寂寞，一些三十年代开始从事写作的老知识分子挤在一处写"检查",写"交代",有时候不交出一份材料就不许回家。在这种度日如年的日子里,我想起同生同志的笑容便感到一股暖意。我记得他说过"只要下定决心就会熬过去"。这是一九六四年九月初他在北京谈起过去监牢生活时说的话。他在敌人的监牢里度过了难忘的岁月,严刑拷问和刑场陪绑都不曾使他低头屈服。朋友们都知道他的英雄事迹,我却从未听见他自己谈过。平日同他接触,我见得多的还是他那亲切、和善的笑容。对待朋友他是那样谦虚、那样善良、那样热诚地帮助人。尽管敌人的残酷迫害损害了他的健康,他却永远乐观,永远生气勃勃,谈笑风生。他好像有使不尽、用不完的生命力。

在"牛棚"里我常常想到他,他的笑容仿佛就在我的眼前,他的大声谈笑仿佛就在我的耳边。想起他,我仿佛得到很大的支持。我甚至相信我能够再看见他。我真的盼着,等着。

然而不幸的消息来了,说是同生同志"开煤气自杀"。我不相信。而且说"他是在隔离审查中自杀的"。我更不相信。我说,既然是"隔离审查",怎么能够到煤气灶那里去呢?一个朋友笑了笑,说:"你要讲道理,那么你明明是一个人,怎么一下子就变成了'牛'呢?"我好像挨了当头一棒似的,半晌说不出话来。我明白了:什么事都是可能的。那么我恐怕再也见不到同生同志了。

但是他的声音相貌始终不曾离开我。特别是我受到人身侮辱和精神折磨的时候,我给揪出去接受仿佛是无穷无尽的批斗的时候,我就在他的笑容和笑声里找寻安慰和支持。我终于照他所说的那样"下定决心""熬过去"了。我越活下去,求生的意志越旺盛,眼界也越开阔。

我一直把他当作学习的榜样。记得一个朋友对我讲过,同生同志在国民党的监牢里坚持斗争,受到残酷迫害,带着遍体鳞伤出狱,人们以为他不久于人世,可是他很乐观,很坚强,不但活了下去,而且做了不少的革命工作。那个朋友和他再次见面,不禁大吃一惊。

我是在抗战时期在桂林认识他的。那个时候他用的是另一个名字。

讲真话的书　（1977—1979）

我的脑子里始终保留着这样一个鲜明的印象：他有一颗火热的心，你同他接近，他恨不得把心也掏给你，用他的火点燃你的热情；他身上好像有一种吸力把许多人吸引到他身边，同他在一起，人感觉到轻松、自如；他坦白、真诚，喜欢敞开胸怀讲话，据说四川人善于讲话、喜欢讲话（我是一个例外），他是道地的四川人，有他在，就会出现生动活泼的场面；有人说他是"三十年代的活字典"，他知道的事情多，经验丰富，记忆力又好；他善于了解人，肯帮助人，特别是知识分子，总之，他团结更多的人参加革命，参加社会主义建设事业。要是有一天他的朋友们聚在一起谈论他，每个人都可以谈出他一些优点和特点，大家都会怀着感激之情想念他。

　　但是这些特点和优点竟都成了他的罪状。他自己讲过，他"知道的事情太多了，别人不会放过"他，更重要的是他对革命事业的忠诚，林彪、"四人帮"那一伙就把他看作他们篡党夺权的绊脚石，他们一定要去掉他。我后来听说他挨了多次的打。据说有一次他回到家里，他的爱人看见他的伤痕流下了眼泪，他反而安慰她，劝她向前看。又听说，他自己对人讲，他决不会自杀，仿佛他对别人安排的"自杀"已有所预感。再后我又听见一位朋友说，在他去世的前一两天，她同他一起挨批斗，在等待被揪进场去批斗的时候，他对她说："我们只要想到连陈老总也受审查，也挨批，我们就不会埋怨了。"和这类似的话我还听到一些。总之，这一切都说明他始终是乐观的。他是不会自杀的。他不要死。然而，他确实死了。说他自杀，家属不相信，朋友也不相信。但是那个时候，林彪、"四人帮"的余党和爪牙说了算。他们封住了人们的口，却封不住人们的心。我小时候听过杀人灭口的故事，绝没有想到在六七十年以后会看到具体的事例。血淋淋的现实给我留下深刻的教训。人死了，口并不曾"灭"。同生同志的一言一行长留在人们的心中。十载沉冤终于得到昭雪，可是"自杀"的谜到现在还没有揭开。我常常在想：难道一九六八年发生的事情就追查不清？难道一位对革命事业有过贡献的老干部的死亡就成为司芬克斯的谜？……我还是等着，盼着。……

夜已深。我坐在荧光灯下写字，仿佛听见时间在窗外水流似的过去，夜越来越冷，我没有丝毫的睡意。我想起了白白浪费掉的十年的大好时光；我想起了我敬爱的亡友，这个有着火热的心的人，这个一心只想到别人的人，这个为革命献出一切的人。他带着遍体伤痕坚持斗争，决心要活下去，而终于给安排了伏在煤气灶上"自杀"的结局。我设身处地想象他怎样度过那一段时间。……

我从玻璃橱里取出一个陶瓷台灯架，放在桌上，仔细地看它。我仿佛又见到了同生同志。这是他在一九六六年八月一个傍晚最后一次到我家里来时带来的，他说："这是朋友给我送来的，现在转送给你。"我收下了它。这时他已经"靠边"，而我也快要失去自由。我送他走出大门，觉得依依不舍，仿佛我们两人中有一个要走长路似的。我回到房里，拿起台灯架，注视着，想了解他送这礼物的心意。"喜鹊闹梅！"这不是说明他的乐观的心境吗？我对自己说："下次他来，一定要问个明白。"但是我再也没有这样的机会了。在"四人帮"粉碎两年后的今天，"喜鹊闹梅"的台灯架安然无恙，可是我敬爱的朋友呢？我只看到一幅留着胡子的遗像和一盒不会讲话的骨灰。难道这就是结局？难道一个光辉的生命就这样地结束？不！不可能！他明明在我的眼前，他那颗火热的心还在发光，它在控诉林彪、"四人帮"的反革命罪行。

十一月

《爝火集》序

一九五九年初，人民文学出版社编印我国建国十年来文学创作的选集，要我参加这个工作，我考虑了将近一个月，才决定编选一本《新声集》。我在一篇短短的序文里说："时代太伟大了，生活太壮丽了，我这管无力的笔，我这些简单的文字，也多多少少沾了这个时代、这个生活的光。"我绝对想不到过了七年，这些文章全被当作"反党反社会主义的'大毒草'"，受到没完没了的批判。

明年是我国建国三十周年的大庆，人民文学出版社要编一套三十年来的散文选集，又约我参加，我这次欣然答应了，因为经过前几年大会小会的批斗之后，我反而有了这样的信心：我至少比有些人更爱我们的时代，更爱我们的生活，更爱我们的国家。我在这本新的散文集里保留了《新声集》中选过的大部分文章。今天的读者不妨回顾我所反映的那一个时期和那一段生活，看看我的文章究竟是歪曲，是攻击，是抹黑，还是热情地歌颂！这些文章和我那几年的遭遇就是对林彪和"四人帮"的反革命罪行的控诉。

这个集子是三十年的散文选集，可是集子里只有不到二十年的作品，因为从一九六七年到一九七六年整整十年中间我没有发表过一篇文章，我被剥夺了写作的权利。在那个时期不仅是我一个，成千上万的中国知识分子同样地被迫浪费了整整十年的大好时光，还不说许多人丧失了生命，我的爱人萧珊就是其中之一。

我是经受了"'文化大革命'烈火的锻炼的"。尽管由于这次的"大革命"我失去了最亲爱的人,我仍然要"赞美这个伟大的革命的成果"。只有通过这个"伟大的革命",我才懂得什么是"社会主义的民主",而且为什么我们需要"社会主义的民主"。只有通过这个伟大的革命,我才懂得我们过去的确"只有封建传统,没有民主传统"。今天在我们的社会里封建流毒还很深、很广,家长作风还占优势。据我看,要实现"四个现代化",必须大反封建。去年八月我写了《家》的重印《后记》,我说这部小说已经完成了它的"历史任务",我并不是在说假话,当时我实在不理解。但是今天我知道自己错了。明明到处都有高老太爷的鬼魂出现,我却视而不见,我不能不承认自己的无知。①

"文化大革命"使我受到极其深刻的教育。我为它付出了十分巨大的代价,因此我更有理由重视它的"伟大的成果"。

我是五四运动的产儿,没有五四运动,就不会有我。现在是"五四"运动英雄们的时代,这些青年英雄的革命精神是我们社会主义祖国的希望。"五四"精神的火炬照耀着我们新长征的道路。我祝福这些新时期的年轻人!

十一月二十六日

---

① 其实连买卖婚姻也并未在我们国家绝迹。

《家》法译本序

米歇勒·露阿夫人要我为《家》的法译本写序,我愉快地答应了她。《家》是我在四十六年前写的一部长篇小说,描写五四运动以后中国青年在专制的封建家庭里的生活、痛苦和斗争。我自己就是在这样的大家庭里长大的。书中的人物大都是我爱过或者恨过的;书中不少的场面是我亲眼见过或者亲身经历过的。在我还是小孩的时候,我经常目睹一些可爱的年轻生命横遭摧残,他们的眼泪和叹息使我痛心,我不止一次地在心里发誓:我决不做封建家庭的奴隶,我要控诉这个垂死的制度的罪恶。"魔爪"并不曾伤害我,我脱离了封建家庭就像摆脱一个可怕的梦魇。但是我的同辈中有不少的人做了旧礼教的殉葬品。我写《家》的时候,好像在挖开我记忆的坟墓,我又看见了过去使我心灵激动的一切。今天我重读我的这部旧作,仍然十分激动。一方面我为新中国青年的幸福生活与光明前途欢呼,另一方面我又同情和惋惜地回想起那些在旧社会中含苞未放就被暴风雨打落、给车轮辗碎的年轻生命。

我的书中描写的生活已经不是新中国青年熟悉的了。但是他们读到它,他们拿今天的生活同旧社会相比较,他们会更加热爱新社会,也更加珍惜自己的幸福,他们信心百倍地为祖国的社会主义建设事业努力奋斗。法国的读者不会熟悉我的小说中发生的那些事情。不过他们会了解我们所走过的那条漫长的道路,他们也会了解我们怎样从半封建半殖民地的旧中国改变为独立自主、自力更生的社会主义新中国。法国读者读了我的小说,可能增加一些对我们的了解。我是在法国开始写小说的。我的第一部小说是一九二七年在巴黎开了头、一九二八年在沙多-吉里(Chateau—

Thierry）写成的。一九二七年二月我初到法国，人地生疏，想念亲友，关心祖国的命运，为了排遣寂寞，才借纸笔发抒感情。我在法国住了不到两年，对法国风土人情颇有好感。五十年中间我常常怀念在塞纳河畔和玛伦河畔度过的那些日子。我为近年来中法两国人民友谊的发展感到高兴。倘使我的这部小说法译本的出版有助于法国读者对新中国的了解，有助于我们两国人民友谊的增进，那么我是十分满意的了。

一九七七年九月二十六日

这篇序文是去年九月我为法译本《家》写的，在这之前米·露阿夫人到中国访问，在上海见到我，她要我为即将出版的法译本《家》写序，我答应了。她回国后不久，我写好《序》，托人转了去。她并不是这个译本的译者，不过她精通中文，而且为这个译本的出版尽过力，不用说她为中法友好事业献出的力量更大。法译本的译者是久居法国的李治华先生。这个译本最近已经排校完毕，明年春天就将问世。

这篇序文在这里第一次发表，我想借这个机会纠正自己的一个错误。我前天写成的《〈爝火集〉序》里有这样一段话："今天要实现四个现代化，就必须大反封建。去年八月我写了《家》的重印《后记》，我说这部小说已经完成了它的'历史任务'。现在我知道我错了。明明到处都有高老太爷的鬼魂出现，我却视而不见，不能不承认自己的无知。"

然而我并不是在最近才发现自己的错误的，三个月前我在赫尔岑的《往事与随想》译后记里就说过这样的话："有人认为封建已经在我国绝迹，其实他们可以在书中某些人物身上看到自己的嘴脸，围绕着沙俄皇位继承人，在省长招待会上吃剩的一颗桃核发生的喜剧不是值得我们深思的么？"

十一月二十九日记

一颗红心
——悼念曹葆华同志

去年六月初我离开北京的前夕,跟葆华通了电话,我说这次来不及了,下次到京一定去看他。他说他等着。八月中旬我又去北京,却只待了两天半,来去匆匆,连电话也没有接通。我失了信。我抱歉地想:下次见面,我要好好地向他解释。可是我回上海不到两个月,电报来了,讣告来了。这完全出乎我的意外。

在"四害"横行的日子里,我经常担心葆华的健康和安全。我还记得一九七三或一九七四年,一位北京朋友几次来信说葆华向他打听我的消息。他还说葆华患高血压和心脏病,又患白内障,眼睛看不清楚,他在什么地方遇见了葆华,这位老人摸索着吃力地走路,见到他拉着他衣袖絮絮地问我的情况。他的原话不一定就是这样。可是一连三四年我的脑子里始终保留着这样一个印象:孤零零一位老人拄着手杖在小胡同里歪歪斜斜地走着,仿佛随时都会让寒风吹倒似的。我多么想念他,多么感谢他。然而我不敢给他写一封信表达我的感情,我害怕给他带来更多的灾难。但是不写信我又怎么能放下心?谁能回答我这个疑问:我还能不能再见到他?然而这种好像是英国小说家狄更斯所描写的日子,好像是意大利诗人但丁所描写的生活终于过去了,像噩梦一样地过去了。去年三月我在北京见到了这位老友。我到了葆华的家,坐在他的小小会客室里同他闲谈。

完全和我所想象的不同,他望着我微笑,显得很高兴,声音还是十几年前那样，人也不老，看不出病容，原来他的眼睛经过手术除掉了白内障之后，视力基本上恢复，他可以看书写字了。他是那么乐观，那么愉快。我也是十分高兴，坐在椅子上感到非常舒适。我忘了他的病，忘了时间的限制，我有一肚皮的话要对他说，我有十几年的遭遇要让他知道。在这个非常关心我的朋友的面前，我有什么不能倾吐的呢？他好像也有很多话要找我谈。我想，我们在一起就很幸福，话慢慢地谈吧，反正有时间。我们谈了一般的情况。这只是一个开头。他仍然像十几年前那样关心我的生活，关心我的写作。他要我把"第二次解放"后我所写的文章全部寄给他，他叮嘱我的女儿一定要办到。他还讲起他读到我的《一封信》时的激动和喜悦。因为还有别的约会，我只在他的屋子里坐了一个多小时。在交谈中间我开始觉察到他兴奋后的疲劳，他还说，医生担心他感冒不让他出门，我同他分别的时候，他一再叮嘱我下次一定要"再来"。我爽快地答应了他。我相信我能够践约，我也相信他还能够活相当长的时间。

我太单纯了。我太粗心了。我忘了林彪和"四人帮"在人们身上制造的内伤还在溃烂，他们散发的毒气还在毁坏人们的健康；有人说我"焕发了青春"，却没有注意到我心上的伤口今天还在出血。我本来以为两三年就可以肃清流毒，打扫一次就能够除尽尘土。这只能说是个人的愿望。这两年中我又失去了不少的良师益友，杀害他们的刽子手仍然是林彪和"四人帮"，葆华就是其中的一位。他怀着极其热烈、极其深厚的对社会主义祖国的热爱，他愿意多做工作，他愿意贡献自己的一切，他要活下去，他愿意长久地活下去。但是他的健康已经被摧毁了。

他挣扎，他斗争，他想创造奇迹，结果却得到突然的死亡。我失了信，"下次"我没有去看他，从此就失去了同他交谈的机会。近十一年中间他的一些情况还是他的子女在来信中告诉我的。他们说，他为了找参考书曾带着孩子去中国书店，用一只手扶着书架，另一只手支起眼镜框，眼睛几乎贴着书脊，一本一本地挑选。他们说，他除了患糖尿病和心脏病外，两眼也先后失明，几乎无法阅读书报。他在黑暗中闭目吟咏，摸

讲真话的书 （1977—1979）

索着写下四十多首诗，悼念周总理，痛斥"四人帮"……他把抄录这些诗的小笔记本藏在贴身的衣袋里，只拿给最信得过的朋友看，有时他还亲自朗诵。他们说，一九七六年清明节首都人民悼念总理的革命行动遭到镇压后，他再也无法平静下去，他说："那些不怕流血，不怕牺牲的孩子们，都给抓起来了，父母还在家里等他们回来。"紧接着他又说："我要是二十几岁的青年，我也会走上街头这样干。"他们说，他基本上恢复了视力以后，又拿起十年前已经全部译完的《普列汉诺夫哲学通信第五集》译稿对照原文重新校订。就在他逝世前十天，出版社的同志来告诉他这本书已列入出版计划。他听到这个消息，连夜整理译稿，拿着散乱的篇页一一查对原文。这一夜他一共起来七次翻看手稿，眼睛看不清楚，脚站立不稳，手拿着稿纸发抖。就这样他一连工作了好几天，心脏病发作，他服了药又继续干下去，一直坚持到把全稿整理完毕。他们说，他去世前一天晚上他还说要校对另一部译稿（席勒的《美育书简》）。临死前一个小时还兴致勃勃地说："我的书已经列入国家计划，要早日交稿，如果身体吃不消，每天看五分钟，也要坚持下去。"说完他便走进里屋坐在藤椅上休息。阿姨出去取报纸，她回来看见他还坐在椅子上，手里拿着眼镜，好像要看什么文章，可是头歪垂着，他的脉搏已经停止了跳动。

这就是葆华的最后。他一直到死都没有离开自己的岗位。除了译稿外，他还留下四十多首歌颂周总理、讨伐"四人帮"的革命诗篇。他翻译过、校对过不少马列主义的经典著作和高尔基的文学论著。倘使不遭到林彪和"四人帮"的迫害，他一定会做出更大的成绩。他对社会主义祖国深厚的爱，在"四人帮"的眼里，也成了罪名。笔给夺走了，他的身上却添了各样的病。眼看着十年的好时光白白地过去，他带着内心的创伤，渴望追回它们。然而已经来不及了，留给他的就只有短短的两年！我没有想到这一点，作为对我"失信"的惩罚，我永远等不到"下次"了。

人应当永远向前看。可是我怀念葆华，却不由己地想到许多过去的事情。我一九三三年在北平认识他。他当时在编辑一家报纸的文学副刊，他写诗,翻译西方文艺评论。我们一见就熟,但相知不深。我和靳以经常同他开玩笑,他从不发脾气。抗战初期我听说他到了延安,又读到他在那里写的诗。一九四九年我在第一次全国文代会上见到了他。他的声音、相貌并没有大的改变,只是精神面貌不同了。我们又熟起来,这一次才是真正的"相知"。他仍然热情、坦率,而且谦虚。他爱讲别人的优点,有时候也讲些好人好事。他的生活简单朴素。解放初期我到他的宿舍去,他拿带点青色的小米干饭款待我,在那一段时期中他们都吃这样的伙食。可是他总是高高兴兴,有说有笑。他对我的工作和写作一直很关心。一九五八年姚文元打着"拔白旗"的招牌带头批判我的时候,我在塔什干开了会回到北京,他几次来旅舍看我,同我长谈,要我正确对待这次的批判。一年后我在京出席全国人民代表大会,他听说我为自己的选集写了一篇序言,里面有欠妥的辞句,大清早就跑来找我,劝我把它删去。其实我已经听从了另一位朋友的劝告,抽去了序言,我反而觉得他有点啰唆,不愿意同他多谈。他似乎没有觉察出来,还热情地谈一些事情。过了一阵,我才明白,他替我担心,是怕我犯错误,因此一九六二年他读了我那篇《作家的勇气和责任心》也替我捏了一把汗。他的担心是有理由的,在"文化大革命"中,为了这篇发言稿我受过几十次的批斗。批斗多了,人倒变得聪明了。批斗完毕,我吐一口气坐下来休息,我不能不想念葆华,这个经常给我的心带来温暖的老友。我还想到另一位朋友,我也替这位朋友担心,他终于给迫害致死,至今没有听说给他恢复名誉。他的爱人瘫痪在床,见到熟人眼泪汪汪。同这一对夫妇比起来,葆华还算是幸运的,他看到了林彪和"四人帮"的垮台,而且在最紧张、最困难的日子里写了几十首讨伐"四害"的诗。现在我才知道在那些时刻他四处打听我的消息,听到什么就告诉家里的人,连有人为我组织了全市性的电视批判大会,他也知道。他对孩子说我的日子难过,比他苦。说实话,我当时还以为他比我更苦呢!但是我已经没有多余的精力和精神替朋友们担心了。精神折磨和人身侮辱不断地刺激我的神经,我也在挣扎,也在斗争,为了不让自己发狂。一旦静

讲真话的书 (1977—1979)

下来，我精疲力竭、灰心绝望，朋友们的影子一齐奔到我的眼前，我仿佛听到许多人的亲切的、鼓励的声音，于是我又振作起来。我对自己说，我决不辜负朋友们的期望。十年的没有工作的日子，十年的没有朋友交往的日子，并没有使我在精神上崩溃。林彪和"四人帮"的枷锁锁不住我的思想。任它海阔天空，它也要飞去，因此在精神上我并不是孤独的。我能够活到现在，我得感谢我的朋友们。四十五年前我写过这样的话："友情在我过去的生活里就像一盏明灯，照彻了我的灵魂，使我的生存有了一点点光彩。"今天重读这几句话，我还十分激动。这些年我听说朋友们一个一个地死亡，总觉得好像自己的生命之水也跟着他们流失。最近每隔几天我得去一次龙华公墓参加朋友的骨灰安放仪式，仿佛死者排着队等候昭雪。我站在亡友的遗像前默哀，总觉得自己是在做梦。这样的"浩劫"是怎样发生的？有一天我总会得到明确的回答。没有参加葆华的追悼会，我感到遗憾。对于如此关心我、满心希望我不断进步的一位老友，我有多少话要说啊！现在我却不得不把它们全咽在肚里了。

葆华一直是向前看的。在最困难、最阴暗的日子里，他也不曾失去信心。他有一首诗讲他自己：

> 一颗红心走西北，出没烽火四十年。
> 山腰挥锄辟天地，窑洞点灯翻经篇。
> 炮火轰杀不知死，灵魂改造似登天。
> 世界战鼓又催紧，扛着红旗列队前。

这是他在几乎双目失明的情况下摸索着一字一字地写成的，的确是他自己的写照。他一直到最后都没有放下他的笔，他死而无憾。可是失去了这样一位朋友，对我是多么大的损失。林彪和"四人帮"的余毒并没有肃清，外伤和内伤还在把人拉向死亡。他不是头一个，也不是最后一个，但是他的生命是不会这样地完结的。他活在他的诗篇上，也活在他的译著里，更活在朋友们的心上。他那颗红心仍旧在燃烧。

　　我们一定要向前看，但是我们绝不会忘记过去十一年的惨痛教训。从背后来的匕首，两旁射来的暗箭和各种各样的阴谋诡计……这一切我们不能视若无睹，必须认真对待。没有后顾之忧，才能奋勇前进。我骄傲我有像葆华这样的朋友，在"四害"横行、"小报告"到处飞、卖友求荣成为风气的日子里，在他自己遭受残酷迫害的时候，他对我的信任始终没有动摇。我重视这种友情。我决不辜负这种友情。

十二月

《随想录》总序

我年过七十，工作的时间不会多了。在林彪和"四人帮"横行的时候，我被剥夺了整整十年的大好时光，说是要夺回来，但办得到办不到并没有把握。我不想多说空话，多说大话。我愿意一点一滴地做点实在事情，留点痕迹。我先从容易办到的做起。我准备写一本小书：《随想录》。我一篇一篇地写，一篇一篇地发表。这些文字只是记录我随时随地的感想，既无系统，又不高明。但它们却不是四平八稳，无病呻吟，不痛不痒，人云亦云，说了等于不说的话，写了等于不写的文章。那么就让它们留下来，作为一声无力的叫喊，参加伟大的"百家争鸣"吧。

十二月一日

谈《望乡》
——随想录一

最近在我国首都北京和上海等大城市上演日本影片《望乡》，引起了激烈的争论，有人公开反对，有人说："映了这样的影片，社会上流氓不是更多了？"有人甚至说这是一部"黄色电影"，非禁不可。总之，压力不小。不过支持这部影片放映的人也不少，报刊的评论也起了一定的作用，因此《望乡》在今天还能继续放映，当然不会是无条件的放映，是进行了手术以后的放映。我看放映总比禁止放映好，因为这究竟给我们保全了一点面子，而且阐明了一个真理：我们的青年并不是看见妇女就起坏心思的人，他们有崇高的革命理想，新中国的希望寄托在他们的身上。

据说老年人对《望乡》持反对态度的多，我已经踏进了七十五岁的门槛，可是我很喜欢这部电影，我认为这是一部好电影。我看过电影文学剧本，我看过一次影片，是通过电视机看到的，我流了眼泪，我感到难过，影片给我留下很深的印象，阿崎的命运像一股火在烧我的心。我想阿崎也好，三谷也好，都是多么好的人啊。我写过一本小书：《倾吐不尽的感情》，我对日本人民和朋友是有深厚感情的。看了这部影片以后，我对日本人民的感情只有增加。我感谢他们把这部影片送到中国来。我喜欢这部影片，但是不愿意多看这部影片。说实话，我看一次这部影片就好像受到谴责，仿佛有人在质问我：你有没有做过什么事情来改变那个、那些受苦人的命运？没有，没有！倘使再看，我又会受到同样的质问，同样的谴责。

讲真话的书　（1977—1979）

　　我生在到处都有妓院的旧社会，一九二三年五月我第一次同我三哥到上海，当时只有十九岁。我们上了岸就让旅馆接客人用的马车把我们送到四马路一家旅馆。旅馆的名字我忘记了，我只记得斜对面就是当时的一家游乐场"神仙世界"。我们住在临街的二楼，到了傍晚，连续不断的人力车从楼下街中跑过，车上装有小电灯，车上坐着漂亮的姑娘，车后跟着一个男人。我们知道这是出堂差的妓女，但我们从未因此想过"搞腐化"之类的事。后来我在上海住下来了。上海大世界附近、四马路一带，每天晚上站满了穿红着绿、涂脂抹粉的年轻妓女，后面跟着监视她们的娘姨，这是拉客的"野鸡"。我们总是避开她们。我从未进过妓院，当时并没有人禁止我们做这种事情，但是生活在半封建、半殖民地的旧中国，在军阀、官僚、国民党反动政府封建法西斯统治下的旧社会，年轻人关心的是国家和民族的命运，他们哪里有心思去管什么"五块钱"不"五块钱"？那个时候倒的确有黄色影片上演，却从未见过青年们普遍的腐化、堕落！

　　难道今天的青年就落后了？反而不及五十几年前的年轻人了？需要把他们放在温室里来培养，来保护？难道今天伟大的现实，社会主义祖国繁花似锦的前程，国家和民族的命运就不能吸引我们的年轻人，让他们无事可做，只好把大好时光耗费在胡思乱想、胡作非为上面？我想问一句：在我们伟大的社会主义祖国正面的东西是不是占主导地位？那么为什么今天还有不少人担心年轻人离开温室就会落进罪恶的深渊，恨不得把年轻人改造成为"没有性程序"的"五百型"机器人[1]呢？今天的青年，拿《天安门诗抄》的作者和读者为例吧，他们比我们那一代高明得多！他们觉悟高、勇气大、办法多、决心大。没有这样的新的一代的革命青年，谁来实现"四个现代化"？要说他们只能看删剪后的《望乡》，否则听到"卖淫""五块钱"这类字眼，就会——这真是以己之心度人之腹。这是极其可悲的民族虚无主义！

十二月一日

---

[1] 见美国影片《未来世界》。

《燼火集》后记

集子编成，序也写好，刚刚交出去，我就知道彭德怀同志恢复了名誉，我在二十六年前写的《我们会见了彭德怀司令员》也有了重见天日的机会。那篇文章曾经被当作"反党反社会主义的'大毒草'"受到批判。我记得一九六七年七八月上海某报发表了一篇文章，标题是《评彭德怀和巴金的一次反革命勾结》，他们的证据就是《我们会见了彭德怀司令员》。现在我把这篇散文收进集子，放在卷首，请大家看看林彪、"四人帮"及其余党和爪牙们讲的是什么歪理！

《我们会见了彭德怀司令员》是一九五二年三月二十七日我在朝鲜战地写成的。文章发表后，好些读者来信要我谈谈写作的经过，一九五八年四月我在《谈我的散文》里讲了一些有关这篇散文的细节。但是文章收进集子时，我却不得不把那几段话完全删去，因为《我们会见了彭德怀司令员》已经给打进了冷宫。

将近二十年过去了。《我们会见了彭德怀司令员》的沉冤得到昭雪，我那几段删去的文字也有权重见天日。让我把它们抄录在下面吧。

……其实我也有过"一挥而就"的时候。譬如我在朝鲜写的《我们会见了彭德怀司令员》就是一口气写成的。虽然后来修改两次，也没有花费太多的时间。我想就以这篇散文为例，简单地谈一谈。

讲真话的书　（1977—1979）

　　这篇文章是一九五二年三月在中国人民志愿军政治部一个半山的坑道里写成的。我们一个创作组一共十七个男女同志，刚到"志政"①的时候，分住在朝鲜老百姓的家里，睡到半夜，我们住处附近落了一颗炸弹，因此第二天下午"志政"的甘泗淇主任就叫人把我们的行李全搬到半山上的坑道里去了。洞子很长，有电灯，里面还安放了小床、小桌，倒有点像火车的车厢。山路相当陡，下雪天爬上山实在不容易。搬到坑道里的那天晚上，我们参加了"志政"的欢迎晚会，我在二十日的日记里写着："十一点半坐宣传部卓部长的小吉普回宿舍，他陪我在黑暗中上山。通讯员下来接我。我几乎摔倒，幸亏通讯员拉住，扶我上去。"一连三夜都是这样。所以我的文章里有一句"好不容易走到宿舍的洞口"。的确是好不容易啊！

　　二十二日我们见了彭总以后，第二天下午我们创作组的全体同志开会讨论了彭总的谈话。在会上大家还讲了自己的印象和感想。同志们鼓励我写一篇《会见记》，我答应下来。我二十五日的日记里有这样的话："黄昏前上山回洞。八时后开始写同志们要我写的《彭总会见记》，到十一点半写完初稿。"第二天（二十六日）我又有机会参加志愿军司令部欢迎细菌战调查团的大会，听了彭总一个半钟点的讲话，晚上才回到洞子里。这天的日记中又写着："根据今天再听彭总讲话的心得重写《会见记》，十一点写完。"

　　二十七日我把文章交给同志们看过，他们提了一些意见。我又参考他们的意见增加了几句，譬如"我们在他面前显得很渺小"等等，便把散文交给新华社了。二十八日彭总看到我的原稿，给我写了一封短信，他这样说：

---

① 志政，即中国人民志愿军政治部。

"'像长者对子弟讲话'一句可否改为'像和睦家庭中亲人谈话似的'？我很希望这样改一下，不知许可否？其次，我是一个很渺小的人，把我写得太大了一些，使我有些害怕！"

彭总这个修改的意见提得很对，他更恰当地说出了当时的情况和我们大家的心情。我看见彭总以前，听说他是一个严肃的人，所以刚看见他的时候觉得他是一位长者。后来他坐在我们对面慢慢地谈下去，我们的确有一种同亲人谈话的感觉。这封信跟他本人一样谦虚、诚恳、亲切。他把自己看得"很渺小"，这是因为他对自己的要求太严格、太苛刻。一个人的确应当对自己严，对自己要求苛。单是这一点，彭总就值得我们好好地学习了。

彭总的信使我很感动。我曾经问过自己：我是不是编造了什么来恭维彭总呢？我的回答是：没有。我写这篇短文并不觉得自己在做文章，我不过老老实实而且简简单单地叙述我们会见彭总的情景，就好像那天回到洞里遇见一位朋友，跟他摆了一段"龙门阵"一样。连最后"冒雪上山、埋头看山下"一段也是当时的情景。全篇文章从头到尾，不论事实、谈话、感情都是真的，但是真实比我的文章更生动、更丰富、更激动人心。我的笔太无力了。那一天（二十二日）我的日记里写得很清楚："我们坐卡车到山下大洞内，在三反办公室等了一刻钟，彭总进来，亲切慈祥有如长者对子弟。第一句话就是：'你们都武装起来了！'接着又说：'你们里头有好几个花木兰？'又问：'你们过鸭绿江有什么感想？'我们说：'我们不是跨过鸭绿江，是坐车过来的。'他带笑地纠正道：'不，还是跨过的。'彭总谈话深入浅出，深刻，全面。谈话中甘泗淇主任和宋时轮副司令员也进来了。彭总讲了三个小时。接着宋甘两位也讲了话。宋副司令员最后讲到了'欢迎'。彭总接着说：'我虽然没有说欢迎，可

讲真话的书 （1977—1979）

是我的心头是欢迎的。'会后彭总留我们吃饭。我和彭总讲了几句话，又和甘主任谈了一阵，三点吃饭，共三桌，有火锅。饭后在洞口休息。洞外大雪，寒风扑面。洞中相当温暖。回到洞内，五点半起放映了《海鹰号遇难记》和《团结起来到明天》两部影片。晚会结束后，坐卓部长车回到宿舍的山下。雪尚未止，满山满地一片白色。我和另一位同志在山下大声叫通讯员拿电筒下来接我们。山上积雪甚厚，胶底鞋很滑，全靠通讯员分段拉我们上山。回洞休息片刻，看表不过九点五十分。"

从这段日记也可以看出我的文章写得很简单。它只是平铺直叙、朴实无华地讲会见的事情，从我们坐在办公室等候彭总讲起，一直讲到我们回宿舍为止。彭总给我们讲了三个钟头的话，我没法把它们全记录在文章里面，我只引用了几段重要的。那几段他后来在欢迎会上又说了一遍。我听得更注意，自然也记得更清楚。第二次听他讲话，印象更深。所以我回到宿舍就把前一天写好的初稿拿出来修改和补充。我没有写吃饭的场面，饭桌上没有酒，大家吃得很快，谈话也不多。我把晚会省略了，晚会并无其他的节目。我只有在电影放完后离开会场时，才再见到彭总，跟他握手告别。在我的原稿上最后一段的开头并不是"晚上"两个字，却是"晚会结束后"一句话，在前一段的末尾还有表示省略的虚点。我想就这样简单地告诉读者：我们还参加了晚会。我的文章最初在《志愿军》报上发表，后来才由新华社用电讯发往国内。可能是新华社在发电讯稿的时候作了一些删改：虚点取消，"晚会结束后"改为"晚上"；"花木兰""跨过鸭绿江"，连彭总戒烟的小故事也都删去了。在第九段上，"我忘记了时间的早晚"下面，还删去了"我忘记了洞外的雪，忘记了洞内阴暗的甬道，忘记了汽车的颠簸，忘记了回去时的滑脚的山路。我甚至忘记了我们在国内听到的志愿军过去作战的艰苦"这些句子。这些都是我刚走进办公室的时候想到的，后来我的确把这一切全忘记了。但是新华社的删改也有道理：至少文章显得"精练"些。

上海的夜突然冷了起来。抄完几段过去不得不删去的文字，放下笔，手不灵活了，我想起了在朝鲜战地过的那些日子。彭总的英雄形象非常鲜明地出现在我的眼前，好像我刚刚跟他握手告别回到半山的洞子里似的。他还是那么亲切，那么诚恳，那么平易近人。想到他已经离开了我们，我感到悲痛。人的生命是有限的，然而为人民立下的功勋却将与世长存。

十二月二十日

一九七九年

作家要有勇气，文艺要有法制

读了周总理一九六二年关于文艺问题的讲话，我有很多感触。这个重要讲话，当年我未能亲耳听到，但是有些热心的同志向我传达了讲话的精神。当时上海市委的那个主要负责人，总是不准文艺界传达和贯彻周总理关于文艺工作的讲话和指示，谁传达了就要挨闷棍，所以我们只得在私下里传递消息。从五十年代中期开始，上海文艺界多灾多难，因为张春桥、姚文元在这里乱打棍子，随意整人，搞得许多同志不敢讲话，不敢写文章。大家对张、姚都有意见，但就是碰不得，因为在他们背后还有人。因此，当我听说周总理号召文艺工作者解放思想，发扬民主，敢于讲话，不要怕棍子、帽子时，我感到总理说出了我的心里话，也说出了我们大家的心里话。一九六二年我还听过陈副总理两次的讲话。这年五月，上海召开第二次文代会，我响应周总理和陈副总理的号召在会上做了一个发言，题为"作家的勇气和责任心"。我说，做一个新中国的作家，就需要有勇气，要顶住那些大大小小的框框和各种各样的棍子，有了这样的勇气才能够做到全心全意为人民服务。我的这个讲话，只能算是学习周总理讲话和陈老总两次讲话的一个非常粗浅的体会。但就是这样一个粗浅的体会也为当时上海的主要负责人所不容。我刚从日本回来，就听说《上海文学》发表了我的发言，受到了批评。"文化大革命"中，"四人帮"及其余党更说我是向"牛鬼蛇神"煽动"反党"的勇气。我心里很清楚，我的讲话算不了什么，他们整我，目的是反对周总理和陈老总。

讲真话的书　(1977—1979)

经过"文化大革命",我越来越感到做什么工作都得有一点勇气,搞文艺更是如此,因为文艺工作者要代表人民说话。总理在这个讲话中说:"艺术家要面对人民,而不是面对领导。"这就是说,在今天虽然人民群众与领导者在根本利益上无冲突,但人民的想法同领导者的想法还是常常会发生矛盾。特别是那些染上了官僚主义恶习的领导,许多地方都不能代表人民。在这种情况下,文艺家究竟是做人民的代言人,还是做"长官意志"的传声筒?做传声筒,当然比较保险,但是,你就失去了人民的信任;做人民忠实的代言人,有危险,可能挨到棍子,但是尽了责任。所以,一个真正属于人民的艺术家,一定要有勇气,可以说无勇即无文。

我在一九六二年的那篇发言中说:"只要作家们有决心对人民负责,有勇气坚持真理,那么一切的框框和棍子都起不了作用。"经过"文化大革命",我发现这句话讲得并不全面。许多同志本来很有勇气,写了许多好文章,但后来遭到"四人帮"的残酷迫害,勇气就减少了,至今还心有余悸。这就说明发扬民主要讲两方面,一方面要讲勇气,一方面还要有健全的法制来保障。例如什么叫"反党",我就希望有明确的法律规定,否则,还可能出现随意用"反党"帽子来整人的情况。所以,我现在认为,一方面要提倡作家们拿出勇气,敢于文责自负;另一方面也要实行依法办事。不仅那些真正属于反党的人应该受到法律的惩处;而且,那些任意用"反党"帽子来诬陷别人的人,同样应该受到法律的惩处。文责自负、依法办事,这样,文艺界的民主就可得到保障,艺术的繁荣和发展就有了希望。

一月

再谈《望乡》
——随想录二

曹禺最近来上海，闲谈起来，他告诉我，不久前他接待过几位日本影剧界的朋友，他们谈了一些关于《望乡》的事情。据说《望乡》给送来中国之前曾由影片导演剪去一部分，为了使这影片较容易为中国观众接受。我们最初就是根据这个拷贝放映的。过了日本电影周之后，主管部门又接受一部分观众的意见剪掉了一些镜头。曹禺还听说，这部影片有些镜头是在南洋拍摄的，在拍摄的时候导演、演员、工作人员都吃了苦头，这说明影片的全体工作人员都非常严肃认真；还有扮演阿琦婆的演员，为了使她的手显得又粗又老，她用麻绳捆自己的手腕，至于怎样捆法我听过就忘记了，现在也说不清楚，不过因此她扮演得更逼真，但后来也因此得病促成自己的死亡。这是为了什么？我不能明确地回答，因为我不知道她的情况，我想这可能是忠于她的工作，忠于她的艺术吧。我看影片中那位三谷圭子也就是这样。田中绢代女士已经逝世了，可是阿琦婆的形象非常鲜明地印在我的脑子里。栗原小卷女士扮演的三谷也一直出现在我的眼前。我这样想：像三谷这样"深入生活"和描写的对象实行"三同"的做法也是值得我们学习的。她不讲一句漂亮的话，她用朴实的言行打动对方的心。本来她和阿琦婆之间有不小的距离，可是她很快地就克服了困难，使得距离逐渐地缩短，她真正做到和阿琦婆同呼吸，真正爱上了她的主人公。她做得那样自然，那样平凡，她交出了自己的心，因此也得到了别人的心。

讲真话的书 （1977—1979）

她最初只是为了写文章反映南洋姐的生活，可是在"深入生活"这一段时间里她的思想感情也发生了变化，她的心也给阿琦婆吸引住了，她们分手的时候那种依依不舍的留恋，那样出自肺腑的哀哭，多么令人感动！最后她甚至远渡重洋探寻受难者的遗迹，为那般不幸的女同胞惨痛的遭遇提出控诉，这可能又是她当初料想不到的了。这也是一条写作的道路啊。

看完《望乡》以后，我一直不能忘记它，同别人谈起来，我总是说：多好的影片，多好的人！

一月二日

多印几本西方文学名著
——随想录三

我在两个月前写的一篇文章里说过这样一句:"多印几本近代、现代的西方文学名著,又有什么不好呢?"这句话似乎问得奇怪。其实并不稀奇,我们这里的确有人认为少印、不印比多印好,不读书比读书好。林彪和"四人帮"掌权的时候,他们就这样说、这样办,除了他们喜欢的和对他们有利的书以外,一切都不准印,不准看。他们还搞过焚书的把戏,学习秦始皇,学习希特勒。他们煽动年轻学生上街"破四旧",一切西方名著的译本都被认为是"封、资、修"的旧东西,都在"大破"之列。我还记得一九六七年春天,张春桥在上海发表谈话说"四旧"破得不够,红卫兵还要上街,等等。于是报纸发表社论,大讲"上街大破"的"革命"道理,当天晚上就有几个中学生破门而入,把一只绘着黛玉葬花的古旧花瓶当着我的面打碎;另一个学生把一本英国作家史蒂文森的《新天方夜谭》拿走,说是准备对它进行批判。我不能说一个"不"字。在那七八九年中间很少有人敢挨一下西方文学名著,除了江青,她只读了少得可怜的几本书,就大放厥词,好像整个中国只有她一个人读过西方的作品。其他的人不是书给抄走下落不明,就是因为住房缩小,无处放书,只好称斤卖出,还有人被迫改行,以为再也用不上这些"封、资、修"的旧货,便拿去送人或者卖到旧书店去。西方文学名著有汉译本的本来就不多,旧社会给我们留得太少,十七年中间出现过一些新译本,但数量也很有限,远远

讲真话的书 (1977—1979)

不能满足读者需要。经过"四人帮"对西方文学名著一番"清洗"之后，今天在书店里发卖的西方作品（汉译本）实在少得可怜。因此书店门前读者常常排长队购买翻译小说。读者的要求是不是正当的呢？有人不同意，认为中国人何必读西方的作品，何况它们大多数都是"封、资、修"！这就是"四人帮"的看法。他们在自己的四周画了一个圈圈，把圈圈外面的一切完全涂掉、一笔抹杀，仿佛全世界就只有他们。"没有错，老子天下第一！"把外来的宾客都看作来朝贡的，拿自己编造的东西当宝贝塞给别人。他们搞愚民政策，首先就使自己出丑。江青连《醉打山门》是谁写的都搞不清楚，还好意思向外国人吹嘘自己对司汤达尔"颇有研究"！自己无知还以为别人也同样无知，这的确是可悲的事情。只有在"四人帮"下台之后，我们才可以把头伸到圈圈外面看。一看就发现我们不是天下第一，而是落后一二十年。那么究竟是老老实实、承认落后、咬紧牙关、往前赶上好呢，还是把门关紧、闭上眼睛当"天下第一"好？这是很容易回答的。现在的问题是赶上别人，那么先要了解别人怎么会跑到我们前面。即使我们要批判地学习外国的东西，也得先学习，学懂了才能够批判。像"四人帮"那样连原书也没有挨过，就用"封、资、修"三顶帽子套在一切西方文学名著头上，一棍子打死，固然痛快，但是痛快之后又怎样呢？还要不要学，要不要赶呢？有些人总不放心，把西方文学作品看成羊肉，害怕羊肉未吃到，先惹一身羊骚。有些人认为不是社会主义国家的作品就难免有毒素，让我们的读者中毒总不是好事，最好不出或者少出，即使勉强出了，也不妨删去一些"不大健康的"或者"黄色的"地方。不然就限制发行，再不然就加上一篇"正确的"前言，"四人帮"就是这样做了的。其实谁认真读过他们写的那些前言？"四人帮"终于垮台了。他们成了不齿于人类的狗屎堆。他们害死了成千上万的人，历史会清算这笔账！他们还禁、毁了成千上万的书。人的冤案现在陆续得到平反，书的冤案也开始得到昭雪。我想起几年前的一件事。不是在一九六八年就在一九六九年，我在报上看到一篇文章，描述在北京火车站候车室里，一个女青年拿着一本书在读,人们看见她读得那样专心,就问她读的是什么书,看到她在读小说《家》,大家就告诉她这是一株"大毒草",终于说服了她把《家》当场烧掉,大家一起批判了这本"毒草"小说。我读了这篇文章,不免有些紧张,当晚就做了一个梦:希特勒复活了,对着我大声咆哮,说是要焚书坑儒。今天回想起来,实在可笑。我也太胆小了,以"四人帮"那样的权势、威力、阴谋、诡计,还对付不了我这本小说,烧不尽它,也禁不绝它。人民群众才是最好的裁判员。他们要读书,他们要多读书。让"四人帮"的那些看法、想法、做法见鬼去吧。我还是那一句话:"多印几本西方文学名著有什么不好呢?"

一月二日

"结 婚"
——随想录四

近两个月忽然谣传我要结婚,而且对方是有名有姓的人。有个朋友对我谈起,我只笑了笑。我做梦也没有想到这种事。像这样的"社会新闻"在旧社会可能有市场,但在解放后二十九年多的现在不会有人对它感兴趣吧。谣言会自生自灭的,我这样相信。但这一次我的估计又错了。谣言并不熄灭,却越传越广。这两天居然有人问上门来。据说我曾在锦江饭店摆宴二十八席庆祝婚礼,又说我在新雅饭店设席四十桌大宴宾客。凡是同我常见面的同志,或者在我常去的地方(例如书店)工作的同志,或者常常给我送书来的新华书店的同志,以及我的女儿、女婿,我的妹妹等都成了打听的对象,连我的四岁半的外孙女也受到幼儿园老师的盘问。老师问她:"你外公结婚吗?"她干脆回答:"没。连相也没照!"前天晚上有个朋友带着儿子来看我,谈了正事之后,她忽然问我最近生活上有什么"变动",我说完全没有。她的儿子就说,他劳动的工厂和他爱人的工厂里都在流传我结婚的消息。今天有两批客人来,谈起外面讲得好像有凭有据,说我元旦结了婚,请客三四十桌,他们不相信,到我家里来看看,又不像办过喜事。我也只是笑笑,毫不在乎。刚才我得到一位工人读者来信,说:"听说你有喜事……特来信贺喜。"我几乎不相信自己的眼睛了!要是在三年前恐怕我这条老命就难保住了。所谓"谣言杀人",并非虚传。当时在上海作威作福的徐某某只要信口说一句:"他结婚请客四十桌，这是资产阶级复辟！"那么马上就会对我进行全面专政。这不是笑话，真正发生过这样的事情。前十天左右我参加过一次追悼会——替一位著名诗人平反。这位诗人同一个造反派谈恋爱，要和她结婚，据说本单位的工宣队员不但不同意，并且批判了他。听说那位徐某某又讲了话："某某人腐蚀造反派，如何如何……"大概又是什么阶级斗争的新动向吧。于是诗人开煤气自尽。对这件事徐某某究竟有没有责任，还是让历史来裁决吧，我不必在这里多谈了。提到结婚就死人，多可怕！我举这个事例正好说明造谣者的用心。但今天不再是"四害"横行、谣言可以杀人的时候了。我并不感觉到谣言可畏。林彪和"四人帮"的阴谋诡计和法西斯暴行并没有把我搞死，何况区区谣言！然而奇怪的是：为什么大家对这种谣言会如此感兴趣呢？这当然要"归功"于林彪和"四人帮"这一伙人，他们搞乱了人们的思想，把人的最崇高、最优美、最纯洁的理想、感情践踏、毁坏，使得不少人感到国家、民族的前途跟自己脱离关系，个人眼前只有一团漆黑，因此种种奇闻奇事才可以分他们的心，吸引他们的注意，使他们甚至花费时间来传播流言。

然而对什么事情都要用一分为二的眼光看待。对这件事也并不例外。我也应当把谣言看作对我的警告和鞭策。一个作家不是通过自己的艺术实践而是通过其他的社会活动同读者见面，一个作家的名字不署在自己的作品上、而经常出现在新闻中间，难怪读者们疑心他会干种种稀奇古怪的事情。

一月七日

怀念萧珊

——随想录五

一

今天是萧珊逝世的六周年纪念日。六年前的光景还非常鲜明地出现在我的眼前。那一天我从火葬场回到家中,一切都是乱糟糟的,过了两三天我渐渐地安静下来了,一个人坐在书桌前,想写一篇纪念她的文章。在五十年前我就有了这样一种习惯:有感情无处倾吐时我经常求助于纸笔。可是一九七二年八月里那几天,我每天坐三四个小时望着面前摊开的稿纸,却写不出一句话。我痛苦地想:难道给关了几年的"牛棚",真的就变成"牛"了?头上仿佛压了一块大石头,思想好像冻结了一样。我索性放下笔,什么也不写了。

六年过去了。林彪、"四人帮"及其爪牙们的确把我搞得很"狼狈",但我还是活下来了,而且偏偏活得比较健康,脑子也并不糊涂,有时还可以写一两篇文章。最近我经常去火葬场,参加老朋友们的骨灰安放仪式。在大厅里,我想起许多事情。同样地奏着哀乐,我的思想却从挤满了人的大厅转到只有二三十个人的中厅里去了,我们正在用哭声向萧珊的遗体告别。我记起了《家》里面觉新说过的一句话:"好像珏死了,也是一个不祥的鬼。"四十七年前我写这句话的时候,怎么想得到我是在写自己！我没有流眼泪，可是我觉得有无数锋利的指甲在搔我的心。我站在死者遗体旁边，望着那张惨白色的脸，那两片咽下千言万语的嘴唇，我咬紧牙齿，在心里唤着死者的名字。我想，我比她大十三岁，为什么不让我先死？我想，这是多么不公平！她究竟犯了什么罪？她也给关进"牛棚"，挂上"牛鬼蛇神"的小纸牌，还扫过马路。究竟为什么？理由很简单，她是我的妻子。她患了病，得不到治疗，也因为她是我的妻子。想尽办法一直到逝世前三个星期，靠开后门她才住进医院。但是癌细胞已经扩散，肠癌变成了肝癌。

她不想死，她要活，她愿意改造思想，她愿意看到社会主义建成。这个愿望总不能说是痴心妄想吧。她本来可以活下去，倘使她不是"黑老K"的"臭婆娘"。一句话，是我连累了她，是我害了她。

在我"靠边"的几年中间，我所受到的精神折磨她也同样受到。但是我并未挨过打，她却挨了"北京来的红卫兵"的铜头皮带，留在她左眼上的黑圈好几天以后才褪尽。她挨打只是为了保护我，她看见那些年轻人深夜闯进来，害怕他们把我揪走，便溜出大门，到对面派出所去，请民警同志出来干预。那里只有一个人值班，不敢管。当着民警的面，她被他们用铜头皮带狠狠抽了一下，给押了回来，同我一起关在马桶间里。

她不仅分担了我的痛苦，还给了我不少的安慰和鼓励。在"四害"横行的时候，我在原单位（中国作家协会上海分会）给人当作"罪人"和"贱民"看待，日子十分难过，有时到晚上九十点钟才能回家。我进了门看到她的面容，满脑子的乌云都消散了。我有什么委屈、牢骚，都可以向她尽情倾吐。有一个时期我和她每晚临睡前要服两粒眠尔通才能够闭眼，可是天刚刚发白就都醒了。我唤她，她也唤我。我诉苦般地说："日子难过啊！"她也用同样的声音回答："日子难过啊！"但是她马上加一句："要坚持下去。"或者再加一句："坚持就是胜利。"我说"日子难过"，因为在那一段时间里，我每天在"牛棚"里面劳动、学习、写交代、写检查、写思想汇报。任何人都可以责骂我、教训我、指挥我。从外

讲真话的书 (1977—1979)

地到"作协分会"来串联的人可以随意点名叫我出去"示众",还要自报罪行。上下班不限时间,由管理"牛棚"的"监督组"随意决定。任何人都可以闯进我家里来,高兴拿什么就拿走什么。这个时候大规模的群众性批斗和电视批斗大会还没有开始,但已经越来越逼近了。

她说"日子难过",因为她给两次揪到机关,"靠边"劳动,后来也常常参加陪斗。在淮海中路"大批判专栏"上张贴着批判我的罪行的大字报,我一家人的名字都给写出来"示众",不用说"臭婆娘"的大名占着显著的地位。这些文字像虫子一样咬痛她的心。她被上海戏剧学院"狂妄派"学生突然袭击、揪到"作协分会"去的时候,在我家大门上还贴了一张揭露她的所谓罪行的大字报。幸好当天夜里我儿子把它撕毁,否则这一张大字报就会要了她的命!

人们的白眼,人们的冷嘲热骂蚕食着她的身心。我看出来她的健康逐渐遭到损害。表面上的平静是虚假的。内心的痛苦像一锅煮沸的水,她怎么能遮盖住!怎么能使它平静!她不断地给我安慰,对我表示信任,替我感到不平。然而她看到我的问题一天天地变得严重,上面对我的压力一天天地增加,她又非常担心。有时同我一起上班或者下班,走近巨鹿路口,快到"作协分会",或者走近湖南路口,快到我们家,她总是抬不起头。我理解她,同情她,也非常担心她经受不起沉重的打击。我记得有一天到了平常下班的时间,我们没有受到留难,回到家里她比较高兴,到厨房去烧菜。我翻看当天的报纸,在第三版上看到当时做了"作协分会"的"头头"的两个工人作家写的文章《彻底揭露巴金的反革命真面目》。真是当头一棒!我看了两三行,连忙把报纸藏起来,我害怕让她看见。她端着烧好的菜出来,脸上还带笑容,吃饭时她有说有笑。饭后她要看报,我企图把她的注意力引到别处。但是没有用,她找到了报纸。她的笑容一下子完全消失。这一夜她再没有讲话,早早地进了房间。我后来发现她躺在床上小声哭着。一个安静的夜晚给破坏了。今天回想当时的情景,她那张满是泪痕的脸还在我的眼前。我多么愿意让她的泪痕消失,笑容在她那憔悴的脸上重现，即使减少我几年的生命来换取我们家庭生活中一个宁静的夜晚，我也心甘情愿！

二

我听周信芳同志的儿媳妇说，周的夫人在逝世前经常被打手们拉出去当作皮球推来推去，打得遍体鳞伤。有人劝她躲开，她说："我躲开，他们就要这样对付周先生了。"萧珊并未受到这种新式体罚。可是她在精神上给别人当皮球打来打去。她也有这样的想法：她多受一点精神折磨，可以减轻对我的压力。其实这是她一片痴心，结果只苦了她自己。我看见她一天天地憔悴下去，我看见她的生命之火逐渐熄灭，我多么痛心。我劝她，安慰她，我想拉住她，一点也没有用。

她常常问我："你的问题什么时候才解决呢？"我苦笑地说："总有一天会解决的。"她叹口气说："我恐怕等不到那个时候了。"后来她病倒了，有人劝她打电话找我回家，她不知从哪里得来的消息，她说："他在写检查，不要打岔他。他的问题大概可以解决了。"等到我从"五七"干校回家休假，她已经不能起床。她还问我检查写得怎样，问题是否可以解决。我当时的确在写检查，而且已经写了好几次了。他们要我写，只是为了消耗我的生命。但她怎么能理解呢？这时离她逝世不过两个多月，癌细胞已经扩散，可是我们不知道，想找医生给她认真检查一次，也毫无办法。平日去医院挂号看门诊，等了许久才见到医生或者实习医生，随便给开个药方就算解决问题。只有在发烧到三十九摄氏度才有资格挂急诊号，或者还可以在病人拥挤的观察室里待上一天半天。当时去医院看病找交通工具也很困难，常常是我女婿借了自行车来，让她坐在车上，他慢慢地推着走。有一次她雇到小三轮车去看病，看好门诊回家雇不到车了，只好同陪她看病的朋友一起慢慢地走回来，走走停停，走到街口，她快要倒下了，只得请求行人到我们家通知。她一个表侄正好来探病，就由他去把她

讲真话的书 （1977—1979）

背了回家。她希望拍一张X光片子查一查肠子有什么病，但是办不到。后来靠了她一位亲戚帮忙开后门两次拍片，才查出她患肠癌。以后又靠朋友设法开后门住进了医院。她自己还很高兴，以为得救了。只有她一个人不知真实的病情，她在医院里只活了三个星期。

我休假回家假期满了，我又请过两次假，留在家里照料病人，最多也不到一个月。我看见她病情日趋严重，实在不愿意把她丢开不管，我要求延长假期的时候，我们那个单位的一个"工宣队"头头逼着我第二天就回干校去。我回到家里，她问起来，我无法隐瞒。她叹了一口气，说："你放心去吧。"她把脸掉过去，不让我看她。我女儿、女婿看到这种情景，自告奋勇跑到巨鹿路向那位"工宣队"头头解释，希望同意我在市区多留些日子照料病人。可是那个头头"执法如山"，还说：他不是医生，留在家里，有什么用！"留在家里对他改造不利！"他们气愤地回到家中，只说机关不同意，后来才对我传达了这句"名言"。我还能讲什么呢？明天回干校去！

整个晚上她睡不好，我更睡不好。出乎意外，第二天一早我那个插队落户的儿子在我们房间里出现了，他是昨天半夜里到的。他得到家信，请假回家看母亲，却没有想到母亲病成这样。我见了他一面，把他母亲交给他，就回干校去了。

在车上我的情绪很不好。我实在想不通为什么会有这样的事情。我在干校待了五天，无法同家里通消息。我已经猜到她的病不轻了。可是人们不让我过问她的事情。这五天是多么难熬的日子！到第五天晚上在干校的造反派头头通知我们全体第二天一早回市区开会。这样我才又回到了家，见到我的爱人。靠了朋友帮忙，她可以住进中山医院肝癌病房，一切都准备好，她第二天就要住院了。她多么希望住院前见我一面，我终于回来了。连我也没有想到她的病情发展得这么快。我们见了面，我一句话也讲不出来。她说了一句："我到底住院了。"我答说："你安心治疗吧。"她父亲也来看她，老人家双目失明，去医院探病有困难，可能是来同他的女儿告别了。

我吃过中饭，就去参加给别人戴上反革命帽子的大会，受批判、戴帽子的人不止一个，其中有一个我的熟人王若望同志[①]，他过去也是作家，不过比我年轻。我们一起在"牛棚"里关过一个时期，他的罪名是"摘帽右派"。他不服，不听话，他贴出大字报，声明"自己解放自己"，因此罪名越搞越大，给捉去关了一个时期不算，还戴上了反革命的帽子监督劳动。在会场里我一直像在做怪梦。开完会回家，见到萧珊我感到格外亲切，仿佛重回人间。可是她不舒服，不想讲话，偶尔讲一句半句。我还记得她讲了两次："我看不到了。"我连声问她看不到什么。她后来才说："看不到你解放了。"我还能再讲什么呢？

我儿子在旁边，垂头丧气，精神不好，晚饭只吃了半碗，像是患感冒。她忽然指着他小声说："他怎么办呢？"他当时在安徽山区农村已经待了三年半，政治上没有人管，生活上不能养活自己，而且因为是我的儿子，给剥夺了好些公民权利。他先学会沉默，后来又学会抽烟。我怀着内疚的心情看看他。我后悔当初不该写小说，更不该生儿育女。我还记得前两年在痛苦难熬的时候她对我说："孩子们说爸爸做了坏事，害了我们大家。"这好像用刀子在割我身上的肉。我没有出声，我把泪水全吞在肚里。她睡了一觉醒过来忽然问我："你明天不去了？"我说："不去了。"就是那个"丁宣队"头头今天通知我不用再去干校就留在市区。他还问我："你知道萧珊是什么病？"我答说："知道。"其实家里瞒住我，不给我知道真相，我还是从他这句问话里猜到的。

[①] 王若望同志在一九五七年被错划为右派（一九六二年摘帽），最近已经改正，恢复名誉。

三

第二天早晨她动身去医院，一个朋友和我女儿、女婿陪她去。她穿好衣服等候车来。她显得急躁，又有些留恋，东张张西望望，她也许在想是不是能再看到这里的一切。我送走她，心上反而加了一块大石头。将近二十天里，我每天去医院陪伴她大半天。我照料她，我坐在病床前守着她，同她短短地谈几句话。她的病情恶化，一天天衰弱下去，肚子却一天天大起来，行动越来越不方便。当时病房里没有人照料，生活方面除饮食外一切都必须自理。后来听同病房的人称赞她"坚强"，说她每天早晚都默默地挣扎着下了床，走到厕所。医生对我们谈起，病人的身体经不住手术，最怕的是她的肠子堵塞，要是不堵塞，还可以拖延一个时期。她住院后的半个月是一九六六年八月以来我既感痛苦又感到幸福的一段时间，是我和她在一起度过的最后的平静的时刻，我今天还不能将它忘记。但是半个月以后，她的病情又有了发展。一天吃中饭的时候，医生通知我儿子找我去谈话。他告诉我：病人的肠子给堵住了，必须开刀。开刀不一定有把握，也许中途出毛病。但是不开刀，后果更不堪设想。他要我决定，并且要我劝她同意。我做了决定，就去病房对她解释。我讲完话，她只说了一句："看来，我们要分别了。"她望着我，眼睛里全是泪水。我说："不会的……"我的声音哑了。接着护士长来安慰她，对她说："我陪你，不要紧的。"她回答："你陪我就好。"时间很紧迫，医生、护士们很快做好了准备，她给送进手术室去了，是她的表侄把她推到手术室门口的。我们就在外面廊上等了好几个小时，等到她平安地给送出来，由儿子把她推回到病房去。儿子还在她的身边守过一个夜晚。过两天他也病倒了，查出来他患肝炎，是从安徽农村带回来的。本来我们想瞒住他的母亲，可是无意间让他母亲知道了。她不断地问："儿子怎么样？"我自己也不知道儿子怎么样，我怎么能使她放心呢？晚上回到家，走进空空的、静静的房间，我几乎要叫出声来："一切都朝我的头打下来吧，让所有的灾祸都来

一九七九年

吧。我受得住！"

我应当感谢那位热心而又善良的护士长，她同情我的处境，要我把儿子的事情完全交给她办。她作好安排，陪他看病、检查，让他很快住进别处的隔离病房，得到及时的治疗和护理。他在隔离病房里苦苦地等候母亲病情的好转。母亲躺在病床上，只能有气无力地说几句短短的话，她经常问："棠棠怎么样？"从她那双含泪的眼睛里我明白她多么想看见她最爱的儿子。但是她已经没有精力多想了。

她每天给输血，打盐水针。她看见我去就断断续续地问我："输多少西西[①]的血？该怎么办？"我安慰她："你只管放心。没有问题，治病要紧。"她不止一次地说："你辛苦了。"我有什么苦呢？我能够为我最亲爱的人做事情，哪怕做一件小事，我也高兴！后来她的身体更不行了。医生给她输氧气，鼻子里整天插着管子。她几次要求拿开，这说明她感到难受，但是听了我们的劝告，她终于忍受下去了。开刀以后她只活了五天。谁也想不到她会去得这么快！五天中间我整天守在病床前，默默地望着她在受苦（我是设身处地感觉到这样的），可是她除了两三次要求搬开床前巨大的氧气筒，三四次表示担心输血较多付不出医药费之外，并没有抱怨过什么。见到熟人她常有这样一种表情：请原谅我麻烦了你们。她非常安静，但并未昏睡，始终睁大两只眼睛。眼睛很大，很美，很亮。我望着，望着，好像在望快要燃尽的烛火。我多么想让这对眼睛永远亮下去！我多么害怕她离开我！我甚至愿意为我那十四卷"邪书"受到千刀万剐，只求她能安静地活下去。

不久前我重读梅林写的《马克思传》，书中引用了马克思给女儿的信里的一段话，讲到马克思夫人的死。信上说："她很快就咽了气。……这个病具有一种逐渐虚脱的性质，就像由于衰老所致一样。甚至在最后几小时也没有临终的挣扎，而是慢慢地沉入睡乡。她的眼睛比任何时候都更

[①] 西西，即CC，指毫升。——编者注。

讲真话的书 (1977—1979)

大、更美、更亮！"这段话我记得很清楚。马克思夫人也死于癌症。我默默地望着萧珊那对很大、很美、很亮的眼睛，我想起这段话，稍微得到一点安慰。听说她的确也"没有临终的挣扎"，也是"慢慢地沉入睡乡"。我这样说，因为她离开这个世界的时候，我不在她的身边。那天是星期天，卫生防疫站因为我们家发现了肝炎病人，派人上午来做消毒工作。她的表妹有空愿意到医院去照料她，讲好我们吃过中饭就去接替。没有想到我们刚刚端起饭碗，就得到传呼电话，通知我女儿去医院，说是她妈妈"不行"了。真是晴天霹雳！我和我女儿、女婿赶到医院。她那张病床上连床垫也给拿走了。别人告诉我她在太平间。我们又下了楼赶到那里，在门口遇见表妹。还是她找人帮忙把"咽了气"的病人抬进来的。死者还不曾给放进铁匣子里送进冷库，她躺在担架上，但已经给白布床单包得紧紧的，看不到面容了。我只看到她的名字。我弯下身子，把地上那个还有点人形的白布包拍了好几下，一面哭着唤她的名字。不过几分钟的时间。这算是什么告别呢？

据表妹说，她逝世的时刻，表妹也不知道。她曾经对表妹说："找医生来。"医生来过，并没有什么。后来她就渐渐地"沉入睡乡"。表妹还以为她在睡眠。一个护士来打针，才发觉她的心脏已经停止跳动了。我没有能同她诀别，我有许多话没有能向她倾吐，她不能没有留下一句遗言就离开我！我后来常常想，她对表妹说"找医生来"，很可能不是"找医生"，是"找李先生"（她平日这样称呼我）。为什么那天上午偏偏我不在病房呢？家里人都不在她身边，她死得这样凄凉！

我女婿马上打电话给我们仅有的几个亲戚。她的弟媳赶到医院，马上晕了过去。三天以后在龙华火葬场举行告别仪式。她的朋友一个也没有来，因为一则我们没有通知，二则我是一个审查了将近七年的对象。没有悼词，没有吊客，只有一片伤心的哭声。我衷心感谢前来参加仪式的少数亲友和特地来帮忙的我女儿的两三个同学。最后，我跟她的遗体告别，女儿望着遗容哀哭，儿子在隔离病房还不知道把他当作命根子的妈妈已经死亡。值得提说的是她当作自己儿子照顾了好些年的一位亡友的男孩从北京赶来，只为了看见她的最后一面。这个整天同钢铁打交道的技术员，他的心倒不像钢铁那样。他得到电报以后，他爱人对他说："你去吧，你不去一趟，你的心永远安定不了。"我在变了形的她的遗体旁边站了一会儿。别人给我和她照了相。我痛苦地想：这是最后一次了，即使给我们留下来很难看的形象，我也要珍视这个镜头。

一切都结束了。过了几天我和女儿、女婿到火葬场，领到了她的骨灰盒。在存放室寄存了三年之后，我按期把骨灰盒接回家里。有人劝我把她的骨灰安葬，我宁愿让骨灰盒放在我的寝室里，我感到她仍然和我在一起。

四

梦魇一般的日子终于过去了。六年仿佛一瞬间似的远远地落在后面了。其实哪里是一瞬间！这段时间里有多少流着血和泪的日子啊。不仅是六年，从我开始写这篇短文到现在又过去了半年，半年中我经常在火葬场的大厅里默哀、行礼，为了纪念给"四人帮"迫害致死的朋友。想到他们不能把个人的智慧和才华献给社会主义祖国，我万分惋惜。每次戴上黑纱、插上纸花的同时，我也想起我自己最亲爱的朋友，一个普通的文艺爱好者，一个成绩不大的翻译工作者，一个心地善良的人。她是我的生命的一部分，她的骨灰里有我的泪和血。

她是我的一个读者。一九三六年我在上海第一次同她见面。一九三八年和一九四一年我们两次在桂林像朋友似的住在一起。一九四四年我们在贵阳结婚。我认识她的时候，她还不到二十，对她的成长我应当负很大的责任。她读了我的小说，给我写信，后来见到了我，对我发生了感情。她在中学念书，看见我以前，因为参加学生运动被学校开除，回到家乡住了一个短时期，又出来进另一所学校。倘使不是为了我，她一九三七、

讲真话的书 (1977—1979)

一九三八年一定去了延安。她同我谈了八年的恋爱，后来到贵阳旅行结婚，只印发了一个通知，没有摆过一桌酒席。从贵阳我和她先后到了重庆，住在民国路文化生活出版社门市部楼梯下七八个平方米的小屋里。她托人买了四只玻璃杯开始组织我们的小家庭。她陪着我经历了各种艰苦生活。在抗日战争紧张的时期，我们一起在日军进城以前十多个小时逃离广州，我们从广东到广西，从昆明到桂林，从金华到温州，我们分散了，又重见，相见后又别离。在我那两册《旅途通讯》中就有一部分这种生活的记录。四十年前有一位朋友批评我："这算什么文章！"我的文集出版后，另一位朋友认为我不应当把它们也收进去。他们都有道理，两年来我对朋友、对读者讲过不止一次，我决定不让文集重版。但是为我自己，我要经常翻看那两小册通讯。在那些年代，每当我落在困苦的境地里、朋友们各奔前程的时候，她总是亲切地在我的耳边说："不要难过，我不会离开你，我在你的身边。"的确，只有在她最后一次进手术室之前她才说过这样一句："我们要分别了。"

　　我同她一起生活了三十多年，但是我并没有好好地帮助过她。她比我有才华，却缺乏刻苦钻研的精神。我很喜欢她翻译的普希金和屠格涅夫的小说。虽然译文并不恰当，也不是普希金和屠格涅夫的风格，它们却是有创造性的文学作品，阅读它们对我是一种享受。她想改变自己的生活，不愿做家庭妇女，却又缺少吃苦耐劳的勇气。她听一个朋友的劝告，得到后来也是给"四人帮"迫害致死的叶以群同志的同意，到《上海文学》"义务劳动"，也做了一点点工作，然而在运动中却受到批判，说她专门向老作家组稿，又说她是我派去的"坐探"。她为了改造思想，想走捷径，要求参加"四清"运动，找人推荐到某铜厂的工作组工作，工作相当忙碌、紧张，她却精神愉快。但是到我快要"靠边"的时候，她也被叫回"作协分会"参加运动。她第一次参加这种急风暴雨般的斗争，而且是以反动权威家属的身份参加，她不知道该怎么办才好。她张皇失措、坐立不安，替我担心，又为儿女的前途忧虑。她盼望什么人向她伸出援助的手，可是朋友们离开了她,"同事们"拿她当作箭靶,还有人想通过整她来整我。她不是"作协分会"或者刊物的正式工作人员,可是仍然被"勒令""靠边"劳动、站队挂牌,放回家以后,又给揪到机关。过一个时期,她写了认罪的检查、第二次给放回家的时候,我们机关的造反派头头却通知里弄委员会罚她扫街。她怕人看见,每天大清早起来,拿着扫帚出门,扫得精疲力尽,才回到家里,关上大门,吐了一口气。但有时她还碰到上学去的小孩,对她叫骂"巴金的臭婆娘"。我偶尔看见她拿着扫帚回来,不敢正眼看她,我感到负罪的心情,这是对她的一个致命的打击。不到两个月,她病倒了,以后就没有再出去扫街(我妹妹继续扫了一个时期),但是也没有完全恢复健康。尽管她还继续拖了四年,但一直到死她并不曾看到我恢复自由。这就是她的最后,然而绝不是她的结局。她的结局将和我的结局连在一起。

我决不悲观。我要争取多活。我要为我们社会主义祖国工作到生命的最后一息。在我丧失工作能力的时候,我希望病榻上有萧珊翻译的那几本小说。等到我永远闭上眼睛,就让我的骨灰同她的掺和在一起。

一月十六日写完

"毒草病"
——随想录六

我最近写信给曹禺,信内有这样的话:"希望你丢开那些杂事,多写几个戏,甚至写一两本小说(因为你说你想写一本小说)。我记得屠格涅夫患病垂危,在病榻上写信给托尔斯泰,求他不要丢开文学创作,希望他继续写小说。我不是屠格涅夫,你也不是托尔斯泰,我又不曾躺在病床上。但是我要劝你多写,多写你自己多年来想写的东西。你比我有才华,你是一个好的艺术家,我却不是。你得少开会,少写表态文章,多给后人留一点东西,把你心灵中的宝贝全交出来,贡献给我们社会主义祖国。……"

我不想现在就谈曹禺。我只说两三句话,我读了他最近完成的《王昭君》,想了许久,头两场写得多么好、多么深。孙美人这个人物使我想起许多事情。还有他在抗战胜利前不久写过一个戏《桥》,只写了两幕,后来他去美国"讲学"就搁下了,回来后也没有续写。第二幕闭幕前炼钢炉发生事故,工程师受伤,他写得紧张、生动,我读了一遍,至今还不能忘记,我希望他、我劝他把《桥》写完。

我呢,自己吹嘘也没有用,我在三十年代就不得不承认我不是艺术家,今天我仍然是说:"我没有才华。"而且像某某人在批斗我的大会上所说我写的都是破烂货,只有在解放后靠"文艺黑线"吹捧才出了名这一类的话,还可以作为参考。不过有一点得说明:事实证明所谓"文艺黑线"是"四人帮"编造的诬蔑不实之词,"文艺黑线"根本不存在。我的文集也曾被称为"邪书十四卷"。这不足为怪,因为在国民党"执政"时期,我的作品就受到歧视,就是不"正"的东西。靠了读者的保护,"破烂货"居然"流传"下来,甚至变成了文集。有人把它们当作"肉中刺,眼中钉",也是理所当然。再说集子里的确有许多不好的东西,但它们并不是"毒草"。我不止讲过一次:我今后不会让文集再版,重印七八种单行本我倒愿意。不印的书是我自己认为写得不好,艺术性不高,反映生活不完全真实,等等。但它们也绝非"毒草"。

我一再提说"毒草",好像我给毒蛇咬过看见绳子也害怕一样。二十年来天天听说"毒草",几乎到了谈虎色变的程度。在"四害"横行的时期,我写了不少的思想汇报和检查,也口口声声承认"邪书十四卷"全是"大毒草"。难道我们这里真有这么多的"毒草"吗?我家屋前有一片草地,屋后种了一些花树,二十年来我天天散步,在院子里,在草地上找寻"毒草"。可是我只找到不少"中草药",一棵"毒草"也没有!倘使我还不放心,朝担忧、夜焦虑,一定要找出"毒草",而又找不出来,那就只有把草地锄掉,把院子改为垃圾堆,才可以高枕无忧。这些年来我有不少朋友死于"四人帮"的残酷迫害,也有一些人得了种种奇怪的恐怖病(各种不同的后遗病)。我担心自己会成为"毒草病"的患者,这个病的病状是因为害怕写出"毒草",拿起笔就全身发抖,写不成一个字。我不是艺术家,也没有专门学过文学,即使因病搁笔也不是值得惋惜的事。

一月二十二日

"遵命文学"
―― 随想录七

　　我说我不是艺术家，并非谦虚，而且关于艺术我知道的实在很少。但有一件事情也是不可否认的，我写了五十年的小说，虽然中间有十年被迫搁笔。无论如何，我总有一点点经验吧。此外，我还翻看过几本中外文学史，即使丢开书就完全忘记，总不能说脑子里一点印象也没有。人们经常通过不同的道路接近文学，很少有人只是因为想做作家才拿起笔。我至今还是一个不懂文学的外行，但谁也没有权说我写的小说并不是小说，并不是文学作品。其实说了、骂了、否定了也没有关系，称它们为"破烂货"、定它们为"毒草"也无关系，只要有人要读，有读者肯花钱买，它们就会存在下去。小说《三国演义》里有诸葛亮骂死王朗的故事，好像人是骂得死的。可是据我所知（当然我的见闻有限），还不曾有人写过什么谁骂死作品的故事。我的作品出世以来挨的骂可谓多矣，尤其是在一九六六年以后，好像是因为我参加了亚非作家紧急会议，有人生怕我挤进亚非作家的行列，特地来个摘帽运动似的。"四人帮"不但给我摘掉了"作家"的帽子，还"砸烂"（这是"四人帮"的术语）了"作家协会"，烧毁了我的作品。他们要做今天的秦始皇。他们"火""棍"并举，"烧""骂"齐来，可是我的作品始终不曾烧绝。我也居然活到现在。我这样说，毫无自满的情绪。我的作品没有给骂死，是因为读者有自己的看法。读者是我的作品的评判员。他们并不专看"长官"们的脸色。

即使当时的"长官"们把我的小说"打"成"毒草",把我本人"打"成"黑老K",还有人偷偷地读我的书。去年七月我收到一封日本读者的信,开头就是这样的话:"一九七六年我转托日本的朋友书店而买到香港南国出版社一九七〇年所刊出的《巴金文集》,我花了两年左右的时间,今年四月才看完了这全书,共十四册。"(原文)一九七〇年正是当时在上海管文教的"长官"徐某某横行霸道无恶不作的时候,也是我在干校劳动给揪出去到处批斗的时候,香港还有人重印我的文集,这难道不是读者们在向"长官意志"挑战吗?

我这样说,也绝非出于骄傲。我是不敢向"长官意志"挑战的。我的文集里虽然没有"遵命文学"①一类的文字,可是我也写过照别人的意思执笔的文章,例如《评〈不夜城〉》。那是一九六五年六月我第二次去越南采访前叶以群同志组织我写的,当时被约写稿的人还有一位,材料由以群供给,我一再推辞,他有种种理由,我驳不倒,就答应了。后来,我又打电话去推辞,仍然推不掉,说是宣传部的意思,当时的宣传部部长正是张春桥。我隐隐约约地感觉到以群自己也有困难,似乎有些害怕。当时说好文章里不提《不夜城》编剧人柯灵的名字。文章写好交给以群,等不及在上海《文汇报》上发表,我就动身赴京做去河内的准备了。上飞机的前夕我还和萧珊同去柯灵家,向他说明:我写了批评《不夜城》的文章,但并未提编剧人的名字。此外,我什么也没有讲,因为我相当狼狈,讲不出道歉的话,可是心里却有歉意。三个多月后我从越南回来,知道我的文章早已发表,《不夜城》已经定为"大毒草",张春桥也升了官,但是我仍然对柯灵感到歉意,而且不愿意再看我那篇文章,因此它的标题我至今还说不清楚。同时我也暗中埋怨自己太老实,因为另一位被指定写稿的朋友似乎交了白卷,这样他反倒脱身了。

---

① 我这里用的"遵命文学"和鲁迅先生所用的意思并不一样。这里"遵命"二字的解释就只是听别人的话。

讲真话的书 （1977—1979）

  这是一个突出的例子。在我"靠边"的时候，在批斗会上，我因此受到批判，说我包庇柯灵，我自己也作过检查。其实正相反，我很抱歉，因为我没有替他辩护。更使我感到难过的是第二年八月初，叶以群同志自己遭受到林彪和"四人帮"的迫害含恨跳楼自尽，留下爱人和五个小孩。我连同他的遗体告别的机会也没有！一直到这个月初他的冤案才得到昭雪，名誉才得到恢复。我在追悼会上读了悼词，想起他的不明不白的死亡，我痛惜我国文艺界失去这样一位战士，我失去这样一位朋友，我在心里说：绝不让再发生这一类的事情。

  在这个仪式上我见到了刘素明同志和她的五个孩子。孩子们都大了。把他们养育成人，的确不是容易的事，何况以群死后第二个月单位就停发了他的工资，做母亲的每月只有几十元的收入。这十三年十分艰苦的岁月是可以想象到的。这是一位英雄的母亲。她在"四人帮"的迫害下，默默地坚持着，把五个受歧视的小孩培养成为我们祖国各条战线需要的年轻战士，这难道不是值得我们歌颂的吗？

一月二十四日

"长官意志"
——随想录八

我不是艺术家,我只能说是文艺的爱好者。其实严格地说,我也不能算是作家,说我是写家倒更恰当些。"写家"这两个字是老舍同志在重庆时经常使用的字眼,那个时候还没有见过"作家"这个词。我们曾被称为"小说家"。记得一九三三年上海《东方杂志》征文栏发表了老舍同志和我的书面意见,两个人的名字上都加了"小说家"的头衔。老舍同志不用"小说家"的称呼而自称"写家",只能说是他很谦虚。我称自己为写家,也有我的想法,一句话,我只是写写罢了。对于写作之道和文学原理,等等,我是说不清楚的。最近有几位法国汉学家到我家里做客,闲谈起来,一位年轻的客人知道我就要着手写一部长篇小说,他问我倘使写成它将是一部什么主义的作品。我回答说我写小说连提纲也没有,从来没有想过我要写什么主义的作品,我只想反映我熟悉的生活,倾吐我真挚的感情。至于我的小说属于什么主义:现实主义?浪漫主义?社会主义现实主义?批判的现实主义?或者革命现实主义和革命浪漫主义的结合?应当由读者和评论家来讲话。作为"写家",我讲不出什么。但作为读者,我还是有发言权,对自己的作品也好,对别人的作品也好。因此对写作的事情,对具体的作品,我还是有自己的意见。

我并不敢说自己的看法正确,但有时候我也要发表自己的意见,即使它们和评论家甚至"长官"的高见不同,我也会保留自己的看法。

讲真话的书　（1977—1979）

前两年有一两位过去在《上海文学》或《收获》做过编辑的朋友对我说，张春桥在上海"做官"的时候，对他们骂过我。我又想起在批斗我的会上有人"揭发"刊物编辑用了我的稿子受到张春桥的责备。当时张春桥是被认为"无产阶级革命左派"，是"好人"，他骂了我就说明我是"反动派"，是"坏人"。在"四人帮"及其爪牙的心目中，文艺也好，作家也好，都应当是他们的驯服工具。他们随便胡说什么，都有人吹捧，而且要人们照办。我记得一九七五年徐某某忽然心血来潮，说出版社的首要任务是"出人"。出版社不出书，却出人，那么学校干什么呢？可是徐某某是"长官"，大家都要学习他的"新的提法"。本来是胡说，一下子就变成了"发展"。"三突出""三陪衬"等的"三字经"不也是这一类的胡说吗？想想看，一个从事创作的人发明了种种的创作方法来限制自己，等于在自己的周围安置了种种障碍，除了使自己"行路难"之外，还会有什么样的效果呢？又如张春桥过去大吹"写十三年"[①]的"高见"，北京有人刚刚表示怀疑，他就大发脾气。他在上海的时候，你要反对"大写十三年"，那可不得了。其实谁也知道这种"高见"并不高明，也无非使自己的路越走越窄而已。我记得还有一位主张"写十三年"的"长官"，有人请他看话剧，他问，"是不是写十三年的？写十三年的，我就去看。"不幸那出戏偏偏比十三年多两三个月。他一本正经地说："不是写十三年的，我不看。"

这并不是笑话。上面一段对话是我亲耳听见的。虽然请看戏的人和被请看戏的人已离开人世，但那位只看"写十三年"的人因为是"长官"，人死了，余威犹在，还可以吓唬一些人。的确有一些人习惯了把"长官意志"当作自己的意志，认为这样，既保险，又省事。所以张春桥和姚文元会成为"大理论家"，而在上海主管文教多年的徐某某也能冒充"革命权威"。当然这有许多原因，张、姚二人五十年代就是上海的两根

[①]　十三年指一九四九年至一九六二年。

大棒。难道这和"既保险、又省事"的人生哲学就没有一点关系吗?

我最近翻了一下《中国文学史》,那么多的光辉的名字!却没有一首好诗或者一篇好文章是根据"长官意志"写成的。我又翻了一下《俄罗斯文学史》,尼古拉一世统治时期出现了多少好作家和好作品,试问哪一部是按照"长官"的意志写的?我家里的确有按照"长官意志"写成的小说,而且不止一部,都是在"四人帮"横行时期出版的,而且是用"三结合"的创作方法写出来的。所谓"三结合",说清楚一点,就是一个人"出生活",一个人"出技巧",一个人"出思想"。听起来好像我在说梦话,但这却是事实。一九七五年十月在一个小型座谈会上,我听见上海唯一的出版社的"第一把手"说过今后要大大推广这个方法。最后他还训了我几句。他早就认识我,第一次当官有了一点架子,后来靠了边,和我同台挨批斗,偶尔见了面又客气了,第二次"上台"就翻脸不认人。他掌握了出版社的大权,的确大大地推广了"三结合"的创作方法。那个时期他们如法炮制了不少的作品,任意把"四人帮"的私货强加给作者。反正你要出书,就得听我的话。于是到处都是"走资派","大写走资派"成风。作者原来没有写,也替他硬塞进去,而且写进去的"走资派"的级别越来越高。我说句笑话,倘使"四人帮"再多闹两年,那位"第一把手"恐怕只好在《封神演义》里去找"走资派"了。更可笑的是有些作品写了大、小"走资派"以后来不及出版,"四人帮"就给赶下了政治舞台。"走资派"出不来了,怎么办?脑子灵敏的人会想办法,便揪出"四人帮"来代替,真是"戏法人人会变"。于是我们的"文坛"上又出现了一种由"反走资派"变为"反四人帮"的作品。这样一来吹捧"四人帮"的人又变成了"反四人帮"的英雄。"长官"点了头,还有什么问题呢?即使读者不买账,单单把书向全国大小图书馆书架上一放,数目也很可观了。可能还有人想:这是古今中外文学史上的了不起的"创举"呢!

让我这个不懂文学的"写家"再说几句:为什么在国民党反动统治时期,三十年代的上海,出现了文艺活跃的局面,鲁迅、郭沫若、茅盾同

讲真话的书 （1977—1979）

志的许多作品相继问世，而在"四害"横行的时期，文艺园中却只有"一花"独放、一片空白，绝大多数作家、艺术家或则搁笔改行，或则给摧残到死呢？这难道不值得我们深思吗？

一月二十五日

文学的作用
——随想录九

现在我直截了当地谈点有关文学的事情。我讲的只是我个人的看法。我常常这样想，文学有宣传的作用，但宣传不能代替文学；文学有教育的作用，但教育不能代替文学。文学作品能产生潜移默化、塑造灵魂的效果，当然也会做出腐蚀心灵的坏事，但这二者都离不开读者的生活经历和他们所受的教育。经历、环境、教育等等都是读者身上、心上的积累，它们能抵抗作品的影响，也能充当开门揖"盗"的内应。读者对每一本书都是"各取所需"。塑造灵魂也好，腐蚀心灵也好，都不是一本书就办得到的。只有日积月累、不断接触，才能在不知不觉间受到影响，发生变化。我从小就爱读小说，第一部是《说岳全传》，接下去读的是《施公案》，后来是《彭公案》。《彭公案》我只读了半部，像《杨香武三盗九龙杯》之类的故事当时十分吸引我，可是我只借到半部，后面的找不到了。我记得两三年中间几次梦见我借到全本《彭公案》，高兴得不得了，正要翻看，就醒了。照有些人说，我一定会大中其毒，做了封建社会地主阶级的孝子贤孙了。十多年前人们批斗我的时候的确这样说过，但那是"童言无忌"。倘使我一生就只读这一部书，而且反复地读，可能大中其毒。"不幸"我有见书就读的毛病，而且习惯了为消遣而读各种各样的书，各种人物、各种思想在我的脑子里打架，大家放毒、彼此消毒。我既然活到七十五岁，不曾中毒死去，那么今天也不妨吹一吹牛说：我身上有了防毒

讲真话的书 (1977—1979)

性、抗毒性，用不着躲在温室里度余年了。

　　我正是读多了小说才开始写小说的。我的小说不像《说岳全传》或者《彭公案》，只是因为我读得最多的还是外国小说。一九二七年四月的夜晚我在巴黎拉丁区一家公寓的五层楼上开始写《灭亡》的一些章节。我说过："我有感情必须发泄，有爱憎必须倾吐，否则我这颗年轻的心就会枯死。所以我拿起笔，在一个练习本上写下一些东西来发泄我的感情、倾吐我的爱憎。每天晚上我感到寂寞时，我就摊开练习本，一面听巴黎圣母院的钟声，一面挥笔，一直写到我觉得脑筋迟钝，才上床睡去。"那么"我的感情"和"我的爱憎"又是从哪里来的呢？不用说，它们都是从我的生活里来的，从我的见闻里来的。生活的确是艺术创作的源泉，而且是唯一的源泉。古今中外任何一个严肃的作家都是从这唯一的源泉里吸取养料、找寻材料的。文学作品是作者对生活理解的反映。尽管作者对生活的理解和分析有对有错，但是离开了生活总不会有好作品。作家经常把自己的亲身见闻写进作品里面，不一定每个人物都是他自己，但也不能说作品里就没有作者自己。法国作家福楼拜说爱玛·包瓦利是他自己；郭老说蔡文姬是他。这种说法是值得深思的。《激流》里也有我自己，有时在觉慧身上，有时在觉民身上，有时在剑云身上，或者其他的人身上。去年或前年有一位朋友要我谈谈对《红楼梦》的看法。他是红学家，我却什么也不是，谈不出来，我只给他写了两三句话寄去。我没有留底稿，不过大意我可能不曾忘记。我说："《红楼梦》虽然不是作者的自传，但总有自传的成分。倘使曹雪芹不是生活在这样的家庭里，接触过小说中的那些人物，他怎么写得出这样的小说？他到哪里去体验生活，怎样深入生活？"说到深入生活，我又想起了一些事情。我缺乏写自己所不熟悉的生活的本领。解放后我想歌颂新的时代，写新人新事，我想熟悉新的生活，自己也作了一些努力。但是努力不够，经常浮在面上，也谈不到熟悉，就像蜻蜓点水一样，不能深入，因此也写不出多少作品，更谈不上好作品了。前年暑假前，复旦大学中文系有一些外国留学生找我去参加座谈会，有人就问我：

"为什么不写你自己熟悉的生活？"我回答："问题就在于我想写新的人。"结果由于自己不能充分做到"深入"与"熟悉"，虽然有真挚的感情，也只能写些短短的散文。我现在准备写的长篇就是关于十多年来像我这样的知识分子的遭遇。我熟悉这种生活，用不着再去"深入"。我只从侧面写，用不着出去调查研究。

去年五月下旬我在一个会上的发言中说过："创作要上去，作家要下去。"这句话并不是我的"创作"，这是好些人的意见。作家下生活，是极其寻常的事。不过去什么地方，就不简单了。

我建议让作家自己去选择生活基地。一个地方不适当，可以换一个。据我看倘使基地不适合本人，再"待"多少年，也写不出什么来。替作家指定和安排去什么地方，这种做法不一定妥当。至于根据题材的需要而要求创作人员去这里那里，这也值得慎重考虑。

话说回来，文学著作并不等于宣传品。文学著作也并不是像"四人帮"炮制的那种朝生暮死的东西。几百年、千把年以前的作品我们有的是。我们这一代也得有雄心壮志，让我们自己的作品一代一代地流传下去。

一月二十七日

把心交给读者
——随想录十

前两天黄裳来访，问起我的《随想录》，他似乎担心我会中途搁笔。我把写好的两节给他看；我还说："我要继续写下去。我把它当作我的遗嘱写。"他听到"遗嘱"二字，觉得不大吉利，以为我有什么悲观思想或者什么古怪的打算，连忙带笑安慰我说："不会的，不会的。"看得出他有点感伤，我便向他解释：我还要争取写到八十，争取写出不是一本，而是几本《随想录》。我要把我的真实的思想，还有我心里的话，遗留给我的读者。我写了五十多年，我的确写过不少不好的书，但也写了一些值得一读或半读的作品吧，它们能够存在下去，应当感谢读者们的宽容。我回顾五十年来所走过的路，今天我对读者仍然充满感激之情。

可以说，我和读者已经有了五十多年的交情。倘使关于我的写作或者文学方面的事情，我有什么最后的话要讲，那就是对读者讲的。早讲迟讲都是一样，那么还是早讲吧。

我的第一篇小说（中篇或长篇小说《灭亡》）发表在一九二九年出版的《小说月报》上，从一月号起共连载四期。小说的单行本在这年底出版。我什么时候开始接到读者来信？我现在答不出来。我记得一九三一年我写过短篇小说《光明》，描写一个青年作家经常接到读者来信，因无法解答读者的问题而感到苦恼。小说里有这样一段话："桌上那一堆信函默默地躺在那里，它们苦恼地望着他，每一封信都有一段悲痛的故事要告诉他。"

这难道不就是我自己的苦恼？那个年轻的小说家不就是我？一九三五年八月我从日本回来，在上海为文化生活出版社编辑了几种丛书，这以后读者的来信又多起来了。这两三年中间我几乎对每一封信都做了答复。有几位读者一直同我保持联系，成为我的老友。我的爱人也是我的一位早期的读者。她读了我的小说对我发生了兴趣，我同她见面多了对她有了感情。我们认识好几年才结婚，一生不曾争吵过一次。我在一九三六、一九三七年中间写过不少答复读者的公开信，有一封信就是写给她的。这些信后来给编成了一本叫作《短简》的小书。

那个时候，我光身一个，生活简单、身体好，时间多，写得不少，也有足够的时间和精力回答读者寄来的每一封信。后来，特别是解放以后，我的事情多起来，而且经常外出，只好委托萧珊代为处理读者的来信和来稿。我虽然深感抱歉，但也无可奈何。

我说抱歉，也并非假意。我想起一件事情。那是在一九四〇年年尾，我从重庆到江安，在曹禺家住了一个星期左右。曹禺在戏剧专科学校教书。江安是一个安静的小城，外面有什么人来、住在哪里，一下子大家都知道了。我刚刚住了两天，就接到中学校一部分学生送来的信，请我去讲话。我写了一封回信寄去，说我不善于讲话，而且也不知道讲什么好，因此我不到学校去了。不过我感谢他们对我的信任，我会经常想到他们，青年是中国的希望，他们的期望就是对我的鞭策。我说，像我这样一个小说家算得了什么，如果我的作品不能给他们带来温暖，不能支持他们前进。我说，我没有资格做他们的老师，我却很愿意做他们的朋友，在他们面前我实在没有什么可以骄傲的地方。当他们在旧社会的荆棘丛中、泥泞路上步履艰难的时候，倘使我的作品能够做一根拐杖或一根竹竿给他们用来加一点力，那我就很满意了。信的原文我记不准确了，但大意是不会错的。

信送了出去，听说学生们把信张贴了出来。不到两三天，省里的督学下来视察，在那个学校里看到我的信，他说："什么'青年是中国的希望'！什么'你们的期望就是对我的鞭策'！什么'在你们面前我没有

讲真话的书 （1977—1979）

可以骄傲的地方'！这是瞎捧，是诱惑青年，把它给我撕掉！"信给撕掉了，不过也就到此为止，很可能他回到省城还打过小报告，但是并没有制造出大冤案。因此我活了下来，多写了二十多年的文章，当然已经扣除了徐某某禁止我写作的十年。①

话又说回来，我在信里表达的是我的真实的感情。我的确是把读者的期望当作对我的鞭策。如果不是想对我生活在其中的社会贡献一点力量，如果不是想对和我同时代的人表示一点友好的感情，如果不是想尽我作为一个中国人所应尽的一份责任，我为什么要写作？但愿望是一回事，认识又是一回事；实践是一回事，效果又是一回事。绝不能由我自己一个人说了算。离开了读者，我能够做什么呢？我怎么知道我做对了或者做错了呢？我的作品是不是和读者的期望符合呢？是不是对我们社会的进步有贡献呢？只有读者才有发言权。我自己也必须尊重他们的意见。倘使我的作品对读者起了毒害的作用，读者就会把它们扔进垃圾箱，我自己也只好停止写作。所以我想说，没有读者，就不会有我的今天。我也想说，读者的信就是我的养料。当然我指的不是个别的读者，是读者的大多数。而且我也不是说我听从读者的每一句话，回答每一封信。我只是想说，我常常根据读者的来信检查自己写作的效果，检查自己作品的作用。我常常这样地检查，也常常这样地责备自己，我过去的写作生活常常是充满痛苦的。

解放前，尤其是抗战以前，读者来信谈的总是国家、民族的前途和个人的苦闷以及为这个前途献身的愿望或决心。没有能给他们具体的回答，我常常感到痛苦。我只能这样地鼓励他们：旧的要灭亡，新的要壮大；旧社会要完蛋，新社会要到来；光明要把黑暗驱逐干净。在回信里我并没有给他们指出明确的路。但是和我的某些小说不同，在信里我至少指出了方

---

① 徐某某可能表示"抗议"说："我上面还有'长官'，我按照他们的指示办事。我也只是讲讲话、骂骂人。执行的是别人，是我下面的那些人。他们按照我的心思办事。"总之，这一伙人中间的任何一个都是四十年代的督学所望尘莫及的。

向,并不含糊的方向。对读者我是不会使用花言巧语的。我写给江安中学学生的那封信常常在我的回忆中出现。我至今还想起我在三十年代中会见的那些年轻读者的面貌,那么善良的表情,那么激动的声音,那么恳切的言辞!我在三十年代和四十年代初期见过不少这样的读者,我同他们交谈起来,就好像看到了他们的火热的心。一九三八年二月我在小说《春》的序言里说:"我常常想念那无数纯洁的年轻的心灵,以后我也不能把他们忘记……"我当时是流着眼泪写这句话的。序言里接下去的一句是"我不配做他们的朋友",这说明我多么愿意做他们的朋友啊!我后来在江安给中学生写回信时,在我心中激荡的也是这种感情。我是把心交给了读者的。

在三十年代和四十年代中很少有人写信问我什么是写作的秘诀。从五十年代起提出这个问题的读者就多起来了。我答不出来,因为我不知道。但现在我可以回答了:把心交给读者。我最初拿起笔,是这样想法,今天在五十二年之后我还是这样想。我不是为了做作家才拿起笔写小说的。

我一九二七年春天开始在巴黎写小说,我住在拉丁区,我的住处离先贤祠(国葬院)不远,先贤祠旁边那一段路非常清静。我经常走过先贤祠门前,那里有两座铜像:卢梭和伏尔泰。在这两个法国启蒙时期的思想家,这两个伟大的作家中,我对"梦想消灭不平等和压迫"的"日内瓦公民"的印象较深,我走过像前常常对着铜像申诉我这个异乡人的寂寞和痛苦;对伏尔泰我所知较少,但是他为卡拉斯老人的冤案、为西尔文的冤案、为拉·巴尔的冤案、为拉里–托伦达尔的冤案奋斗,终于平反了冤狱,使惨死者恢复名誉,幸存者免于刑戮,像这样维护真理、维护正义的行为我是知道的,我是钦佩的。还有两位伟大的作家葬在先贤祠内,他们是雨果和左拉。左拉为德莱斐斯上尉的冤案斗争,冒着生命危险替受害人辩护,终于推倒诬陷不实的判决,让人间地狱中的含冤者重见光明。

这是我当年从法国作家那里受到的教育。虽然我"学而不用",但是今天回想起来,我还不能不感激老师,在"四害"横行的时候,我没有出卖灵魂,还是靠着我过去受到的教育,这教育来自生活,来自朋友,来

讲真话的书 （1977—1979）

自书本，也来自老师，还有来自读者。至于法国作家给我的"教育"是不是"干预生活"呢？"作家干预生活"曾经被批判为右派言论，有少数人因此二十年抬不起头。我不曾提倡过"作家干预生活"，因为那一阵子我还没有时间考虑。但是我给关进"牛棚"以后，看见有些熟人在大字报上揭露"巴金的反革命真面目"，我朝夕盼望有一两位作家出来"干预生活"，替我雪冤。我在梦里好像见到了伏尔泰和左拉，但梦醒以后更加感到空虚，明知伏尔泰和左拉要是生活在一九六七年的上海，他们也只好在"牛棚"里摇头叹气。这样说，原来我也是主张"干预生活"的。

左拉死后改葬在先贤祠，我看主要原因还是在于他对平反德莱斐斯冤狱的贡献，人们说他"挽救了法兰西的荣誉"。至今不见有人把他从先贤祠里搬出来。那么法国读者也是赞成作家"干预生活"的了。最后我还得在这里说明一件事情，否则我就成了"两面派"了。这一年多来，特别是近四五个月来，读者的来信越来越多，好像从各条渠道流进一个蓄水池，在我手边汇总。对这么一大堆信，我看也来不及看。我要搞翻译，要写文章，要写长篇，又要整理旧作，还要为一些人办一些事情，还有社会活动，还有外事工作，还要读书看报。总之，杂事多，工作不少。我是"单干户"，无法找人帮忙，反正只有几年时间，对付过去就行了。何况记忆力衰退，读者来信看后一放就忘，有时找起来就很困难。因此对来信能回答的不多。并非我对读者的态度有所改变，只是人衰老，心有余而力不足。倘使健康情况能有好转，我也愿意多为读者做些事情。但是目前我只有向读者们表示歉意。不过有一点读者们可以相信，你们永远在我的想念中，我无时无刻不祝愿我的广大读者有着更加美好、更加广阔的前途，我要为这个前途献出我最后的力量。

可能以后还会有读者来信问起写作的秘诀，以为我藏有万能钥匙。其实我已经在前面交了底。倘使真有所谓秘诀的话，那也只是这样的一句：把心交给读者。

二月三日

《家》罗马尼亚文译本序

我感谢C.鲁贝亚努同志把我的小说《家》译成罗马尼亚文，让罗马尼亚的读者也了解我们曾经在怎样黑暗、专制、腐败的封建社会里生活、奋斗，而且我们是在什么样的废墟上开始建设社会主义的。我始终忘不了我们在漫漫长夜中过的那些痛苦的日子。但是我在这里写的只是一个封建地主家庭的悲欢离合的故事，只是一些青年知识分子的控诉。我只写了我熟悉的生活，写了我十九年中的爱与憎。我自己就是在高家那样的封建大家庭里长大的。我从"魔爪"里逃脱出来，但是我的同辈中有不少的人或者做了旧礼教的牺牲品，或者白白地浪费了年轻有为的生命。

《家》是在一九三一年写成的。在三十年代和四十年代它在中国青年读者中间产生过大的影响。四十八年过去了，像高家那样的封建大家庭在中国早已绝迹。所以我在一九七七年八月写的《重印后记》中说"我的作品已经完成了它的历史任务"。但是过了一年多，我却在一本散文集的"序"中改正了这个错误。我说："今天在我们的社会里封建流毒还很深很广，家长作风还占优势。""连买卖婚姻也未绝迹"，"到处都有高老太爷的鬼魂出现"；我又说："今天要实现四个现代化，就必须大反封建。"看来《家》的重印还是有积极的意义。我不曾到过罗马尼亚这个美丽的国家。但是我知道不少罗马尼亚英雄的故事，也接触过罗马尼亚的优秀的文学艺术。我也结交了几位罗马尼亚朋友，我常常记起我同一位罗马尼亚诗人在契诃夫的故乡度过的那些愉快的日子。甚至在遭受"四人帮"

讲真话的书　(1977—1979)

迫害的时候,我还关心地注视着罗马尼亚人民在社会主义建设事业中的巨大成就。中罗两国人民的友谊是长存的。倘使我的小说在罗马尼亚出版能够为中罗友谊大厦添上一砖一瓦,那么我太高兴了。

二月五日上海

一颗桃核的喜剧
——随想录十一

《家》的法译本序在香港《大公报》上发表后，有个朋友写信问我，在按语中提到的沙俄皇位继承人吃剩的一颗桃核的喜剧是怎么一回事。我现在来谈一下。

首先让我从《往事与随想》中摘录三段话来说明这件事情：

> 在一个小城里还举行了招待会，皇位继承人（皇太子）只吃了一个桃子，他把桃核扔在窗台上。官员中间有一个喝饱了酒的高长子马上走出来，这是县陪审官，一个出名的浪子。他从容地走到窗前，拿起桃核放进衣袋里去。
>
> 招待会之后，陪审官走到一位有名的太太面前，把殿下亲口咬过的桃核送给她，太太很高兴地收下了。然后他又到另一位太太那里，又到第三位太太那里——她们都十分欢喜。
>
> 陪审官买了五个桃子，取出了桃核，使得六位太太都非常满意。哪一位太太拿到的桃核是真的？每一位都以为她那颗桃核是皇位继承人留下来的……

在"四害"横行的日子里，这种"喜剧"是经常上演的。不过"皇位继承人"给换上了"中央首长"，或者是林彪，或者是江青，甚至别人，

讲真话的书 （1977—1979）

桃核给换上了别的水果，或者其他的东西如草帽之类。当时的确有许多人把肉麻当有趣，甚至举行仪式表示庆祝和效忠。这种丑态已经超过十九世纪三十年代沙俄外省小城太太们的表演了。我们在某一两部影片中还可以看到它的遗迹。除了这种"恩赐"之外，十多年来流行过的那一整套，今天看起来，都十分可笑，例如早请示，晚汇报，跳忠字舞，剪忠字花，敲锣打鼓半夜游行，等等。

这些东西是从哪里一下子跳出来的？我当时实在想不通。但是后来明白了：它们都是从旧货店里给找出来的。我们有的是封建社会的破烂货，非常丰富！五四时期这个旧货店给冲了一下，可是不久就给保护起来了。蒋介石后来又把它当作宝库。林彪和"四人帮"更把它看作取之不尽用之不竭的宝藏。"四人帮"打起"左"的大旗，大吹批孔，其实他们道道地地在贩卖旧货。无怪乎林彪整天念他的"政变经"，江青整夜做吕后和武则天的梦。"四人帮"居然混了十年，而且越混越厉害，在国际上混到了个"激进派"的称号。这真是滑天下之大稽！想起来既可悲又可痛。

我常常这样想：我们不能单怪林彪，单怪"四人帮"，我们也得责备自己！我们自己"吃"那一套封建货色，林彪和"四人帮"贩卖它们才会生意兴隆。不然，怎么随便一纸"勒令"就能使人家破人亡呢？不然怎么在某一个时期我们会一天几次高声"敬祝"林彪和江青"身体永远健康"呢？

在抗战的八年[①]中我常说自己"身经百炸"，没有给炸死是侥幸。在林彪、"四人帮"干扰破坏"文化大革命"的十年中，我常说自己"身经百斗"，没有"含恨而死"，也是幸运。几乎在每次批斗之后，都有人来找我，或者谈话或者要我写思想汇报，总之他们要我认罪，承认批斗我就是挽救我。我当然照办，因为头一两次我的确相信别人所说，后来我看出批斗我的人是在演戏，我也照样对付他们。在那种场合中我常常想起我小

---

① 抗战的八年，指从七七事变开始的全面抗战。抗日战争从九一八事变开始，时间跨度为十四年。——编者注

孩时期的见闻。我六七岁时候我父亲在四川广元县当县官,我常常"参观"他审案。我一听见有人叫喊"大老爷坐堂!……"我就找个机会溜到二堂上去看。被告不肯讲就挨打。"打小板子"是用细的竹板打光屁股。两个差役拿着小板子左右两边打,"一五一十"地数着。打完了,还要把挨打的人拖起来给"大老爷"叩头,或者自己说或者由差役代说"给大老爷谢恩"。

我当时和今天都是这样看法:那些在批斗会上演戏的人,他们扮演的不过是"差役"一类的角色,虽然当时装得威风凛凛仿佛大老爷的样子。不能怪他们,他们的戏箱里就只有封建社会的衣服和道具。

封建毒素并不是林彪和"四人帮"带来的,也不曾让他们完全带走。我们绝不能带着封建流毒进入四个现代化的社会。我四十八年前写了小说《家》。我后来自我批评说,我反封建反得不彻底。但是那些认为"反封建"已经过时的人,难道就反得彻底吗?

没有办法,今天我们还必须大反封建。

二月十二日

关于《第四病室》
——创作回忆录之三

今天下午去医院看病，回来我忽然想起我的小说《第四病室》，就找出来翻了一下，我又回到抗日战争的日子里去了。

小说是一九四五年上半年在重庆沙坪坝写成的，写的是一九四四年六月在贵阳发生的事情。那一段时期中我在贵阳中央医院一个三等病房的"第三病室"里住了十几天，第二年我就根据自己的见闻写了这部小说。

我还记得一九四四年五六月我在贵阳的生活情况。我和萧珊五月上旬从桂林出发，五月八日在贵阳郊外的"花溪小憩"结婚。我们没有举行任何仪式，也不曾办过一桌酒席，只是在离开桂林前委托我的兄弟印发一份"旅行结婚"的通知。在贵阳我们寂寞，但很安静，没有人来打扰我们。"小憩"是对外营业的宾馆，这是修建在一个大公园里面的一座花园洋房，没有楼，房间也不多，那几天看不见什么客人。这里没有食堂，连吃早点也得走半个小时到镇上的饭馆里去。

我们结婚那天的晚上，在镇上小饭馆里要了一份清炖鸡和两样小菜，我们两个在暗淡的灯光下从容地夹菜、碰杯，吃完晚饭，散着步回到宾馆。宾馆里，我们在一盏清油灯的微光下谈着过去的事情和未来的日子。我们当时的打算是这样：萧珊去四川旅行，我回桂林继续写作，并安排我们婚后的生活。我们谈着，谈着，感到宁静的幸福。四周没有一声人语，但是溪水流得很急，整夜都是水声，声音大而且单调。那个时候我对生活并没有什么要求。我只是感觉到自己有不少的精力和感情,需要把它们消耗。我准备写几部长篇或中篇小说。

我们在花溪住了两三天,又在贵阳住了两三天。然后我拿着我舅父的介绍信买到邮车的票子。我送萧珊上了邮车,看着车子开出车场,上了公路,一个人慢慢走回旅馆。

我对萧珊讲过,我回桂林之前要到中央医院去治鼻子,可能需要进行一次手术。我当天上午就到医院去看门诊,医生同意动手术"矫正鼻中隔",但要我过一天去登记,因为当时没有床位。我等了两天。我在另外一家小旅馆开了一个小房间,没有窗户,白天也要开灯。这对我毫无不便,我只有晚上回旅馆睡觉。白天我到大街上散步,更多的时间里去小旅馆附近一家茶馆,泡一碗茶在躺椅上躺一两小时,因为我也有坐茶馆的习惯,在那里我还可以观察人。

就在这两天中我开始写《憩园》,只是开了一个头。两天以后我住进了医院,给安排在第三病室,也就是外科病室。我退了旅馆的小房间,带着随身带的一个小箱子坐人力车到了医院,付了规定预付的住院费,这样就解决了全部问题。我在医院里住了十几天,给我动了两次手术,第一次治鼻子,然后又转到外科开小肠气。谁也不知道我睡在医院里,我用的还是"黎德瑞"这个假名。没有朋友来探过病,也没有亲人来照料我。贵阳开明书店办事处里有我的熟人,我的信件都由那里收转。我只对他们说我有事去别处。动过手术后的当天,局部麻醉药的药性尚未解除,心里十分难过。但是我在这间有二十几张床位的三等大病房里,并没有感到什么不便,出院的时候,对病房里的医生、护士和病友,倒有一种惜别之情。出院后我先在中国旅行社招待所里住了十多天,继续写《憩园》,从早写到晚,只有在三顿饭前后放下笔,到大街散步休息。三顿饭我都在冠生园解决,早晨喝碗猪肝粥,其余的时间里吃汤面。我不再坐茶馆消磨时间了,我恨不得一口气把小说写完。晚上电灯明亮,我写到夜深也没有人打扰。《憩园》里的人物和故事喷泉似的要从我的笔端喷出来。我只是写着,

讲真话的书 (1977—1979)

写着，越写越感觉痛快，仿佛在搬走压在头上的石块。在大街上散步的时候，我就丢开了憩园的新旧主人和那两个家庭，我的脑子里常常出现中央医院第三病室的情景，那些笑脸，那些痛苦的面颜，那些善良的心……我忘不了那一切。我对自己说："下一本小说就应该是《第三病室》。对，用不着加工，就照真实写吧。"人物有的是，故事也有。这样一间有二十几张病床的外科病房不就是当时中国社会的缩影吗？在病室里人们怎样受苦，人们怎样死亡，在当时的社会里人们也同样地受苦，同样地死亡。

但是我在贵阳写的仍然是《憩园》，而且没有等到完稿，我就带着原稿走了，这次我不是回桂林，我搭上了去重庆海棠溪的邮车。萧珊在重庆两次写信来要我到那里去，我终于改变了主意，匆匆地到了四川。万想不到以后我就没有机会再踏上桂林的土地，因为不久就发生了"湘桂大撤退"的事情。动身前我还再去花溪在"小憩"住了两天。我在寂寞的公园里找寻我和萧珊的足迹，站在溪畔栏杆前望着急急流去的水。我想得多，我也写得不少。我随身带一锭墨，一支小字笔和一叠西式信笺，用信笺作稿纸，找到一个小碟子或者茶碗盖，倒点水，磨起墨来，毛笔蘸上墨汁在信笺上写字很方便，我在渝筑道上的小客栈里也没有停笔。最后在重庆我才写完这部小说，由出版社送给重庆市图书杂志审查处审查。装订成一本的西式信笺的每一页上都盖了审查处的圆图章，根据这个稿本排印，这年十月小说就同读者见面。这些图章是国民党检查制度的最好的说明，我把原稿保留下来，解放后捐赠给北京图书馆手稿部了。

第二年我开始写《第四病室》。没有稿纸，我买了两刀记账用的纸，比写《憩园》时用的差多了，这种纸只能用毛笔在上面写字。我当时和萧珊住在沙坪坝一个朋友的家里，是土地，楼下一大间，空荡荡的，我白天写，晚上也写，灯光暗，蚊子苍蝇都来打扰。我用葵扇赶走它们，继续写下去。字写得大，而且潦草，一点也不整齐。这说明我写得急，而且条件差。我不是在写作，我是在生活，我回到了一年前我在中央医院三等外科病房里过的日子。我把主人公换成了睡在我旁边床上那个割胆囊的病人。

但我只是借用他的病情，我写的仍然是当时用我的眼光看见的一切。当然这不是一个作家的见闻，所以我创造了一个人物陆××（我在这里借用了第六床病人朱云标的本姓），他作为我一个年轻读者给我写了一封信，把我的见闻作为他的日记，这样他就可以睡在我当时睡的那张病床上用我的眼光看病房里的人和事了。

我写得很顺利，因为我在写真实。事实摆在那里，完全按照规律进行。我想这样尝试一次，不加修饰，不添枝加叶，尽可能写得朴素、真实。我只把原来的第三病室同第四病室颠倒一下，连用床位号码称呼病人，我也保留下来了。（我有点奇怪，这不是有点像在监牢里吗？）那几个人物……那个烧伤工人因为公司不肯负担医药费，终于在病房里痛苦地死去；那个小公务员因为父亲患病和死亡给弄得焦头烂额；那个因车祸断了左臂的某器材库员在受尽折磨之后不知由于什么原因得了伤寒病情恶化；还有那个给挖掉一只眼睛的病人，等等，等等，我都是按照真实写下来的，没有概括，也没有提高。但我也没有写出真名真姓，因为我不曾得到别人的同意。既然习惯用病床号数称呼病人，就用不着我多编造姓名了。小说里只有几个名字，像医生杨木华、护士林惜华、病人朱云标，当然都是我编出来的。朱云标的真名，我完全忘记了。我只记得他姓陆，我把他的姓借给日记也就是本段的作者了。可是对他的言语面貌，我还有印象。我初进病房，在病床躺下，第一个同我讲话的就是他。他睡在我左边床上，左臂高高地吊起来，缠着绷带，从肘拐一直缠到手腕，手指弯曲着，给吊在一个铁架上，而铁架又是用麻绳给绑在方木柜上的。这是那位中年医生的创造发明，他来查病或者换药时几次向人夸耀这个。他欣赏铁架，却从来没有注意那个浙江农村青年的灵魂，他的态度给病人带来多少痛苦。在这个病房里病人得用现款买药，自己不买纱布就不能换药，没有钱买药就只有不停地给打盐水针。这个从浙江来的年轻人在家乡结了婚，同老婆合不来，吵得厉害，就跑了出来。后来在这里国民党军队某某器材库工作。有一天他和一个同事坐车到花溪去玩，翻了车，断了胳膊，给送

讲真话的书 （1977—1979）

到陆军医院，然后转到这里。他常常同我谈话，我很少回答。不过我看得出来，他容易烦躁，一直想念他的家乡。他因为身边没有多少钱，不习惯给小费，经常受到工友的虐待。不久他发烧不退，后来查出他得了斑疹伤寒。他是在什么地方传染到斑疹伤寒的呢？医生也说不出。病查出来了，因为没有钱买药，还是得不到及时治疗。他神志不清，讲了好些"胡话"。小说里第八章中他深夜讲的那些话都是真实的，只有给他母亲写信那几句才是我的"创造"。他并没有死，第二天就给搬到内科病房去了。这以后他怎样我完全不知道，也无法打听。

另一个病人是在我眼前死去的，就是那个烧伤工人。他受伤重，公司给了一点医药费，就不管他。在医院里因为他没有钱不给他用药，只好打盐水针，他终于痛苦哀号地死去。他对朋友说："没有钱，我的伤怎么好得了？心里烧得难过。天天打针受罪。……我身上一个钱也没有。他们就让我死在医院里，不来管我！"这些话今天还在烧我的心！他第二天就永闭了眼睛。工友用床单裹好他的尸体，打好结，还高高地举起手，朝着死人的胸膛，把断定死亡的单子一巴掌打下去。旁边一个病人批评说："太过分，拿不到钱，人死了还要挨他一巴掌。"这就是旧社会，这就是旧社会的医院。一九五八年我在上海广慈医院采访抢救钢铁工人邱财康同志的事迹，这一场挽救烧伤工人的生命的战斗得到了全国人民的支援。邱财康同志活下来了。一个夏天的夜晚，我在医院里一个露台上旁听全市外科名医的会诊，专家们为邱财康同志的治疗方案提供意见，认真地进行讨论。我从医院回家，已经相当迟了，一路上我想着一九四四年惨死的烧伤工人，他的烧伤面积比邱财康同志的小得多，可是在过去那样的社会里哪有他的活路！我多么希望他能活到现在。

还有那个小公务员和他的后颈生疮烂得见骨的老父。这一家人从南京逃难出来，到贵阳已经精疲力尽了。儿子当个小公务员，养活一家六口人很不容易，父亲病了将近一个月，借了债才把他送进医院。我亲耳听见儿子对父亲说："你这场病下来，我们一家人都完了。"父亲不肯吃猪肝汤,说:"我吃素。"儿子就说:"你吃素!你是在要我的命。你是不是自己不想活,也不要别人活!"我还听见儿子对别人说:"今天进医院缴的两千块钱还是换掉我女人那个金戒指才凑够的。"又说:"要不是生活这样高,他也不会病到这样;起先他图省钱,不肯医,后来也是想省钱,没有找好医生……"又一次说:"今天两针就花了一千六百块钱。我实在花不起。"过两天父亲不行了,还逼着儿子向一个朋友买墓地,说:"李三爷那块地我看中了的。你设法给我筹点钱吧。我累了你这几年,这是最后的一回了。"他催促儿子马上跑出去找人办交涉。等到儿子回来,就只看到"白白的一张空床板"。父亲给儿子留下一笔还不清的债,古怪的封建家庭的关系拖着这个小公务员走向死亡。虽然无名无姓,在这里我写的却是真人真事,我什么也没有增加。在这小人小事上面不是看得出来旧社会一天天走向毁灭吗?更奇怪的是,这个吃素的老人偏偏生杨梅疮,真是莫大的讽刺!

我不再谈病人了,上面三个人只是作为例子提到的。我还想谈谈那个年轻的女医生杨木华。她并不是真人,真实的只有她的外形,在这本小说里只有她才是我的创作。我在小说里增加一个她,唯一的原因是,我作为一个病人非常希望有这样一位医生,我编造的是我自己的愿望,也是一般病人的愿望。在病房里我见到各种各样的医生,虽然像杨木华那样的医生我还没有遇见,但她的出现并不是不可能的。她并不是"高、大、全"的英雄人物。她不过是这样一位年轻医生:她不把病人看作机器或者模型,她知道他们都是有灵魂、有感情的人。我在三等病房里住了十几天,我朝夕盼望的就是这样一位医生在病房里出现。我写这部小说的时候,我也曾这样想过:通过小说,医生们会知道病人的愿望和要求吧。所以我写了杨木华。我说:在这种痛苦、悲惨的生活中闪烁着的一线亮光,那就是一个善良的、热情的年轻女医生,她随时在努力帮助别人减轻痛苦,鼓舞别人

讲真话的书 (1977—1979)

的生活的勇气,要别人"变得善良些,纯洁些,对人有用些……"①

但是像这样一位医生在当时那个社会,当时那个医院里,怎么能长久地生活下去,工作下去呢?所以我给她安排了一个在金城江大爆炸中死亡的结局:"一个姓杨的女大夫非常勇敢而且热心地帮忙着抢救受难的人……她自己也死在连续三小时的大爆炸中。"后来我编印文集,一九六〇年底在成都校改这部小说,我自己也受不了那个悲惨的结局,我终于在《小引》里增加了一小段,暗示杨大夫到了四川改名"再生",额上还留着一块小伤疤。她活着,我也感到心安了。

其实我也仔细想过:为什么杨大夫就不能在那个医院里工作下去呢?她当时不过是医科大学(湘雅医学院)的学生、实习医生。她要改变思想和她的生活方式,总得在碰了无数次钉子之后,在她离开学校做了多年医生之后。根据我的经验,哪怕旧社会是多大的染缸,要染黑一个人,也不是容易的事。杨大夫的确应当活下去、工作下去。

小说写完了,出版了……在"四害"横行的时期,它受到了严厉的批判,给戴上了"毒草"的帽子。这是无足怪的。我接受批判时,心安理得。我看出来我的确和"四人帮"那一套"对着干"。我希望医生把病人当朋友,"四人帮"之流却把病人当敌人,在医院里实行"群众专政"。在一段长时间里,好几年吧,我没有去医院看病,因为我不愿意先到群众专政组去登记,不愿意让别人在我的医疗卡或病历卡上加批"反动学术权威"或者"无产阶级专政的死敌"等字样。友人王西彦纪念魏金枝的文章里有这样的话:"当病人被送到医院急诊室时,医生看到是个气喘吁吁的老人,原来态度是很积极的,可是等到机关去了人以后,大概知道病人是个'靠边'的,医院里的态度就变了。"这是一九七二年底的事,就在这之前四个月,萧珊患肠癌在上海某医院"动手术",她一个人住院治病,却需要动员全家的人轮流看护、照顾,晚上也得有人通宵值班。萧珊病情

---

① 见我的文集第十三卷的后记。

恶化，我们要求医院代请一位较有经验的护理人员，医院也毫无办法。看来一个人生重病就可能拖垮一家。对"四人帮"之类搞的那种让病人（或及其家属）自力更生的办法，即使在当时我也想不通。我守在萧珊的病榻旁边，等待她需要我做什么事的时候，我几次想起了一九四四年在贵阳医院里的一段经历。难道我是在做梦？难道我没有写过一本叫作《第四病室》的小说？难道我写的真实是假话？当时我一个人睡在病床上甚至在开刀后不能动弹的时刻，没有家属照顾，也不要我自力更生，我居然活下来了。

今天是萧珊逝世后六年零八个多月[①]，想到她在上海医院中那一段经历，我仍然感到心痛。大概没有人再相信"四人帮"之类的胡说了吧。现在重读三十五年前我写的中篇小说，我还有一种和老友重见的感觉。重读它我更加热爱生活，它仍然鼓舞我前进，鼓舞一个七十五岁的老人前进。即使我前面的日子已经很有限、很有限了，我还是在想："怎样变得善良些，纯洁些，对别人有用些。"

我怀念当时第三病室的医生、护士和病友。

三月

[①] 一九七九年八月十三日萧珊逝世七周年纪念日。

关于丽尼同志
——随想录十二

半年前我写过一篇创作回忆录《关于〈春天里的秋天〉》，谈了一些郭的事情。其实关于郭可谈的事不少，我虽然同他相知不深，可是我的脑子里至今还保留着这个善良人的形象。他的才能没有得到很好的发展，我常常这样想。倘使他有充足的时间，倘使他能够关起门来写作，他一定会给我们留下不少的好作品。我在这里用了"关起门来写作"这个词组，并没有特殊的意义，我只是想说不受到干扰。而在郭，这就是生活上的干扰。在抗日战争爆发以后，上海的小家庭给打掉了，他为了一家人的生活，东奔西跑，最后到国民党政府机关里工作，混一口饭吃。朋友分散了，刊物停了，没有人向他约稿逼稿，他写好文章也不知道该寄到哪里去换稿费。我同他失去联系大约一年的光景，忽然在桂林的街头遇见了他。我是从广州"逃难"到桂林的。他跟着机关从湖南某地迁往四川，经过这里，暂时住在旅馆里面。我们交谈了几句，听见警报声，就匆匆地分别了。当时我准备在桂林复刊《文丛》，向他拉稿，他答应把身边写好的稿子给我。第二天早晨他到东郊福隆街我住的地方来找我，把一篇散文放在桌上。他说，还有好几篇文章，打算校改后全交给我。他还说，他翻译了契诃夫的几个剧本，译稿都带来了。我们正谈得高兴，警报的汽笛声又响了起来。我们一起从后门出去躲避。我们这次到了月牙山。在山上庙里看见敌机向城内投弹，看见大股上升的尘土，看见火光。郭担心他的行李，他估计他住的旅馆就在中弹的地区。警报刚解除，他急匆匆下山去。我后来进了城去找他。但是路给拦住了，走不过去。这次大概是这座古城第二次遭到大轰炸，街上乱糟糟的。

下午我进城去找郭。我到了他住的那个旅馆，眼前只有一大堆还在冒烟的瓦砾。他也来了。他想在瓦砾堆里找寻他的东西。有两三个老妈妈和中年人也在挖掘什么。他看见我，摇摇头说："烧光了。"我问他："怎么办？"他笑了笑，说："今天就走，都准备好了。我来看一下。"他的笑中带了点苦味。我问："稿子呢？"我感到留恋，又感到茫然。他说："反正现在没有用，没有人要，烧了也就算了。"我心里难过，知道他也不好过。我还记得一九三三年年尾到一九三四年年初我带着他的散文到北平，终于把它介绍给靳以在《文学季刊》里发表了一组，后来又介绍给上海的黄源在《文学》月刊里发表了另一组，然后在一九三五年底在上海出版了他的第一个散文集《黄昏之献》，我不仅是丛书的主编，我还是这本集子的校对人。我这样做，只是因为我喜欢他的散文，我甚至想说他的散文中有值得我学习的地方。在《黄昏之献》以后，我还编印了他的两本散文集《鹰之歌》和《白夜》。我准备着编辑他的第四本散文集子。"烧了也就算了。"短短的一句话，仿佛迎头给我一瓢冷水。但是我摇了摇头，我说："不要紧，你再写。你写了给我寄来。"

这一天他离开了桂林。我回到福隆街的老式屋子里，摊开他给我送来的手稿，我读着：

……我记得，在一次夜行车上，我曾经一手搂着发热的孩子，用另一只手在一个小小的本子上，握着短短的铅笔，兴奋而又惭愧地，借着月光，写下了几个大字：

"江南，美丽的土地，我们的！"……

我几乎要叫出声来。他写得多好啊！我记得就在我来桂林之前在广州

讲真话的书　(1977—1979)

市一个码头，雇小艇转到我们租赁的木船，小艇沿着沙面缓缓地流去，岸上的景物开始变为模糊，我用留恋的眼光看那些熟悉的街道，和熟悉的房屋，我不敢想象敌军进城以后它们的"命运"，我不停地在心里说："广州，美丽的土地，我们的！"那个时候我多么爱这个我们就要失去的美丽的城市！那个时候我才懂得它是多么美丽，多么牵系着我的心。

短短的一句话里包含着多么深、多么丰富的感情。在抗战的年代里我不知道多少次反复说着这一句话，我常常含着眼泪，但是我心里燃起了烈火。甚至就在那些时候我也相信我们美丽的土地是敌人夺不走的。一九四七年八月我从台北坐车去基隆，在那里搭船回上海，小车飞驰着，南国的芳香使我陶醉，一切是那么明亮，那么茂盛！我上了船，望着美丽的海港渐渐退去、朋友们挥动的手终于消失的时候，我立在甲板上，身子靠着栏杆，摇着手，低声说："台湾，美丽的土地，我们的！"我在一九五九年四月写的一篇庆祝上海解放十周年的文章里，还用了这样一个题目：《上海，美丽的土地，我们的！》今天单单念着这个题目，我就十分激动。我在文章的开头写着：

　　一九三八年一个初冬的夜晚，在桂林郊外的一间平屋里，一位朋友交给我他一篇散文的原稿，我激动地读着那个题目：《上海，美丽的土地，我们的！》……

这里写的是"初冬的夜晚"，和我在前面写的"第二天早晨"相矛盾，现在记起来，应当是"早晨"。而且我最近借到了《文丛》第二卷合订本，重读了我提到的那篇散文，它的题目原来是《江南的记忆》。我把这篇散文发表在《文丛》第二卷五、六期合刊上，我当时在桂林就只编印了这一册刊物。至于《文丛》第二卷第四期还是在广州排好的，刊物来不及付印，广州就受到敌军的围攻，我带着纸型逃到桂林。刊物的主编靳以早去了四川，大部分稿子，还是他留下来的。

我在桂林印出两期《文丛》，后来经过金华、温州回到上海，在文化生活出版社工作的朋友看到新的刊物，就在上海租界里重新排印出版了合订本，印数仅一千册，送了十多本给我。一九四〇年七月我离开上海经海防去昆明的前几天，忽然听说日军要进租界搜查，我一天得到几次在报馆工作的朋友们的电话。从下午起我燃起火炉，烧信烧书，一直烧到深夜，剩下的七八本《文丛》合订本全烧了。倘使借不到这本书，我今天还弄不清楚那篇散文的题目。

以后我在重庆、在上海还看见郭。他重新翻译了契诃夫的剧本。可是他始终摆脱不了国民党政府机关里的工作，为了他一家人的生活，他默默地拖下去，混下去。全国解放后，他起初在武汉，后来在北京工作。我在北京见过他多次，他讲话很少，只是默默地微笑着，偶尔讲两句有关翻译工作的话，很少谈起散文。他重新翻译了屠格涅夫的长篇小说《前夜》和《贵族之家》，他还校改了陆蠡翻译的小说《罗亭》。

我等待他的第四本散文集，白白地等了多年。《江南的记忆》以后他似乎再也没有写过散文了。他为什么沉默呢？为什么不争取一个机会写出他心里的感情，他热爱社会主义祖国、热爱新社会的感情呢？可能是过去那一段时期的生活像一个包袱重甸甸地压在他的肩上，他感到举步艰难。他从事电影艺术书刊的翻译。他响应号召去广州担任华侨学生的教师，一九六八年他在"劳动改造"中突然倒在地上，心脏停止了跳动。十年以后，一九七八年，广州暨南大学开追悼会，宣布了对他的历史的审查结论，给他恢复了名誉。

在我"靠边"的期间有人从广州来"外调"郭的事情，我所知有限，他不曾做过什么惊天动地的大事，谈起来，他只是一个心地善良的老好人，一个清清白白、寻寻常常的人。但是他的默默的死亡对我们的文学事业也是一个损失。倘使他能留下一本、两本新的散文，那有多好啊！

"江南，美丽的土地，我们的！"这样响亮的声音，这样深厚的感情！我永远忘记不了《江南的记忆》的作者。

讲真话的书 （1977—1979）

郭的名字是安仁。他发表文章，用了一个奇怪的笔名：丽尼。这是他幼小时候一个女友的名字，这个外国女孩早早地死去了，为了纪念她，他写了《月季花之献》《失去》等散文，还把她的名字的译音作为自己的笔名。……

我在前面提到的那个主张翻印《文丛》第二卷合订本的友人是雨田，她几个月后就离开上海，后来到了福建永安，同黎烈文结了婚。抗战胜利后他们夫妇去了台湾。一九四七年我去台湾旅行曾到台北他们家做客，当时烈文在台湾大学教书。三年前我听说烈文病故，家境萧条，友人建议为他们的子女教育费用募款，雨田拒绝接收。去年我在北京见到在报馆工作的朋友，他证实了这个消息，说雨田表现得很坚强。分别二十二年，我非常惦记她。台湾回归祖国，我相信这绝不是梦想。我一定会看到它成为现实。只要有机会我愿意再到台湾旅行。一九四七年因为大雨冲坏了公路，我没有能去风景如画的日月潭，至今感到遗憾。倘使能再一次踏上美丽的南国宝岛，这将是我晚年莫大的幸福。

三月九日

五四运动六十周年
——随想录十四

　　诗人田间来信："五四六十周年快到，《河北文艺》希望有您一篇短文，题目由您自己决定……"

　　读到这封信我才想起今年是五四运动的六十周年。六十年前的事情仿佛还在眼前，那个时候我还是十五岁的孩子。一眨眼，我就是七十五岁的"老朽"了。六十年，应该有多大的变化啊！可是今天我仍然像在六十年前那样怀着强烈的感情反对封建专制的流毒，反对各种形式的包办婚姻，希望看到社会主义民主的实现。六十年前多少青年高举着两面大旗：科学与民主，喊着口号前进。我如饥似渴地抢购各种新文化运动的刊物，一句一行地吞下去，到处写信要求人给我指一条明确的出路，只要能推翻旧的，建设新的，就是赴汤蹈火，我也甘愿。和我同时代的许多青年都是这样，虽然我们后来走上了不同的道路。我们是五四运动的产儿，是被五四运动的年轻英雄们所唤醒、所教育的一代人。他们的英雄事迹拨开了我们紧闭着的眼睛，让我们看见了新的天地。可以说，他们挽救了我们。

　　不管怎样，历史总是篡改不了的。我得为我们那一代青年说一句公道话。不论他们出身如何，我们那一代青年所追求的是整个国家、民族的出路，不是个人的出路。在"四害"横行最黑暗的日子里，我之所以不感觉到灰心绝望，因为我回顾了自己六七十年间走过的道路，个人的功过是非看得清楚，不仅我自己讲过什么、做过什么，我不曾完全忘记，连别人讲

讲真话的书 （1977—1979）

过什么、做过什么，我也大致记得。"四人帮"要把我一笔勾销，给我下种种结论，我自己也写了不少彻底否定自己的"思想汇报"和"检查"。有一个时期我的确相信别人所宣传的一切，我的确否定自己，准备从头做起，认真改造，"脱胎换骨，重新做人"。后来发觉自己受了骗，别人在愚弄我，我感到短时间的空虚。这是最大的幻灭。这个时期我本来可以走上自杀的道路，但是我的爱人萧珊在我的身边，她的深厚的感情牵系着我的心。而且我还有各种要活下去的理由。不久我的头脑又冷静下来。我能分析自己，也能分析别人。即使受到"游斗"，受到大会批判，我还能分析、研究那些批判稿，那些发言的人。渐渐地我的头脑清醒了。"文化大革命"使我受到极其深刻的教育。

林彪和"四人帮"干扰、破坏"文化大革命"的十一年是一个非常的时期，斗争十分尖锐、复杂，而且残酷，人人都给卷了进去，每个人都经受了考验，什么事都给推上了顶峰，让人看得一清二楚。人人都给逼上了这样一条路：不得不用自己的脑筋思考，不能靠贩卖别人下的"结论"和从别处搬来的"警句"过日子。今天我回头看十一年中间自己的所作所为和别人的所作所为，实在可笑，实在幼稚，实在愚蠢。但当时却不是这样看法。今天有人喜欢表示自己一贯正确，三十年，甚至六十年都是一贯正确。我不大相信。我因为自己受了骗，出了丑，倒反而敢于挺起胸来"独立思考"，讲一点心里的老实话。我在"文化大革命"中有很大的收获，"四人帮"之流贩卖的那批"左"的货色全部展览出来，它们的确是封建专制的破烂货，除了商标，哪里有一点点革命的气味！林彪、"四人帮"以及什么"这个人""那个人"用封建专制主义的全面复辟来反对并不曾出现的"资本主义社会"，他们把种种"出土文物"乔装打扮硬要人相信这是社会主义。他们为了推行他们所谓的"对资产阶级的全面专政"，不知杀了多少人，流了多少血。今天我带着无法治好的内伤迎接五四运动的六十周年，我庆幸自己逃过了那位来不及登殿的"女皇"的刀斧。但是回顾背后血迹斑斑的道路，想起十一年来一个接一个倒下去的朋友、同志和陌生人，我用什么来安慰死者、鼓励生者呢？说实话，我们这一代人并没有完成反封建的任务，也没有完成实现民主的任务。一直到今天，我和人们接触、谈话，也看不出多少科学的精神，人们习惯了讲大话、讲空话、讲废话，只要长官点头，一切都没有问题。

难道真的就没有问题吗？我手边还有不少年轻读者的来信，控诉包办婚姻的罪恶，十一年中有多少年轻的生命在不合理的安排下憔悴地死去。今天还应当大反封建，今天还应当高举社会主义民主和科学的大旗前进。上一代没有完成的任务下一代一定能够完成。我说过，现在是"四五"运动英雄们的时代，在这一代青年英雄的身上寄托着我们的希望。过去没有解决的问题将由他们来解决。四个现代化的宏图也将由他们努力来实现。我们要爱护他们。愿他们吸取过去的教训，愿他们不要再走我们走过的弯路，愿他们取得彻底的胜利！……

我在《河北文艺》上发表文章，这将是第二次。前一次是在一九六一年，当时刊物的名字是《河北文学》。那一次是远千里同志来信约稿。当时我在黄山度夏，写了一个短篇《飞吧，英雄的小嘎嘶！》，给他寄去。

我在一九六〇年第三次全国文代会上认识了远千里同志。大会闭幕以后我全家去北戴河小住，几次见到远千里同志，就相熟了。有一次我十岁的儿子晕车，不巧吐了他一身，我们非常抱歉，可是他没有露出半点厌烦的样子。离开北戴河，我还在北京一个旅馆的饭厅里遇见他一次。我们在一起开会，他身体不大好，讲话不多。以后他寄给我一本他的诗集《三唱集》。十几年没有同他通信，也不知道他的近况。去年五六月在北京出席文联全委扩大会议，我也没有见到他。后来在《人民文学》九月号上读到孙犁同志的《远的怀念》，才知道他"终于轻掷了自己的生命"。今年二月十七日他的"平反昭雪追悼会"在石家庄举行，他的骨灰有了适当的安放地方。他"无负于国家民族，无负于人民大众"[1]，可以毫无遗憾地闭

---

[1] 引自《远的怀念》。

上了眼睛。但是这样"一个美好的、真诚的、善良的灵魂"[1]是任何反动势力所摧毁不了的,他要永远徘徊在人间。

三月十三日

---

[1] 引自《远的怀念》。

三次画像
——随想录十三

不久前画家俞云阶来看我，高兴地告诉我，他的问题解决了。我也替他高兴。我知道他说的"解决"不是指十一年中冤案的平反，不是指知识分子政策的落实，这些应当早解决了，他的公民的权利，也早已恢复了。他讲的是，给划为"右派分子"的错案现在得到了彻底的改正，是非终于弄清了。他摔掉了压在头顶上整整二十二年的磐石，可以昂起头来左顾右盼，他当然感到轻松。他愉快地谈他的计划，他打算做不少的工作。我觉得他还有雄心壮志，他是一个一直往前看的人。

送走了这位画家以后，我还在想他的事情。去年九月香港《文汇报》的《百花周刊》上发表了画家的一篇短文《三次为巴金画像》。他讲的是事实，我和他之间的友谊是跟画像分不开的。

我本来连他的名字也不知道。有一天当时中国美术家协会上海分会的负责人赖少其同志对我说，要介绍一位画家来给我画像，我们约好了时间，到期俞云阶同志就来了。这是我第一次看见他。人似乎很老实，讲话不多，没有派头或架子，有一种艺术家的气质。我记得就在我楼下的客厅里，他花了四个半天吧，我坐在椅子上打瞌睡，一点不觉得麻烦。油画完成了，他签了名送给我，我感谢他，把画挂在我的工作室的墙壁上。说实话，我并不喜欢这幅画像，但这不能怪画家，我自己拿着书在打瞌睡嘛。对画家本人，我倒有好感。

讲真话的书 （1977—1979）

这是一九五五年十月的事。以后我似乎就没有再看见画家了，也不曾去找过他。反正运动一个接一个，不管你是什么家都得给卷了进去，谁还有时间去找不怎么相熟的人聊天呢！反右斗争过后，我才听说俞云阶同志给戴上了右派帽子。我当时就觉得奇怪，他倒像一个不问政治的书呆子，怎么会向党猖狂进攻呢？然而那个时候连我也不愿意做上钩的"鱼"，对俞云阶同志的事情只好不闻不问，甚至忘记了他。日子就这样过去了。

但是那幅油画像还挂在我的工作室里，一直到"文化大革命"开始，我"靠了边"、等待造反派来抄家的时候，我才把它取下，没有让造反派看见，因此它也给保存下来了。前年（一九七七）五月二十三日我出席上海文艺界的座谈会，在友谊电影院门口遇见画家，我高兴地同他握手，告诉他："你二十二年前给我画的像，现在还在我家里，好好的一点也没有损坏！"这的确不是一件寻常的事。这十一年里我认识的人中间，哪一家不曾给造反派或红卫兵抄家几次？有关文化的东西哪一样在"浩劫"中得到保全？我烧毁了我保存了四十年的我大哥的一百多封书信和保存了三十五年的我大哥绝命书的抄本（这是我请我九妹代烧的），但是我竟然保全了这幅"反动权威"的"反动"画像，连我自己也感到意外！

我老了。画家也变了，他似乎胖了些，矮了些，也更像艺术家了。他亲切地微笑道："我再给你画一次，好不好？"

座谈会结束以后，画家有一天到我家来做客，谈起画像的事，他说："上次给你画像，我还年轻，现在比较成熟些，你也经受了这一次的考验，让我再给你画一幅像，作个纪念。"我同意了。他又说："在你这里干扰多，还是请你到我家里去，只要花半天时间就行了。"他还说："你还是穿这件蓝布上衣，连胡子也不要刮。"

我按照约定的时间到他的家。的确是一位油画家的画室。满屋子都是他的画，还有一些陈设，布置得使人感到舒适。我只坐了一个半小时，他的画完成了。那天是六月四日，他说："就为五·二三吧。"过了一个星期，画家夫妇把油画像给我送来了，我们把这幅新画挂在我那间封闭了

一九七九年

十年、两个月前才开锁的工作室的墙壁上。画家看了看画,还加上一句解释:"你这是在五·二三座谈会上控诉'四人帮'的罪行。"我觉得他说得好。

这幅画像在我家里已经挂了将近两年,朋友们看见它,都说不像,说是脸长了些,人瘦了些。可是我喜欢它。我觉得它表现了我当时的精神状态,我在控诉,我愤怒。我就是这样。

但画家似乎有不同的看法,过了几个月他又来向我建议,要给我再画一幅肖像,要把我"真实的炽烈的心情写进画面"[①],要画出一个焕发青春的老作家来。他的好意和热情使我感动,我不便推辞,就答应了。其实我对一般人所谓"焕发了革命的青春"另有自己的看法。从去年四月七日起他带着画稿到我家里来。正如他自己所说,在我的工作室里"足足耗上了六个半天"。他相当紧张,真是付出了辛勤的劳动。

他的画完成了,送到华东肖像画展览会去了。我向他道贺,可是我仍然说,我更喜欢那幅油画头像。我祝贺他成功地画出了他的精神状态,表现了他的"愉快",他的"勤奋",他的"对我们这个时代的信心"。他画的不一定就是我,更多的应当是他自己。我不过是画家的题材,在画面上活动的是画家的雄心壮志,画家对我们这个时代、对我们社会主义祖国的深厚感情。站在这幅画前面,我感到精神振奋。画家更成熟了,更勤奋了,对自己的艺术创作更有信心了。

两年来我常常听见人谈起"焕发了革命的青春",有时指我,更多的时候是指别人。拿我来说,我考虑了几个月,找得到一个结论:我不是"焕发了青春",也不是"老当益壮"。我只能说,自己还有相当旺盛的生命力,"四害"横行的时期,我的生命力并未减弱、衰退,只是我不能工作,不得不在别的方面消耗它。那个时期,"四人帮"及其余党千方百计不要我多活,我却想尽方法要让自己活下去。在这场我要活与不要我活

[①] 见俞云阶:《三次为巴金画像》(香港《文汇报·百花周刊》)。

讲真话的书 (1977—1979)

的斗争中，没有旺盛的生命力是不行的。"四人帮"给粉碎以后，我的生命力可以转移到别的方面，我可以从事正常的工作和写作，我当然要毫无保留地使出我全身的力量，何况我现在面对着一个严酷的事实：我正在走向衰老和死亡。把想做的事都做好，把想写的作品全写出来，使自己可以安心地闭上眼睛，这是我最后的愿望。因此今天鼓舞我奋勇前进的不仅是当前的大好形势，还有那至今仍在出血的我身上的内伤。老实说，我不笑的时候比笑的时候更多。

那天云阶同志走了以后，我关上大门，在院子里散步，还在想他的事情。我忽然想起王若望同志的一句话："他生活困难到了不名一文的地步。"①这是讲云阶同志那一段时期的生活的。我以前完全不知道。看来，他真坚强。两年来同他的接触中我一直没有感觉到一九五七年给他投下的阴影，我始终把第三次肖像画上的笑容看作他自己衷心愉快的欢笑。现在一句话说出了画家二十二年中间悲惨的遭遇和所受到的种种歧视。"右派分子！""摘帽右派！"将来不会再有什么"改正了的错划右派"这顶帽子吧。那么这样一位有才华的艺术家所身受的种种不公平的待遇也应当从此结束了。

三月十七日

---

① 引自王若望：《画外音》（上海《解放日报》一九七九年三月十一日）。

小人，大人，长官
——随想录十五

有一个时期，在我们的小孩中间养成了一种习惯：看电影、看戏，或者听人讲故事。只要出来一个人，孩子就要问：好人？坏人？得到了回答，他们就放心了。反正好人做好事，坏人做坏事，善有善报，恶有恶报。这样就用不着他们操心了。

当时我们这些所谓大人常常笑孩子们"头脑太简单"，认为自己很知道"天下事本来太复杂"。其实不见得，"大人"简单化起来，也会只是在"好人""坏人"这两个称呼上面转来转去。因此林彪谈"好人打坏人""坏人打好人"那一套，就很有市场。明明是胡说八道，却有人把它们当作"指示"。不知道是真相信，还是假相信，甚至是不相信，更可能是没有考虑过真假和信与不信，总之长官说了就算数，用不着自己动脑筋。张春桥、姚文元说"巴金是坏人"，他当然就是坏人。有一个时期，好几年吧，我就是坏人。大家都把我当作坏人，不但全上海，甚至全国都把我当作坏人。只有我的爱人有时候还说我不是坏人。有一回我看见她给一个朋友的孩子写信说："我不相信李伯伯是坏人。"熟人中也有人不把我当坏人看，但他们自己也给当作坏人关进"牛棚"了。我记得萧珊对我讲过一个笑话：朋友的儿子问他妈妈怎么坏人都是老头子，因为他妈妈带孩子到机关来，看到我们这些作家受批斗或者站在草地上"示众"，自报罪行，我们或则满头白发，或则头发花白，或则秃头，在孩子的眼里

讲真话的书　（1977—1979）

都是老朽。这个笑话萧珊当时是带着痛苦的表情讲出来的。为什么我们一下子都变了坏人呢？就拿我来说，我还是选出来的这个作家协会分会的主席呢！说穿了，理由也很简单：小孩相信大人，大人相信长官。长官当然正确。多少年来就是这样。长官说你是坏人，你敢说你不是坏人？对长官的信仰由来已久。多少人把希望寄托在包青天的身上，创造出种种离奇的传说。还有人把希望寄托在海青天的身上，结果吴晗和周信芳都"含恨而亡"。一九六一年底或一九六二年初我在海南岛海口市也曾访过海瑞墓，幸而我没有写文章发议论，不然我早就跟吴、周两位一起走了，轮不到我在这里饶舌。

说实话，对包青天、海青天我都暗暗钦佩。不过我始终有个疑问：青天一个人就能解决问题？我常常想：倘使我自己不争气，是个扶不起的阿斗，事事都靠包青天、海青天，一个青天，两个青天，能解决多少问题呢？即使真有那么一个"青天"，他要是没有一批实干、苦干的得力干部，要是没有真心支持他的广大群众，单单靠一个好人、一番好意，会有什么样的结果呢？

相信好人也罢，相信长官也罢，二者其实是一样。总之，把自己的命运交给别人，甚至交给某一个两个人，自己一点也不动脑筋，只是相信别人，那太危险了。碰巧这一两个人是林彪、江青之类，那就更糟了。好人做好事，不错；好人做错事，怎么办？至于坏人呢？坏人做起坏事来，不只是一件、两件啊！

一九七〇年或者七一年我在文化系统的"五七"干校里参加过一个批判会，挨斗的是两个音乐界的"反革命分子"。其中一个人的反革命罪行是，他用越剧的曲调歌颂江青。据说江青反对越剧，认为越剧的曲调是"靡靡之音"，这个人用江青反对的曲调歌颂江青，就是侮辱江青，就是"攻击无产阶级司令部"。理由实在古怪、滑稽，但事实确是这样。在这次批判会上并不见江青出席讲话，也没有人代念她的"书面发言"。讲话的还是在干校里常见的那些人，他们今天可能还活跃。这是可以理解的，

一九七九年

谁能说自己一贯正确呢？既然我们相信长官，长官把我们带到哪里，我们就只好跟到哪里。长官是江青，就跟着江青跑，长官是林彪，就"誓死保卫"，甚至跳忠字舞，剪忠字花。难道这是一场大梦吗？

现在总算醒过来了。这十多年并不是白白过去的。经过这样的锻炼和考验之后，我们大概比较成熟了吧，我们不再是小孩了，总得多动脑筋，多思考吧。

三月二十八日

再访巴黎
——随想录十六

一个半月没有记下我的"随想",只是因为我参加中国作家代表团到法国去访问了将近三个星期。在巴黎我遇见不少人,他们要我谈印象,谈观感。时间太短了,走马看花,匆匆一瞥,实在谈不出什么。朋友们说,你五十多年前在巴黎住过几个月,拿过去同现在比较,你觉得变化大不大。我不好推脱,便信口回答:"巴黎比以前更大了,更繁华了,更美丽了。"这种说法当然"不够全面"。不过我的确喜欢巴黎的那些名胜古迹,那些出色的塑像和纪念碑,它们似乎都保存了下来。偏偏五十多年前有一个时期我朝夕瞻仰的卢梭的铜像不见了,现在换上了另一座石像。是同样的卢梭,但在我眼前像座上的并不是我所熟悉的那个拿着书和草帽的"日内瓦公民",而是一位书不离手的哲人,他给包围在数不清的汽车的中间。这里成了停车场,我通过并排停放的汽车的空隙,走到像前。我想起五十二年前,多少个下着小雨的黄昏,我站在这里,向"梦想消灭压迫和不平等"的作家,倾吐我这样一个外国青年的寂寞痛苦。我从《忏悔录》的作者这里得到了安慰,学到了说真话。五十年中间我常常记起他,谈论他,现在我来到像前,表达我的谢意。

可是当时我见惯的铜像已经给德国纳粹党徒毁掉了,石像还是战后由法国人民重新塑立的。法国朋友在等候我,我也不能像五十二年前那样伫立了。先贤祠前面的景象变了,巴黎变了,我也变了。我来到这里,不再感到寂寞、痛苦了。

我在像前只立了片刻。难道我就心满意足，再没有追求了吗？不，不！我回到旅馆，大清早人静的时候，我想得很多。我老是在想四十六年前问过自己的那句话："我的生命要到什么时候才开花？"这个问题使我苦恼，我可以利用的时间就只有五六年了。逝去的每一小时都是追不回来的。在我的脑子里已经成形的作品，不能让它成为泡影，我必须在这一段时间里写出它们。否则我怎样向读者交代？我怎样向下一代人交代？

一连三个大清早我都在想这个问题，结束访问的日期越近，我越是无法摆脱它。在国际笔会法国分会的招待会上我说过，这次来法访问我个人还有一个打算：向法国老师表示感谢，因为爱真理、爱正义、爱祖国、爱人民、爱生活、爱人间美好的事物，这就是我从法国老师那里受到的教育。我在《随想录》第十篇中也说过类似的话。就在我瞻仰卢梭石像的第二天中午，巴黎第三大学中文系师生为我们代表团举行欢迎会，有两位法国同学分别用中国话和法国话朗诵了我的文章，就是《随想录》第十篇里讲到我在巴黎开始写小说的那一大段。法国同学当着我的面朗诵，可能有点紧张，但是他们的态度十分友好，而且每一句话我都听得懂。没有想到在巴黎也有《随想录》的读者！我听着。我十分激动。我明白了。这是对我的警告，也是对我的要求。第一次从法国回来，我写了五十年（不过得扣除被"四人帮"夺去的十年），写了十几部中长篇小说；第二次从法国回来，怎么办？至少也得写上五年……十年，也得写出两三部中长篇小说啊！

在巴黎的最后一个清晨，在罗曼·罗兰和海明威住过的拉丁区巴黎地纳尔旅馆的七层楼上，我打开通阳台的落地窗门，凉凉的空气迎面扑来，我用留恋的眼光看巴黎的天空，时间过得这么快！我就要走了。但是我不会空着手回去。我好像还有无穷无尽的精力。我比在五十年前更有信心。我有这样多的朋友，我有这样多的读者。我拿什么来报答他们？

我想起了四十六年前的一句话："就让我做一块木柴吧。我愿意把自

讲真话的书 *（1977—1979）*

己烧得粉身碎骨给人间添一点点温暖。"（见《旅途随笔》）我一刻也不停止我的笔，它点燃火烧我自己，到了我成为灰烬的时候，我的爱、我的感情也不会在人间消失。

五月二十二日

《往事与随想》译后记（二）

今年四月出版社把《往事与随想》中译本第一册的校样送到我这里，过两天我就动身去北京，做赴法访问的准备。五月我在巴黎旅馆里两次会见赫尔岑的外曾孙，在巴斯德学院工作的诺艾尔·利斯特博士和他的夫人（五月二日和九日），第二次他还介绍我认识他的兄弟莱翁纳尔。

我重访巴黎的时候，脑子里并没有诺·利斯特这个人。可是他在报上看见我到达巴黎的消息，就主动地跟我联系，到旅馆来看我。他第一次看见我仿佛看见亲人一样。我也有一见如故的感觉。我们谈得很融洽，主要谈赫尔岑的事情。他送了我一些有关的资料和书籍，还送给我一九六八年在伦敦重印的《往事与随想》英译本新版改订本四大册。他又介绍《往事与随想》的法译本译者达利雅·奥立维叶同我会见，并且让她带来她的法译本前两册（一九七四——一九七六年在瑞士出版）。他知道我去尼斯扫赫尔岑墓，便打电话通知他的亲戚安·昂孚大夫在公墓等候我，要他向我说明赫尔岑夫妇葬在尼斯的一些情况。

在我返国的前一天中午，我有别的活动，刚刚走出旅馆，诺·利斯特先生在后面追了上来，交给我一封信和赫尔岑的彩色画像的照片。像是赫尔岑的大女儿娜达丽绘的，现在在他的家里。他特地为我把画像拍摄下来。信上还说，画像的黑白照片取到后就直接寄往上海，我可以在我的译本中采用。……

我和这位和善的老人分别不过三个星期，他的亲切的笑容还在我的眼

讲真话的书 (1977—1979)

前，我刚刚根据他给我的资料校改了《往事与随想》中译本第一册的校样，我每看完一章抬起头来，好像这位老人就在旁边偏着头对我微笑，甚至在凉风吹进窗来的深夜，我也感觉到他的微笑带给我的暖意。我感谢他的深情厚谊。我和他同样热爱的赫尔岑的著作、同样珍贵的赫尔岑的纪念把我们紧密地联结在一起，中法两国人民的友谊把我们紧密地联结在一起。

《往事与随想》中译本第一册出版了。这只是一件巨大工作的五分之一，要做完全部工作，还需要付出更辛勤的劳动。我有困难，但是我有决心，也有信心。敬爱的远方的朋友，您的微笑永远是对我的工作的鼓励。我常常想您的帮助，我决不放下我的笔。让我再一次紧紧握着您的手。

五月三十日

诺·利斯特先生
——随想录十七

前天看完《往事与随想》中译本第一部的校样，我又写了一篇后记，现在摘录在下面：

……五月我在巴黎两次会见赫尔岑的外曾孙，在巴斯德学院工作的诺艾尔·利斯特博士和他的夫人……第二次他还介绍我认识他的兄弟莱翁纳尔。

我重访巴黎的时候，脑子里并没有诺·利斯特这个人。可是他在报上看见我到达巴黎的消息，就主动地跟我联系，到旅馆来看我。他第一次看见我仿佛看见亲人一样。我也有一见如故的感觉。我们谈得很融洽，主要谈赫尔岑的事情。他送了我一些有关的资料和书籍……他又介绍《往事与随想》的法译本译者达利雅·奥立维叶同我会见，并且让她带来她的法译本前两册。他知道我去尼斯扫赫尔岑墓，便打电话通知他的亲戚安·昂孚大夫在公墓等候我，要他向我说明赫尔岑夫妇葬在尼斯的一些情况。

在我返国的前一天中午，我有别的活动，刚刚走出旅馆，诺·利斯特先生在后面追了上来，交给我一封信和赫尔岑的彩色画像的照片。像是赫尔岑的大女儿娜达丽绘的，现在在他的家里。他特地为我把画像拍摄下来。信上还说，画像的黑白照片取

讲真话的书 （1977—1979）

到后就直接寄往上海，我可以在中译本里采用。……

我和这位和善的老人分别不过三个星期，他的亲切的笑容还在我的眼前，我刚刚根据他给我的资料校改了《往事与随想》中译本第一部的校样，我每看完一章抬起头来，好像这位老人就在旁边偏着头对我微笑，甚至在凉风吹进窗来的深夜，我也感觉到他的微笑带给我的暖意。我感谢他的深情厚谊。……

《往事与随想》中译本第一部出版了。这只是一件巨大工作的五分之一，要做完全部工作，还需要付出更辛勤的劳动。我有困难，但是我有决心，也有信心。敬爱的远方的朋友，您的微笑永远是对我的工作的鼓励。我常常想起您的帮助，我决不放下我的笔。让我再一次紧紧握着您的手。

我同诺·利斯特夫妇见面还有一次，那是在十一日下午我国驻法大使馆为我们代表团举行的告别招待会上。他们来得不早，见到我显得很亲热，我也是这样，好像他们是我五十一年前在巴黎认识的旧友。的确，我一九二八年第一次买到《往事与随想》，开始接触赫尔岑的心灵。今天正是我和他们同样热爱的赫尔岑的著作、同样珍贵的赫尔岑的纪念把我们紧密地联结在一起。谈起赫尔岑一家的事情，我们好像打开了自来水的龙头，让我们谈一天一晚也谈不完。他送了一本书给我：《浪漫的亡命者》。我早熟悉书里的那些故事。在我们中国人看来，可能都是"家丑"吧。那么还是把它们掩盖起来，瞒住大家，另外编造一些假话，把丑当美。骗人骗己，终于不能自圆其说，这不就是"家丑不可外扬"的做法？法国人毕竟比我们坦白、直爽。诺·利斯特先生在书的扉页上就写着："这本书对我的先人讲了太不恭敬而且刻薄的话，但是书中有很多《回忆录》所没有的资料。"我收下了他的赠书，不过我说我已经读过它。那些故事并不损害赫尔岑的名誉，倒反而帮助我们了解一个伟大人物的复杂性格、他的不幸遭遇和家庭悲剧。它们在他的著作里留下很深的痕迹，这是掩盖不了的。

  我在尼斯待了两天。天气好,风景好。天蓝,海蓝。前两天在巴黎还飞过"五月雪"。公墓在小山上。我还记得赫尔岑自己的话:"我们把她葬在突出在海里的山坡上。……这周围也是一座花园。"十八年后他也给埋在这里。又过了两年,"他的家里人、他的朋友和他的崇拜者"在墓前竖起一座铜像。这铜像对于我并不陌生,我不止一次地看见它的照片。这个伟大的亡命者穿着大衣凝望着蓝蓝的地中海,他在思索。他在想什么呢?……

  我埋下头抄录墓石上的文字:他的母亲路易莎·哈格和他的幼子柯立亚乘船遇难淹死在海里;他的夫人娜塔里雅患结核症逝世;他的十七岁女儿丽莎自杀死去;他的一对三岁的双生儿女患白喉死亡。他就只活了五十八岁!但是苦难并不能把一个人白白毁掉。他留下三十卷文集。他留下许多至今还是像火一样燃烧的文章。它们在今天还鼓舞着人们前进。

六月二日

关于《海的梦》
——创作回忆录之四

最近人民文学出版社编印《文学小丛书》，把我的中篇小说《海的梦》收了进去。我在看校样时重读了它，因此想起了一些事情。说"最近"其实也是九、十个月以前，想起的事有些又给忘记了。我先把不曾忘去的写下来。

我一九二八年十二月上旬从法国回到上海。当时在开明书店工作的朋友索非正要结婚，就同我一起在闸北宝山路宝光里内租了房子，索非夫妇住在楼上，我住楼下，二房东住亭子间。过了不多久，二房东回到乡下，把亭子间也让了给我们。我在宝光里十四号一直住到一九三二年一月下旬，像《家》《雾》《新生》（初稿）等等都是在这里写成的。索非比我早离开，在一九三一年九一八事变后，闸北区内几次流传日军侵犯的谣言，索非的第二个孩子快要出世，为了方便，他们全家搬到提篮桥开明书店附近去了。

我留在宝光里。整幢房子里只有我一个人，我便搬到楼上，把楼下当作饭厅。原来那个给我们烧饭洗衣的中年娘姨住在楼下，给我做饭、看家。她会裁剪缝补，经常在楼下替别人做衣服。

在这几个月里面我写完了《家》，翻译了巴基的中篇小说《秋天里的春天》。在这几个月里面，我到浙江长兴煤矿去住了一个星期。有一个姓李的朋友到上海出差，在马路上遇到我。他在长兴煤矿局做科长，他讲了些那边的情况，约我到他那里做客。他和我相当熟，我听说可以下煤坑看看，就一口答应，第二天我同他搭火车去杭州转湖州再转长兴去。当时我完全没有想到写小说，否则我就会在那里多住几个星期，记录下一些见闻。我记得有一本左拉的传记讲左拉为了写《萌芽》在矿山调查了六个月。一九三三年我答应在一份刊物上发表连载小说，我也写了《萌芽》，可是我就只有储存在脑子里的那么一点点材料。到了没有办法时，回避不行我只好动手编造了。

在长兴没有多住，有一个原因就是我在上海还有一个没有人照管的"家"。那个娘姨只知道替别人做衣服挣钱，附带给我看看门，别的事她就办不了。她不会把我的东西搬光，这个我可以相信，而且我除了书，就只有一些简单的家具，一部分还是索非的。但是离开"家"久了，可能会耽误事情，我总有一点不放心。

去长兴是第一次，第二次就是去南京，时间晚一点，是一九三二年一月下旬，二十四五日。这一次是友人陈范予写信约我去的。陈范予就是我在《关于〈春天里的秋天〉》里提到的朋友陈，我后来还写过《忆范兄》纪念他。那个时候他到南京工作不久，他告诉我，我们共同的朋友吴克刚（他在河南百泉教书）最近来了南京，我还有一个好朋友在中央研究院工作，他就是在巴黎同我住了几个月的卫惠林。我也想去看看他。我得到陈的信，立刻决定到南京去玩几天。当时我的表弟高惠生在浦东中学念书，寒假期间住在我这里，我走了，有他替我照管房子。我上了去南京的三等车厢，除了脸帕、牙刷以外，随身带了一小叠稿纸，是开明书店印的四百字一页的稿纸，上面写了不到三页的字，第一页第一行写着一个题目：《海的梦》。第二行就是这样的一句：

  我又在甲板上遇见她了，立在船边，身子靠着铁栏杆，望着那海。

讲真话的书　(1977—1979)

这是一篇小说的开头，是我去南京的前两天写的。但是我当时并没有考虑过什么题材，写怎样的故事。我应该怎样往下写，我也没有想过。我只有一个想法：写海，也写一个女人。就只有这么一点点。我后来在《序》上说我"开始写了这个中篇小说的第一节"，这是笼统的说法，其实那时我并未想到把它写成中篇，而且也不曾想过要写一篇抗日的小说，我去南京的时候不可能写完第一节，因为第一节的后半已经讲到杨的故事了，杨就是小说里那个在抗日斗争中牺牲的"英雄"。

我把这一小叠稿纸塞在衣服口袋里带到南京，本来有争取时间写下去的打算。可是我在南京旅馆里住了几天，一个字也没有写，我哪里有拿笔的时间！一月二十八日的夜晚我按照预定的计划坐火车回上海。火车开到丹阳，停下来，然后开回南京。上海的炮声响了！日本军队侵入闸北，遭到我国十九路军的抵抗。不宣而战的战争开始了。

这样我被迫重到南京，在旅馆里住下来，然后想尽方法搭上长江轮船回到上海。这一段时期的生活情况，我都写在《从南京回上海》这篇文章里面，而且很详细。

我到了上海，回不了我的"家"。宝山路成了一片火海，战争还在进行。我向北望，只见大片的浓烟。我到哪里去呢？

我首先到当时的法租界嵩山路一个朋友开设的私人医院。意外地在那里看到了索非夫妇和他们的两个孩子（里面有一个是新生的婴儿），他们也"逃难"到这里来了。从索非的口里我知道了一些情况。他们的住处并未毁，只是暂时不便出入。他们住在医院的三楼，我就在这里住了一晚。第二天我出去找朋友，两个从日本回来的朋友住在步高里，他们临时从闸北搬出来，在这个弄堂里租了一间"客堂间"，他们邀我和他们同住，我当然答应。我每天晚上到步高里，每天早晨出去找朋友打听消息。所以一九三二年六月写的《序》里有这样一句话："一个人走在冷清清的马路上到朋友家里去睡觉。"我也找到了表弟，同他一起去看过我舅父一家，他们本来住在北四川路的，这次"逃难"出来，在一家白俄开设的公寓里租了一个大房间。

记得那个时候上海文化界出了一份短期的抗日报纸，索非在编副刊，他向我组稿，我就把上海炮声响起以后我在南京的见闻写了给他，那就是《从南京回上海》。至于我带到南京旅行两次的那一小叠开明稿纸，我还没有动过它们。

只有在三月二日的夜晚，我知道日军完全占据闸北，看见大半个天空的火光，疲乏地走到步高里五十二号，我和朋友们谈个不停，不想睡觉。后来我找出了《海的梦》的原稿，看来看去。这一夜我不断地做梦，睡得很不好。第二天我开始了中篇小说的创作。我决定把海和那个女人保留下来，就紧接着去南京以前中断的地方写下去。

我每天写几页。有时多，有时少。日本侵略者现在是"胜利者"了。不便公开地攻击他们，我就用"高国军队"来代替。在写这小说的时候，我得到索非的帮忙，打听到宝光里安全的消息。不久闸北居民可以探望旧居的时候，我和索非进入"占领区"，经过瓦砾堆，踏着烧焦的断木、破瓦，路旁有死人的头颅骨，一路上还看见侵略者耀武扬威和老百姓垂头丧气。小说中里娜在"奴隶区域"里的所见就是根据我几次进入"占领区"的亲身经历写的。《序》上说"有一次只要我捏紧拳头就会送掉我的性命"，也是事实。那一次我一个人到旧居去拿东西，走过岗哨跟前，那个年轻的日本兵忽然举起手狠狠地打了一位中年老百姓一个耳光。他不动声色，我也不动声色。这样"忍受下去"，的确"不是一件容易的事"。我把我的感情，我的愤怒都放进我的小说。小说里的感情都是真实的。最后，那两个留学日本的朋友帮助我，我们雇了一辆"搬场汽车"去把我那些没有给烧毁的书籍家具，搬到步高里来。书并不太多，只是因为楼下客堂间地板给烧掉，挖了一个大坑，后门又给堵塞，从楼上搬书下来出前门不方便，整整花了一个上午，还有些零星书本散失在那里。以后再去什么也没有了，房子有了另外的主人。

起初我每晚写几页小说，等到书搬了出来，小说的人物、故事自己在

讲真话的书　(1977—1979)

发展，逐渐地吸引了我的注意力。我把感情越来越多地放了进去。白天我也不出去，白天写，晚上写，越写越快。不到一个月我就把《海的梦》写完了。

不久施蛰存同志创办《现代》月刊，托索非向我组稿，我就把写好的《海的梦》交给索非转去。这个中篇在《现代》上连载了三期。这以后我写了一篇序把它交给新中国书局出版，在小说后面附加了那篇同它有关的《从南京回到上海》。那个时候我已经搬出步高里，住到我舅父家中了。《海的梦》是在步高里写成的。本来我那两个朋友和我都不想再搬家，可是那里的二房东要把房子顶出去。他愿意把房子顶给我们，已经讲好了价钱，但我们筹不够这笔钱，就只好搬家。两个朋友先后离开了上海，我就搬到我舅父住的那个公寓里。我在那里不过住了一个多星期，有个朋友从晋江来约我去闽南旅行，我答应了他，就同他上了海轮，开始了《春天里的秋天》的那次旅行。这期间我舅父在附近的花园别墅租了一幢房子，把我的东西也搬了过去。我回上海就住在舅父家里，舅父在邮局工作，我一直住到第二年（一九三三）春天他给调到湖北宜昌去的时候。

一九三五年下半年我从日本回到上海，向新中国书局收回《海的梦》的版权，交给开明书店"改版重印"，我抽去了《从南京回上海》，却加了一篇《改版题记》，又加了一个副标题：《给一个女孩的童话》。《改版题记》中引用了我一九三四年底在日本写的散文《海的梦》里的一段话。

最近我给一个女孩子写信说："可惜你从来没有见过海。海是那么大，那么深，它包藏了那么多的没有人知道过的秘密；它可以教给你许多东西，尤其是在它起浪的时候。"

新加的副标题就是从这里来的。"女孩"是我舅父的大女儿，名叫陈宗浩，当时不过十八岁，在武昌一所教会女中上学。她念书不一定念得很好，因为她父亲的工作经常调动，她跟着他到过不少地方。但是她十分善良、老实，而且柔顺听话。我不知道她是否在中学毕业，因为不久她又跟随父母回到成都。抗战期间我在成都、在重庆、在贵阳都到过舅父家做客；解放后在上海和北京我也去过他们那里。她习惯了管理家务，成了这个家庭不可缺少的成员。在她父亲身上精神病的症状越来越显著；母亲平日不做事情，整天坐在家里不动，她还要烧菜做饭。我看见她带着微笑渐渐地憔悴下去，也不能给她帮忙。听说她进了什么会计培训班，后来考进人民银行参加工作。他们不愁衣食，但生活条件也不曾有多大的改善。她下班以后还要做家务劳动。父亲回四川住过一段时期。母亲坐着不动，有一天就这样在家里死去。她妹妹在工厂劳动，结了婚走了。她的兄弟们都成了家分居各地。剩下她一个人照料她患精神病的老父。别人后来告诉我，她每天上班前还要做好饭菜留给父亲，而精神失常的父亲也不会体贴这个柔顺的女儿。

父亲死后她也患了不治的病——癌症。她生病，她死亡，我都不知道，那段时期我在"靠边"或者被宣告为"敌作内处"。她病危时，两个在南方的兄弟都去北京探望、照料，她也许不感寂寞，但死得相当痛苦，留下一笔不大的存款和不多的遗物，分送给几个兄弟。没有听说她留下什么遗言，她默默地活着，也默默地离开这个世界，她还不曾活到六十。我最后一次看见她，是在一九六五年一月初，我在京出席第三届全国人大一次会议，刚刚摔了跤，左肩关节脱臼，左膀给绷带吊着。她同她妹妹一起来看我，我请她们在前门饭店附近一家湖北饭馆吃过饭，送她们到车站，看她们上车。在旅馆里她还谈过一些她目前的情况。她应当是在诉苦，但她的声音是那样温和，那样平静，略带倦容的脸上仍然带着微笑。这是最后的一面。十四年后的今天，我重看《海的梦》，想起那个"女孩"，那张略带倦容的笑脸还在我的眼前。我痛苦地问自己：难道还有像她这样善良的人？还有像她这样不为自己活着的人？但是她这一生又有什么意义？没有能够拉她一把，我感到遗憾。一九三四年尾我在信里同她谈海，有意拨开她的眼睛，因为当时我刚从上海到日本，在海上过了三四天。可是她一直到死都没有看到海，可能她也没有读过我这篇《改版题记》。我为什么不提醒她呢？我觉得没有见过大海的人是不幸的。我一个多月前还见

讲真话的书 （1977—1979）

过海，而且到过大仲马在小说《基督山伯爵》中描写过的伊夫堡，五十一年前我在马赛住了十二天，只是几次远远地眺望它，这一次我却冒着风浪登上了小岛。我站在岛上望海中起伏的波浪的白沫，我想起《题记》中引用过的话："我还有勇气，我还有活力，而且我还有信仰。"死了的人不能复活，让活着的人活得更好吧。对我来说，就是更好地完成我到八十岁的写作计划，让对死者的纪念鼓舞着我。愿那个平平淡淡、默默无闻地活了一生的人得到安息。以上的话是由《给一个女孩的童话》这个副标题引出来的。为什么我要在一九三五年加上这个副标题呢？为什么这个时候我把《海的梦》称为"童话"，而又在《改版题记》中说"它不大像童话，又不大像小说"呢？它明明是中篇小说，而我在发表了三年以后却又说它不是小说，这是为什么？因为这一年五月发生了《闲话皇帝》的事件，国民党政府因为日本外交当局的抗议马上查封了发表《闲话皇帝》的《新生》周刊，判处周刊主编杜重远一年两个月的徒刑，罪名是"侮辱友邦元首"。我担心小说遭到查禁，又害怕会给出版它的书店老板带来麻烦（不能怪他们有顾虑），就给小说戴上一顶"童话"的帽子，算是化了装。童话，是莫须有的故事嘛，不让"友邦外交当局"抓到辫子嘛。

小说中那个犹太女人的女儿里娜是编造出来的，故事的叙述者犹太人席瓦次巴德也是虚构的。本来我没有必要把叙述故事的人写成一个犹太人，唯一的原因就是想介绍一个真实的故事：犹太革命者席瓦次巴德在巴黎用手枪打死白俄将军彼特留拉。人是真的，故事是真的，小说里叙述的那些"波格隆"罪行，都是当时在法庭上揭露出来的。一九二七年十月二十六日席瓦次巴德被判决无罪释放。第二天法国《人道报》的头条新闻便是："席瓦次巴德无罪释放。陪审员谴责乌克兰'波格隆'负责者、反布尔塞维克的匪帮。"

关于屠杀犹太人的"波格隆"罪行，我一九三〇年还写过短篇小说《复仇》。一九五〇年十一月我在波兰奥斯威辛集中营参观了六百万犹太人集体毁灭的惨剧的遗迹，含着眼泪写过一篇详细的报道。这惨剧是我写

《海的梦》时所绝对想不到的。今天我仍然诅咒那种灭绝人性的法西斯罪行,我仍然纪念那无数的"波格隆"和奥斯威辛的受害者。他们和犹太复国主义的吹鼓者是毫不相干的。

写到这里我的"回忆"似乎应当结束了。可是我又想起一件事。一个多月前我访问法国时,在巴黎有人问我的作品里是不是有一种提倡受苦的哲学,是一位我见过几次的汉学家提出的问题,大意是这样。(后来我再看见他,他还讲我写过"痛苦是力量""痛苦是骄傲"的话。)那一次是在一个类似我接受读者们考试的会上,一个半小时里,我要回答好些问题,因此我答得简单、干脆。我连发问人的原意也没有能弄清楚,就说:"我写作品只是反映生活,作品里并没有什么哲学,我并不是陀思妥耶夫斯基一类的作家。"这是实话。回到旅馆,我想了一下,我记得好像在小说《雨》里面,主人公说过"痛苦就是我的力量,我的骄傲"等一些话。今天在《里娜的日记》里又看到和这类似的语言。小说的最后讲到里娜时也说她是说"……痛苦就是力量,在痛苦中寻找生命"这样的话的一个女人,这并不是宣传受苦的哲学。我并不提倡为受苦而受苦,我不认为痛苦可以使人净化,我反对禁欲主义者的苦行,不赞成自找苦吃。可是我主张为了革命为了理想,为了崇高的目的,不怕受苦,甚至甘愿受苦,在那种时候,"痛苦就是力量,痛苦就是骄傲"。这里面并没有什么哲学。

最后可能有人要问,你这篇《回忆》里时而讲《海底梦》,时而谈《海的梦》,是不是你记错、写错了?对,我应该说明一下。《海底梦》并不是"海底下的梦",它和《海的梦》是同样的意思,是同样的一本书。《海底梦》就是《海的梦》。

我开始写小说的时候,我的文字相当欧化,常常按照英文文法遣词造句。我当时还在翻译克鲁泡特金的一部哲学著作《伦理学》。这部书引用不少相当深奥的哲学名著,我并未读过,临时找来翻阅,似懂非懂,无法译得流畅,只好学习日文本译者内山贤次的办法硬译,就是说按照外国文法一个字一个字地硬搬,结果使我的文字越来越欧化。例如一个"的"

讲真话的书 （1977—1979）

字有三种用法，用作副词写成"地"，用作形容词，写成"的"，用作所有格紧接名词我就写成"底"。我用惯了，把凡是连接两个名词的"的"都写成"底"，甚至代名词所有格，我的，你的，都写成"我底""你底"。《灭亡》里是这样用法，《家》里是这样用法，《海的梦》里也是这样用法，明明是关于"海"的梦，或者海上的梦，却变成了海底下的梦了。当时还有人写文章把"底"当作形容词词尾使用，记得在这之前鲁迅先生翻译《艺术论》等著作也把"底"字用作形容词词尾。我看，再像我这样使用"底"字，只能给读者带来混乱，就索性不用它了，以前用过的也逐渐改掉。重排一次改一次。

《家》《春》《秋》改得最晚。《灭亡》至今未改，留着"底"字说明我过去的文风和缺点。我在一九五七年到一九六二年编辑我的《文集》时，的确把我所有的作品修改了一遍。五十年中间我不断修改自己的作品，不知改了多少遍。我认为这是作家的权利，因为作品并不是试卷，写错了不能修改，也不许把它改得更好一点。不少西方文学名著中都有所谓"异文"（Lavariant）。要分析我不同时期思想的变化，当然要根据我当时的作品。反正旧版还在，研究者和批判者都可以利用。但倘使一定要把不成熟的初稿作为我每一部作品的定本，那么，今天恐怕不会有多少人"欣赏"我那种欧化的中文、冗长的表白、重复的叙述、没有节制的发泄感情了。说实话，我是在实践中不断地学习、进步的。

我说这些话，只是因为前不久我看到香港出版的英译本《寒夜》，译者在序言里好像说过，我在解放后编文集，为了迎合潮流修改自己的著作，他们认为还是解放前的版本比较可靠。我说"好像"，因为原话我记不清楚了，书又不在我手边，但大意不大会错，他们正是根据旧版《寒夜》翻译的。其实说这话的不仅是他们，有些美国和法国的汉学家也这样说。最近我读过一遍《寒夜》，我还记得一九六〇年尾在成都学道街一座小楼上修改这小说的情景，我也没有忘记一九四四、四五两年我在重庆民国路生活的情景，我增加了一些细节，只是为了把几个人物写得更完整些。譬如树生离开重庆的凌晨和丈夫在楼梯口分别,她含着眼泪扑到他的身上去吻他。后来她回重庆探亲,听说丈夫已经死去,又记起了楼梯口分别的情景,她痛苦地想道:"我要你保重,为什么病到那样还不让我知道呢?"这更能说明我心目中的曾树生是个什么样的人。我同情她和我同情她的丈夫一样,甚至超过我同情她的婆母,但是我也同情那位老太太,这三个都是受了害的好人。我鞭挞的是当时的社会制度,我鞭挞的是蒋介石国民党的统治。不论作为作者,或者作为读者,我还是要说,我喜欢修改本,它才是我自己的作品。

六月十六日

在尼斯
——随想录十八

在法国十八天，我不知握了多少只友好地伸过来的手。我对法国朋友说："我们掉进了友谊的海洋里面。"这不是"外交辞令"，我是带着真挚的感情讲话的。法国友人关心中国人民的斗争，愿意了解中国，勤奋地学习汉语，研究现代中国文学。法国读者关心我的小说中人物的命运，谈起来他们对那些人物好像十分熟悉。

在尼斯有一位法国太太拿了法译本的《寒夜》来找我，说是她喜欢这本书，要我为她签名，还要我在扉页上写一句话。我本来想写"希望这本小说不要给您带来太多的痛苦"。可是写了出来，"太多的"三个字没有了。作为作者，我不希望给读者带来痛苦。这种心愿是在几十年的创作实践中逐渐培养起来的。五十二年前我在巴黎开始拿笔的时候，我的想法并不是这样。但是作品一发表，就像一根带子把我同读者连接起来了。从此我就时时想到了读者。我总是希望作品对读者有所帮助，而自己又觉得它们对读者并无实际的益处。因此产生了矛盾，产生了痛苦。三十年代我常常叫嚷搁笔，说在白纸上写黑字是浪费生命，而同时我却拼命写作，好像有人在后面拿鞭子抽打我。我不是弄虚作假、装腔作势，在我的内心正在进行一次长期的斗争。两股力量在拉我，我这样经过了五十年，始终没有能离开艺术。今天快走到生命尽头的时候，我还下决心争取时间进行创作。我当时利用艺术发泄我的爱憎，以后一直摆脱不了艺术。现在我才知道艺术的力量。过去我不了解艺术，也不了解自己，难道我就了解读者吗？

我常说我的作品给人们带来痛苦，谈到《寒夜》，我称它为"悲观绝望的书"。在一九七七年发表的《一封信》和《第二次的解放》里，我还为最后那一句"夜的确太冷了"感到遗憾。女主人公孤零零地消失在凄清的寒夜里，那种人去楼空的惆怅感觉一直折磨着我，在那难忘的十年中间，我害怕人提起我的小说，特别害怕人提到《寒夜》。没有想到去年我无意间在旧版日译本《寒夜》的书带上，看到一句话："这是一本燃烧着希望的书。"原来读者也有各人的看法，并不能由作者一个人说了算。难道我真的就只给读者带来痛苦？现在连我自己也怀疑起来了。

在尼斯，法中友好协会分会为我们代表团举行了一次招待会，同时也欢迎从瑞士到尼斯来会晤我们的韩素音女士。招待会就在我住的那一家的客厅和饭厅里举行，不少的人参加了招待会，他们大都是本地法中友协的成员和积极分子，会上酒菜点心相当丰盛，客人们谈笑，亲切自然。两位年轻太太或者姑娘过来跟我谈《寒夜》和《憩园》里的两个女主人公。她们说，她们了解她们，一点也不陌生。我说，我写的是旧中国，旧中国的事情不容易理解。她们说："我们理解，心是一样的。她们是好人啊。"这时又有一位女读者参加进来。我就带笑说，女读者找我谈话，我不紧张，因为我在小说里很少把妇女写成坏人。后来在巴黎的确有人向我提过这个问题。我回答：在旧中国，妇女在经济上不能独立，总是受压迫，受欺负，受剥削，受利用，因此我很同情她们。在这之前我还参加过一次同读者见面的会，我虽然高高地坐在台上，实际却有点像中学生接受考试，幸而读者们十分友好，没有出难题，一个半小时就顺利地过去了。我列举这几件事，为了说明一个问题：读者们不是一块铁板，他们有各人的看法，他们是"各取所需"。我已经谈过这个问题，以后有机会我还要谈到它。

那个晚上的招待会不知道什么时候结束。法国人的晚宴常常继续到午

讲真话的书 (1977—1979)

夜甚至更迟，因为我年纪大了，女主人允许我早退。尼斯友协分会的主席是一位退休的老太太，她的丈夫也是分会的成员和骨干。这一家的女主人是已故华侨医生的法国夫人，有三子一女，只有一个还在大学念书的小儿子讲汉语，书写汉文。这里是一所相当漂亮的别墅，房内还有各种古玩陈设。我们一行四人住在这里，另外还有三位住在车夫人未来媳妇的家中。她们对我们非常周到，好像在招待远方来的亲戚。招待会的菜点都是车夫人和女儿、媳妇准备的。我们出去参观访问都是车夫人自己开车。两天以后我们代表团从尼斯坐火车去马赛，友协分会负责人和车夫人一家送客人到车站。我们在车厢里看见车夫人频频揩眼睛，我的女儿也落了眼泪。

我在法国的访问还是一次在读者中间的旅行。我的作品引着我走了这么远的路。我常常说："读者们接受我的作品就是我的最大的荣誉。"我也曾把"读者们的期待当作对我的鞭策"。到处我都听见一个友好的声音："写吧。""我要写，我要写。"没有把我想的和应当写的东西写出来，我对读者欠了一笔债。不偿清债务，我不会安静地闭上眼睛。对于真诚、深厚的友谊，我一定要有所报答。

在尼斯车夫人家那间窗明几净、宽敞的房间（她的小儿子把自己的住房让了给我）里，或者在巴黎我接待过《新观察家》记者（他写了那篇《会晤巴金》）的"豪华的"旅馆里，我常常早晨七点前后站在窗前望着外面院子里盛开的野兰花或者窗下微雨打湿了的街道，窗内外都是那么安静，我站了好一会。回国的日子越近，我越是想念我的祖国和人民，我深深感觉到我和他们的血肉相连的关系。为什么法国读者的友谊这样吸引我？法国人民的深厚情谊使我这样感动呢？我想到的也是我的祖国和人民。他们是我的养料，也是我写作的源泉。握着每一只伸过来的朋友的手，我感觉到祖国和人民就在我的近旁，我高兴的是我要把这样的友谊带回给他们。一九二七年我第一次到巴黎，有一个目的就是追求友谊。五十二年后重访法国，我满载而归。我不会白白地接受这珍贵的友谊，我要让它开花结果。……

矛盾解决了。我要永远捏着我的笔。写了几十年,我并没有浪费我的生命。我为什么还要离开艺术、摆脱艺术呢?离开了友谊和艺术,我的生命是不会开花的。

六月十七日

重来马赛
——随想录十九

前几天收到法国朋友从马赛寄来的照片。我一遍一遍地看它们，又想起了马赛。这一次我在马赛只住了一天。但是我找到了一九二八年住过的美景旅馆。我在短篇小说《马赛的夜》里写过："我住的地方是小旅馆内五层楼上一个小房间。"就只有这么一句。但是在《谈自己的创作》却讲得多一些，我这样说："有时在清晨，有时太阳刚刚落下去，我站在窗前看马赛的海景；有时我晚饭后回到旅馆之前，在海滨散步。"在我的另一个短篇《不幸的人》里，叙述故事的人在旅馆中眺望日落、描绘广场上穷音乐师拉小提琴的情景，就是根据我自己的实感写的。印象渐渐地模糊了。可是脑子里总有一个空旷的广场和一片蓝蓝的海水。

五十一年后我又来到了这个地方。我找到了海滨的旅馆，还是一位同行的朋友先发现的。我站在旅馆门前，望着这个非现代化的建筑物，我渐渐地回到了过去的日子。一九二八年十月十八日起我在马赛住了十二天。海员罢工，轮船无法开出，我只好一天一天地等待着。在窗前看落日，在海滨闲步，在我是一种享受。此外我还做过两件事：读左拉的小说，或者参观大大小小的电影院，这是我在《马赛的夜》里也讲过的。我在法国至少学会两件事情：在巴黎和沙多-吉里我学会写小说；在马赛我学会看电影。我还记得我住在沙多-吉里中学里的时候，我的房间在中学食堂的楼上，有时晚上学校为学生们在食堂放映电影，住在我隔壁的中国同学约我下去观看，我总是借故推辞，让他一个人去。不知什么缘故，我那时对电影毫无兴趣。在马赛我只有那个新认识的朋友，他也姓李，还在念书，是巴黎一位朋友给我介绍的，因为是四川同乡，不到一天的工夫我们就相熟了。他约我去电影院，很快我就发生了浓厚的兴趣。我回到国内，也常看电影。看了好的影片，我想得很多，常常心潮澎湃，无法安静下来，于是拿起笔写作，有时甚至写到天明。今天，我还在写作，也常常看电影，这两件事在我一生中起了很大的作用。

新收到的照片中有一张是我和远近七只灰鸽在一起拍摄的。依旧有安闲的鸽了，依旧有蓝蓝的海水，可是大片的水面给私人的游艇占据了，过去穷音乐师在那里拉小提琴的广场也不见了，一切都显得拥挤，行人也不少。美景旅馆似乎还是五十一年前那个样子，我在门前站了一会，脑子活动起来了。我想起当时我怎样从这小门进出，怎样从五层楼的窗口望海滨广场，我有一个印象：旅馆两旁的楼房大概是后来修建的，仿佛把它压得透不过气来。这样的记忆不见得可靠，人老了，记忆也混乱了。只是当时我没有这个印象，所以我这样说。这天下午我去参观古希腊修道院旧址的时候，法国朋友送了我一本《古马赛图》。书中共收一百五十二幅绘画，从十五世纪到十九世纪前半叶，当然看不到二十世纪二十年代的马赛。因此在海滨散步的时候，我常常想，我要是当时照个相那多好。那位姓李的朋友的声音我还不曾忘记，可是他的面貌早已烟消云散了。

重来马赛，我并不感到寂寞，我们代表团一行五人，还有同行的中国朋友、法国朋友和当地法中友协的主人。我们毫无拘束地在海滨闲步，谈笑。微风带来一阵一阵的鱼腥味：我们走过了鱼市，看见家庭主妇在摊上买各种各样的鲜鱼。我们买票搭船去伊夫堡，再从那里回到海滨时，鱼差不多销售一空，一个上午过去了。

去伊夫堡，在我们这些中国客人都是第一次。五十一年前我在马赛住了十二天，听那位姓李的朋友讲过伊夫堡的事，它在我的脑子里只是一个可怕的阴影，一个囚禁犯人的古堡。回国以后才知道这里关过米拉波，才

讲真话的书 （1977—1979）

知道大仲马写《基督山伯爵》的时候，为他的英雄挑选了这样一个监牢，他当时经常同助手到这个地方来做实地调查。我去伊夫堡，不仅是为了看过去的人间地狱，而且我还想坐小船在海上航行，哪怕只有几分钟，几十分钟也好！

我达到了这个目的。海风迎面吹来，蓝色海水开出了白花，船身在摇晃，我也在摇晃。看见平静的海面起了浪，看见船驶向古堡，我感到兴奋，感到痛快。我不晕船，我爱海，我更喜欢看见海的咆哮。海使我明白许多事情。

我走进了古堡，到了过去囚禁政治犯的地方，看到一间一间的囚室，看到一个一个人的名字。每个给带进来的人大概都会想到但丁的一句诗：

Lasciate ogni speranza, voich'entrate.（你们进来的人，丢开一切的希望吧。）

我站在底层的囚室里，也想到但丁的那句诗，那是写在地狱入口的大门上的。我掉头四顾，那么厚的墙，那么高的小窗，那么阴冷的囚房，又在孤零零的海上小岛上！进来的人还会活着出去么？"铁假面"（居然真有"铁假面"，我还以为是大仲马写小说时创造的人物！）的结果不知道怎样。米拉波伯爵居然回到人间了。我似梦非梦地在囚房里站了一会，我有一种奇怪的想法：比起我、我们所经历的一切，这里又算得什么呢？法国人不把它封闭，却对外国客人开放，无非作为历史教训，免得悲剧重演。巴士底狱没有给保留下来，只是由于民愤太大，革命群众当场捣毁了它。我们的古人也懂得"前事不忘，后事之师"。今天却有人反复地在我们耳边说："忘记，忘记！"为什么不吸取过去的教训？难道我们还没有吃够"健忘"的亏？……

走出古堡，我重新见到阳光，一阵潮湿的海风使我感到呼吸自由。开船的时刻还没有到，我坐在一块大石上，法国友人给我拍了照。在这块大石的一侧有人写了"祖国万岁！"几个红色的法国字。望着蓝蓝的海水，我也想起了我的祖国。……

马赛的法国朋友对我们亲切、热情。小儒先生从尼斯开汽车赶回来同他父亲一起到火车站迎接我们，还有当地法中友协的瑞罗先生和加士东夫人。他们为我们在一所现代化的旅馆里预订了房间。我们在马赛过了一个非常安静的夜晚，睡得特别好。的确是现代化的旅馆，我们住进以后，还得研究怎样开关房门。同行的朋友按照巴黎的规矩，晚上把皮鞋放在房门外，第二天早晨才发现没有人擦皮鞋，擦皮鞋的机器就在近旁，只有在饭厅里才看得见服务员。我们是在同机器（不是同人）打交道。因此在机场跟好客的法国主人告了别，走上了飞机，我还在想一个问题：不搞人的思想现代化只搞物质现代化，行不行？得不到回答，我感到苦恼。但是飞机到达里昂了。

七月六日

里 昂

——随想录二十

现在继续谈友谊。里昂给我留下了很深的印象。我从那里带走的是另一种回忆。我第一次来到里昂。我在日记里这样写着:"七点半到达里昂(机场)。来接的人不少,还献了花。某夫人带着她两个女儿开车把我送到沙瓦旅馆。"某夫人是当地友协的一位成员,她的两个"女儿"一个叫克勒尔,另一个叫杜伟凤,是来了不久的中国留学生,寄宿在夫人的家里,夫人把她当亲闺女看待,叫她作"女儿"。杜伟凤不过十八九岁,同夫人母女相处得很好。某夫人送我们到旅馆,同我们照了相,又把我们接到一家中国菜馆万福楼去。我原以为只是"共进晚餐",没有想到饭店楼上三张长桌都坐满了人,大约四十位。

我们好像在这里过节日,谈笑、祝酒,毫无拘束,仿佛旧友重逢,也不知从哪里来的那么多的话!一直谈到午夜,大家才想到结束。还有少数人来得较晚,但也在这里待了两个多小时。还是那位夫人把我送回旅馆,我因为这个欢乐的聚会一再向她致谢。她带着两个"女儿"走了。第二天我没有再见到她们。不到傍晚,我就坐上了飞巴黎的客机。

我多么想再见她们一面,小姑娘似的杜伟凤和她的法国"母亲"在一起不正是我们两国人民友谊的最好的象征么?在里昂我们待了不到一天。我们参观了中法大学的旧址,参观了十九世纪的大教堂,参观了古罗马剧场的废墟;我们看了丝织博物馆,看了过去丝织工人居住的地区,了解了过去丝织工人的斗争；我们游览了现代化的商业中心，参观了现代化的图书馆。短短的大半天的时间里，我们从古罗马跑到本世纪后半叶五光十色的喷泉。每时每刻我们都受到亲切、热情的接待。现代化的建筑和设备，壮丽的景象和吸引人的活动使我眼花缭乱，但是牵系住我的心的还是深厚的友情。

在里昂也有两份报刊的记者来采访，那是两位年轻姑娘，我没有机会读到她们的报道或者文章，但是我觉得我是在同两个谦虚的学生亲切交谈。我的确应当感谢许多见过面和不相识的朋友的友好的语言和善意的鼓励。就是对偶尔在报刊上出现的挖苦和不实之词，我也把它们当作对我的"鞭策"。譬如有人讽刺我写了那些关于"战斗友谊"的报告文学。有人责怪我解放后没有发表长篇小说。我也曾反复思考，心平气和地作过解释。没有写长篇小说，只是因为我想丢开那支写惯黑暗和痛苦的笔，我要歌颂新人新事，但是熟悉新人新事又需要一段较长的时间。我错就错在我想写我自己不熟悉的生活，而自己并没有充分的时间和适当的条件使不熟悉的变为熟悉，因此我常常写不出作品，只好在别的事情上消磨光阴。这说明知识分子的改造十分艰巨。我自己应当负全部责任。

至于友谊，我不会为过去那些散文感到遗憾。固然我在这方面走过不少弯路，有时候把白脸看成红脸，把梦想写成现实。即使一些文章给时间淘汰了，但人民的友谊永远不会褪色。我开始写作时有一个愿望就是追求友谊。我第一次到法国，有一个愿望也是追求友谊。在五十多年的创作生活中我始终没有停止对友谊的追求。我这次在巴黎、在沙多-吉里都讲过类似的话：五十二年前我在这里感受到友情的温暖，写完了我的第一部小说，今天我怀着感激的心情来寻找我的脚迹，只是为了向法国朋友们表示谢意。

这一次我的确"满载而归"。在万福楼我举杯祝酒，我说："我们在这里过友谊节。"吃中饭的时候，法国朋友和我们又在一所法国大饭店相聚，人数不到前一个晚上的三分之一，我们吃着当地的名菜，谈着美丽

讲真话的书 (1977—1979)

的前景，谈笑更自然、更亲切。友谊一直是我们谈话的主题。一位女主人在席上递给我一件礼物，可能是一本书，一本画册，或者一本照相簿，是用花纸包好了的。她说这礼物表示了法国朋友的心意。她那认真的、善意的表情使我感动。我郑重地接受了它。在来饭店之前我还接受了另一件礼物，那是一幅画的复制品。是"图书的力量"书店主人送给我的。我把两件礼物放在一起。后来到商业中心参观，我女儿把它们从我手上接了过去。朋友们陪我们逛了一个下午，七点二十分我们才上了飞机。瘦长的胡子不多的法中友协里昂分会的负责人一直和我们在一起，我记下他的名字，以后又忘记了，但是他的面貌我不会忘记。在万福楼他曾小声教大家唱《丝织工人之歌》。在我们回国的前一个下午我在巴黎法中友协干部会议的会场上又看见他。分别时，我紧紧地握着他的手，望着他那十分友好的笑容，我的话到了嘴边又给咽下去了。我想对他讲什么呢？

原来是这样一件事情：那两件礼物给传来传去，上了飞机放在行李架上，忘记拿下来。我请陪同我们到外地访问的法中友协主席贝热隆先生找人到机场查问，飞机已经到别的国家去了。回到巴黎我们又住了五天，可是没有再听见人谈起那两件礼物。……

两个月又过去了。回忆仍旧在折磨我。我想到那一个没有写上字的花纸包，和那幅复制的画和它的没有署名的封套，我仿佛受到谁的严厉的谴责。我始终记住那一句话：法国朋友的心意。我没有把它们带回国内，我辜负了法国朋友的友情。我谈论友谊，绝不是使用"外交辞令"，我是认真地追求它，严肃地对待它。为了这失去的礼物，我不会原谅自己。我必须把心里的话写出来，才能够得到安宁。

我相信亲爱的里昂友人会了解我这歉疚的心情。

七月九日

沙多-吉里
——随想录二十一

在法国我比较熟悉的地方是沙多-吉里，我住得最久的地方也是沙多-吉里，一年零一两个月。五十年来我做过不少沙多-吉里的梦，在事繁心乱的时候，我常常想起在那个小小古城里度过的十分宁静的日子。我的第一部小说是在这里写成的，是从这里的邮局寄出去的。我头上的第一根白发也是在这里发现的，是由这里的理发师给我拔下来的。[1]我还记得那位理发师对我说："怎么就有了白头发，您还是这么年轻呢！"我在小说里说他是老年的理发师，其实他不过是中年人，当时我年轻，因此把年长于我的人都看得老一些。那个时候我住在拉·封丹中学里，中学的看门人古然夫人[2]和她的做花匠的丈夫对我非常好，他们是一对老人。在学校里我收到外面的来信较多，那些信都是古然夫人亲手交给我的。我和两个同学在沙多-吉里度过第二个暑假，那一段时间里，我们就在传达室里用餐，古然夫人给我们做饭，并且照料我们。这三四个星期，学校里就只有我们和他们夫妇，别的人都休假去了。总学监还在城里，但也只是每隔七八天到学校里走走看看。在我的脑子里许多熟人的面貌都早已模糊了，只有古

---

[1] "五年前在玛伦河畔一个小城的理发店里，我看见了我的第一根白发，这是那个老年的理发师给我拔下来的……"（见短篇小说《发的故事》）
[2] 我在《读〈新生〉及其他》里说过"看门人老古然和他的妻子"，可能是我的笔误。

讲真话的书　(1977—1979)

然夫妇的慈祥的面颜长留在我的记忆中。我总觉得我有一张他们老夫妇的合影，可是找了几次都没有找到，后来才明白这只是我的愿望和幻想。

　　我留在沙多-吉里的最后那些日子里，每天在古然夫人家（也就是传达室内）吃过晚饭，我们三个中国人便走出校门，到河边田畔，边走边谈，常常散步到夜幕落下、星星闪光的时候。我们走回校门，好心的老太太早已等在那里，听到她那一声亲热的"晚安"，我仿佛到了家一样。一九六一年我回忆沙城生活的时候曾经写过这样的话："她那慈母似的声音伴着我写完《灭亡》，现在又在这清凉如水的静夜伴着我写这篇回忆。愿她和她那位经常穿着围裙劳动的丈夫在公墓里得到安息。"在我"靠边"挨斗的那一段时期中，我的思想也常常在古城的公墓里徘徊。到处遭受白眼之后，我的心需要找一个免斗的安静所在，居然找到了一座异国的墓园，这正好说明我当时的穷途末路。沙多-吉里的公墓我是熟悉的，我为它写过一个短篇《墓园》。对于长时间挨斗的人，墓园就是天堂。我不是说死，我指的是静。在精神折磨最厉害的时候，我也有过短暂的悲观绝望的时刻，仿佛茫茫天地间就只有一张老太太的脸对我微笑。但是这些都过去了。经过十年的考验，我活了下来，我还能够拿笔，我还能够飞行十七个小时。我居然第二次来到沙多-吉里，我居然重新走进拉·封丹中学的大门。我走进五十年前的大饭厅的时候，我还在想我是不是在做梦。

　　饭厅的外形完全没有改变，只是设备更新了。我进了每天经过多少次的厨房，我过去住在大饭厅的楼上。厨房里焕然一新，从前的那张长桌和那把切面包的刀不见了。有一次在假日，我用那把刀切别的东西，割伤了左手的小指头，到今天刀痕还留在我的手指上。经过厨房我上了楼，临窗的甬道还是那个样子。只是我住过的房间改小了。[1]当时住在紧隔壁的就是那位学哲学的朋友，他现在是华中师范学院的教授，他听说我到了法国，却想不到我"会去拉·封丹中学大饭厅楼上我们同住过的宿舍"。

---

[1]　后来我才知道楼上改建了一套学监住的房间，一部分面积给占用了。

两个房间都是空空的，好像刚刚经过粉刷或者修整。我手边还有着一张五十一年前的旧照，我的书桌上有成堆的书。我在房门外立了片刻，仿佛又回到那些宁静的日子。我看见自己坐在书桌前埋着头在练习簿上写字，或者放下笔站起来同朋友闲谈。我又走下楼，走到后院，到枝叶繁茂的苦栗树下，过去我起得早，喜欢在这里散步，常常看见那个在厨房劳动的胖姑娘从校长办公室里推开百叶窗，伸出头来微笑。我又从后院走进有玻璃门的过道，从前在假日我常常拿本书在过道里边走边读，几次碰到留小胡子的总学监，他对我的这种习惯感到惊奇。然后我又走到学生宿舍楼上的房间，另一个中国同学曾经在这里住过，也是我当时常到的地方。

这一天和下一天都是假日，看不见一个学生。这样倒好，免得惊动别人。说实话，我自己也想不到会有沙多-吉里之行。我没有主动地提出这个要求，虽然我满心希望能够在这个宁静的古城哪怕待上二三十分钟，可是我没有理由让同行的人跟随我寻找过去的脚迹。殷勤好客的主人中有人熟悉我的过去，读过我的文章，知道我怀念玛伦河上的小城，便在日程上作了安排，这样我就到沙多-吉里来了。连远在武汉的"哲学家"也感到"事出意外"，我的高兴是可想而知的。

九二八年十月中旬，我离开巴黎去马赛上船的前夕，最后一次到沙多-吉里去，只是为了拿着身份证到警察局去签字，以便在中国公使馆办回国的签证。这是早已忘记、临时发现、非办不可的事。我买了来回的火车票，来去匆匆，非常狼狈，心情十分不好。这一次坐小车沿着高速公路开进沙多-吉里，在学校的院子里停下来。年纪不太大的女校长冒着细雨在门口迎接我们，还有一位身材高大的副市长和一位老同学，他已经是诗人和作家了。

学校有大的变化，而我不用介绍和解释，便了解一切。我觉得对这里我仍然熟悉。一棵苦栗树，两扇百叶窗，都是我的老朋友。但是在我身边谈笑的那些新朋友不是显得更友好、更亲切么？我从来没有像这样把过去和现在混在一起，将回忆和现实糅在一起，而陶醉在无穷尽的友谊之中！

讲真话的书　(1977—1979)

我甚至忘记了时间的短暂。副市长从学校把我接到市政厅，打着伞送我进去。那是我过去没有到过的地方，在那里市长安·罗西先生为我们代表团举行了招待会，用热情、友谊的语言欢迎我们。我和他碰了杯，和在座的法国朋友碰了杯，从市长和副市长的手里分别接过了沙多－吉里的市徽和沙城出生的伟大诗人拉·封丹的像章，对我来说，再没有更珍贵的礼物了。过去我想念沙城的时候，我就翻看我回国写的那几个短篇（《洛伯尔先生》《狮子》《老年》和《墓园》）。今后我看见这两样礼物，就好像重到沙城。何况我手边还有老同学阿·巴尔博赠送的他的三卷作品。

这一次我又是满载而归，我得到了广泛的友谊。在市长的招待会上表示感谢的时候，我讲起了古然夫人慈母般的声音带给我的温暖。但是从市政厅出来，我们就离开了沙多－吉里。就只有短短的几十分钟！我没有打听到古然夫妇安葬在哪里，也没有能在他们的墓前献一束鲜花。回到北京我才想起我多年的心愿没有实现。不过我并不感到遗憾。这次重访法国的旅行使我懂得一件事情：友谊是永恒的，并没有结束的时候。即使我的骨头化为灰烬，我追求友谊的心也将在人间燃烧。古然夫人的墓在我的心里，墓上的鲜花何曾间断过。重来沙多－吉里也只是为了扩大友谊。我没有登古堡、过桥头，可是在心上我重复了五十一二年前多次的周末旅行。回到上海，回到离开四十天的家，整理带回来的图书、画册和照片，我感觉到心里充实。我几次走到窗前，望着皓月当空的蓝天，我怀念所有的法国的友人。……

回到上海我又想起住在武汉的"哲学家"，他来信问我："不知玛伦河桥头卖花小铺是否仍在？你还去买了一束鲜花？"他比我先到沙多－吉里，对那个宁静、美丽的古城有同样深的感情。他还记得桥头的花店，我们在校长夫人和小姐的生日就到那里买花束送去。花店里有一个名叫曼丽的金发小姑娘，遇见我们她总要含笑地招呼一声。倘使她还健在，也是七十光景的老太太了。那天下着小雨，我在车上看桥头，花店还在，却不是从前那个样子。我没有下车停留。后来我才想：要是能够留一两天问清楚每个熟人的情况,那有多好。其实,凭我这一点印象,真能够打听清楚我想知道的一切吗?五十年并不短……而且中间发生了世界大战。连拉·封丹中学的外国学生登记名册也不全了,我只找到一个熟悉的人,"巴恩波",我找不到"哲学家"的大名,也找不到我自己的名字——Li Yao Tang(李尧棠)。

七月十二日

"友谊的海洋"
——随想录二十二

　　一九二七年第一次到巴黎，我是那样寂寞。这一次再访巴黎，我仿佛在友谊的海洋里游泳，我发觉有那么多的朋友。"友谊的海洋"，这是我当时的印象，也是我当时的感受。我很担心：我已经游到了中心，怎么能回到岸上？离开这一片热气腾腾的海洋是不是会感到痛苦？

　　两个月后的今天，我坐在自己工作室里写字桌前，我的心仍然给拉回到我离开的地方。一闭上眼睛我就看见那一片人海。即使淹没在这样的海里，我也不会感到遗憾。

　　对于友谊各人有不同的看法。有的人认为对朋友只能讲好话、只能阿谀奉承，听不得一句不同的意见，看不惯一点怀疑的表示。我认为不理解我，并不是对我的敌视；对我坦率讲话，是愿意跟我接近；关心我，才想把一些与我有关的事情弄清楚。对朋友我愿意把心胸开得大一点，看得高一点，想得远一点。

　　在我国驻法大使馆为我们代表团举行的告别酒会上，我又见到了第二电视台的记者克莱芒先生，这是我们第三次的见面。我第一次看见他是在去年十二月，他到我家里拍电视片，第二次是今年四月他把我从巴黎香榭丽舍大街附近的旅馆接到电视台，同我进行了五分钟的临时对话。我们谈着同样的话题：大字报、民主、人权、自由……头两次都是面对着全世界，而且限定时间，我有些紧张，但并未失去冷静。我表示了自己的立场，说了真话，只想到不要引起误解，却忘了说服别人。这一次我们碰了杯，我说我真愿意跟他辩论一次，帮他弄清楚一两个问题。他说他今明年还要到中国访问。我就说，他应当多看看、多听听，看了、听了之后还应当多想想。我的意思是：应当根据自己的见闻作出判断，不要以为在中国什么都是十全十美。尽管今天还有人在刊物上吹嘘我们这里"河水涣涣，莲荷盈盈，绿水新池，艳阳高照"，也有人因为外国友人把"五七"干校称为"五七营"感到不满，但是我总觉得外国朋友并不是对我们一无所知。不到三个星期的访问和交谈，我才明白一件事情：法国朋友关心中国，愿意了解中国，而且正在埋头研究中国。他们有时接触到我们设法回避的问题，也只是为了加深对我们的了解，克莱芒先生就是把干校称为"营"的。我对他只说我在干校里受到锻炼，学会劳动，学到许多事情。但是在干校的两年半的时间里我没有一天感觉到我是一个"学生"，这也是不可改变的事实。的确有人把我当作"犯人"看待。我还记得一九七一年九月底我回上海度假的前夕，"工宣队"老师傅找我谈话，对我说："根据你的罪行，判你十个死刑也不多。"在那些人的脑子里哪里有什么"人权、民主、自由"？据说它们都是资产阶级的"遮羞布"。其实资产阶级从来是说的一套做的另一套，到了利益攸关的时刻，他们根本没有什么"遮羞布"。难道我们因此就不敢面对现实？就不敢把不幸的十年中间所发生的一切彻底检查一番，总结一下？

去年十二月我在自己家里同克莱芒先生进行第一次电视对话的时候，我说我在国内享受充分的自由，他似乎不相信，但我说的是真话。

他问起李一哲的事情。虽然去年六月我还听说他们是"反革命集团"，但是没有经过公开的审判，没有宣布罪状，我知道他们的大字报已经有了法文译本，在法国电视台人们正在谈论他们的问题。我不了解，就没有发言权，我只好老实地讲不知道。我没有人云亦云，也并未因此受到任何批评。要是我当时不动脑筋，就随口给人戴上帽子，那么第二次在巴黎看见克莱芒先生，我怎么向他解释？因为李一哲案件已经平反，所谓

讲真话的书 （1977—1979）

"反革命集团"只是不实之词。外国朋友对这个事件倒比我们清楚，讲起来有凭有据、头头是道。我过去吃过人云亦云的苦头，现在头脑比较清醒了。

我同克莱芒先生不止一次地谈到大字报的事情，但是在荧光屏上我们只有那么短的时间，外国朋友对大字报有不同的看法，以为大字报就是"民主"的化身。谈论大字报，难道我没有资格发言？整整五年中间，成百上千的大字报揭发、肯定我的罪行，甚至说我是"汉奸卖国贼"，在大街上、在大广告牌上长时期张贴"大批判专栏"揭发我的所谓罪状，随意编造我的所谓罪行，称我为狗，连我的老婆、兄弟、儿女都变成了狗群。我记得最清楚：我的爱人第二次被揪到"作协分会"去的时候，人们在我家大门上张贴了揭发她的罪行的大字报，倘使不是我的儿子晚上把它撕掉，一张大字报真会要她的命。我在巴黎不止一次地说："大字报有好的，也有坏的。但是总得限定一个地方，不能满城都贴。大家想想看，要是巴黎到处都是大字报，还好看吗？"我这样说，已经很能克制自己了。贴别人的大字报也不见得就是发扬民主。民主并不是装饰。即使有了民主墙，即使你贴了好的大字报，别人也可以把它覆盖，甚至可以撕掉，也可以置之不理。只有在"四害"横行的时期大字报才有无穷的威力。一纸"勒令"就可以抄人家、定人罪，甚至叫人扫地出门，因为它后面有着"四人帮"篡夺了的一部分权力。但这是早已过去的事情了。今后呢……历史总是要前进的，我始终这样相信。历史是人民群众写出来的，我始终这样相信。靠长官意志写历史的时代早已一去不复返了。这一点，关心我们国家前途的外国朋友也能理解，那么我请他们不要只是留心"民主墙"多了几张大字报，讲了些什么话，还是更多地注意我们人民群众在想什么、做什么吧……

虽然我们交谈的时间有限，可是我们还是增进了相互的了解。克莱芒先生告诉我，法国人对我表示关心，有两个原因，其中一个就是我受过"四人帮"多年的迫害。最近我见到一位访日归来的朋友，他在日本受到十分热情的接待，他说正是因为他受到"四人帮"长期的迫害。我们对外国朋友很少谈"四人帮"的迫害，可是别人知道的比我们料想的多。"四人帮"动员了全部舆论工具宣传了整整十年，没有把一个人搞臭，倒反而给他的名字添上一些光彩，这不是值得深思的吗？……

倘使我第四次看见克莱芒先生，我们还会继续进行辩论，但是我们之间的了解和友谊一定加深。我们飞渡重洋，探"亲"访友，难道不是为了增进友谊？为什么我的眼前还有那一片热气腾腾的人海？为什么我的耳边还响着法国朋友们的亲切招呼？为什么我怀着倾吐不尽的真实感情写下这一篇一篇的回忆？为什么我在三十五摄氏度的大热天奋笔直书的时候恨不得把心血也写在纸上？原因是：我想到远在法国的许多朋友，我重视他们的友情，我为这友情感谢他们，我也要把这友情留传给子子孙孙。

七月十六日

中国人
——随想录二十三

我出国之前完全没有想到，在法国十八天中间，我会看见那么多的中国人。各种各样的中国人，他们来自世界各地，过着各样的生活，有着不同的思想，站在不同的立场。他们穿不同的服装，发不同的口音，有不同的职业。我们参加过巴黎三个大学（第三、第七、第八）中文系的座谈会和招待会，会上见到他们；我们出席过在弗纳克书籍超级市场里举行的和读者见面会，会上见到他们；我们出席过法中友协的座谈会，在那里也见到他们。有些人好像真是无处不在，不过我也没有想过避开他们。我过去常说我写小说如同在生活，我的小说里的人物从来不是一好全好，一坏到底。事物永远在变，人也不会不变，我自己也是这样。我的思想也并不是一潭死水。所以我想，即使跟思想不同的人接触，只要经过敞开胸怀的辩论，总可以澄清一些问题，只要不是搞阴谋诡计、别有用心的人，我们就用不着害怕，索性摆出自己的观点，看谁能说服别人。

离开了祖国，我有一个明显的感觉：我是中国人。这感觉并不是这一次才有的。五十二年前我就有过。我们常常把祖国比作母亲。祖国的确是母亲，但是过去这位老母亲贫病交加、朝不保夕，哪里管得了自己儿女的死活！可是今天不同了。出了国境无论在什么地方，我总觉得有一双慈爱的眼睛关心地注视着我。好像丹东讲过类似这样的话：人不能带着祖国到处跑。我不是这么看法。这次出国访问使我懂得更多的事情。不

一九七九年

管你跑到天涯地角，你始终摆脱不了祖国，祖国永远在你的身边。这样一想，对于从四面八方来到巴黎的中国人，我的看法就不同了。在他们面前我热情地伸出手来，我感觉到祖国近在我的身旁。祖国关心漂流在世界各地的游子。他们也离不开祖国母亲。即使你入了外国籍，即使你不承认自己是中国人，即使你在某国某地有产业，有事业，有工作，有办法，吃得开，甚至为子孙后代作了妥善的安排，倘使没有祖国母亲的支持，一旦起了风暴，意想不到的灾祸从天而降，一切都会给龙卷风卷走，留给你的只是家破人亡。这不是危言耸听，一百年来发生过多少这样的惨剧和暴行。几十万、几百万的华侨和华裔越南"难民"今天的遭遇不就是最有力的说明么？过去华侨被称为海外孤儿。我一九二七年一月在上海搭船去马赛，在西贡、在新加坡上岸闲步，遇见中国人，他们像看到至亲好友那样地亲热。这种自然发生的感情是长期遭受歧视的结果。一九三一年我写过短篇小说《狗》，小说中的我会"在地上爬，汪汪地叫"，会"觉得自己是一条狗"，难道作者发了神经病？我写过一篇散文《一九三四年十月十日在上海》，文章里有人说："为什么我的鼻子不高起来，我的眼睛不落下去……"难道我缺乏常识，无病呻吟？不！在那些日子里一般的中国人过的是什么样的生活？我们是不会健忘的。今天重读我一九二五年在日本写的短篇《人》，我又记起那年四月里的一场噩梦，那天凌晨，好几个东京的便衣警察把我从中华青年会宿舍带进神田区警察署拘留到当天傍晚。我当时一直在想：要是他们一辈子不放我出来，恐怕也没有人追问我的下落，我不过是一个普通的中国人，一个"孤儿"。

今年四月三十日傍晚我们中国作家代表团在巴黎新安江饭店和当地侨胞会见，我们感谢华侨俱乐部的盛情招待。出席聚餐会的人有好几十位，但据说也只是要求参加的人中间的一部分。席上我看见不少年轻人的脸，我也见到那位从日内瓦赶来的女编辑，她是我一个朋友的外甥女，她想了解一些祖国的情况，但是我们的法国主人已经无法为我们安排会谈的时间了。还有不少的年轻人怀着求知心到这里来，他们需要知道这样或者那样

讲真话的书 (1977—1979)

的关于祖国的事情，总之大家都把希望寄托在这个聚餐会上，反正我们一行五个人，每个人都可以解答一些问题。这个聚会持续了三个多小时，我或者听，或者讲，我感到心情舒畅，毫无拘束。年轻人说："看见你们，好像看见我们朝思暮想的祖国。"他们说得对，我们的衣服上还有北京的尘土，我们的声音里颤动着祖国人民的感情。我对他们说："看见你们，我仿佛看见一颗一颗向着祖国的心。"游子的心是永远向着母亲的。我要把它们全带回去。

聚餐以后大家畅谈起来。可是时间有限，问题很多，有些问题显得古怪可笑，但问话人却是一本正经，眼光是那么诚恳。我好像看透了那些年轻的心。有些人一生没有见过母亲；有些人多年远游，不知道家中情况，为老母亲的健康担心；有些人在外面听到不少的流言，无法解除心中的疑惑。他们想知道真相，也需要知道真相。我不清楚我们是否满足了他们的要求，解答了他们的疑问。不过我让他们看见了从祖国来的一颗热烈的心。我紧紧地握了他们的手，我恳切地表示了我的希望：大家在各自的岗位上努力吧。祝我们亲爱的母亲——我们伟大的社会主义祖国万寿无疆。我们为亲爱的祖国举杯祝酒的时候，整个席上响起一片欢腾的笑语，我们互相了解了。

当然不是一次的交谈就可以解决问题。我这里所谓"互相了解"也只是一个开始。过了一个多星期，我们访问了尼斯、马赛、里昂以后回到巴黎，一个下午我们在贝热隆先生主持的凤凰书店里待了一个小时。气氛和在新安江饭店里差不多，好些年轻的中国人拿着书来找我们签字。我望着他们，他们孩子似的脸上露出微笑。他们的眼光是那么友好，那么单纯，他们好像是来向我们要求祝福。我起初一愣，接着我就明白了：我们刚从祖国来，马上就要回到她身边去，他们向我要求的是祖国母亲的祝福。

我还见到一位从国内出来的年轻人，他有一个法国妻子，说是几年后学业结束仍要回国。他对我女儿说：华侨同胞和法国朋友在一些会上向我提问题十分客气，有些尖锐的问题都没有提出来。这个我知道，不过我并不害怕，既然参加考试，就不怕遇到难题。我不擅长辞令，又缺乏随机应变的才能。我唯一的武器是"讲老实话"，知道什么讲什么。我们的祖国并不是人间乐园，但是每个中国人都有责任把它建设成为人间乐园。对那位从中国出来的大学生，我很想作这样的回答："你袖手旁观？难道你就没有责任？"还有人无中生有在文章里编造我的谈话，给自己乔装打扮，这只能说明他的处境困难，他也在变。他大概已经明白了这样一个真理：人无论如何甩不掉自己的祖国。

最后，我应当感谢《家》的法译者李治华先生。四月二十五日早晨我在戴高乐机场第一次看见他，五月十三日上午他在同一个机场跟我握手告别，在我们访问的两个多星期中，除了在马赛和里昂的两天外，他几乎天天和我在一起，自愿地担任繁难的口译工作。要是没有他的帮忙，我一定会遇到很多困难。他为我花费了不少的时间和精力，我没有讲一句感谢的话。我知道这只是出于他对祖国母亲爱慕的感情。他远离祖国三十多年，已经在海外成家立业，他在大学教书，刚刚完成了《红楼梦》的法文全译本，这部小说明年出版，将在法国读书界产生影响。

但是同他在一起活动的十几天中间，我始终感觉到有一位老母亲的形象牵系着他的心，每一个游子念念不忘的就是慈母的健康，他也不是例外……

我的工作室里相当热，夜间十一点我坐在写字桌前还在流汗。这里比巴黎的旅馆里静，我仿佛听见夜在窗外不停地跑过去。我的生命中两个月又过去了。我没有给那些人中间任何一个写过一封信，可是我并没有忘记他们。我每想到祖国人民在困难中怎样挺胸前进的时候，我的脑子里就浮现出散居在世界各地的中国人。一滴一滴的水流入海洋才不会干涸。母亲的召唤永远牵引游子的心。还需要我讲什么呢？还需要我写什么呢？难道你们没有听见母亲的慈祥的呼唤声音？我已经把你们的心带到了她的身边。

七月二十二日

人民友谊的事业
——随想录二十四

我们在赵无极先生家里过了一个愉快的夜晚。到了十一点钟，似乎应当告辞了，主人说照法国的习惯，照他们家的习惯还可以继续到午夜。然而这是我们在法国的最后一个夜晚，明天大清早我们就要搭班机返国了。这天我们是参加了法中友协的干部会议从郊外赶到赵家的，"友协"的干部拉斯吉叶先生开车送我们到赵家。本来他和他的夫人准备两小时以后开车来接我们回旅馆，我们想让他们休息，就说自己回去方便，坚决地请他们不要来。最后他们把电话号码抄给了我们。等到要离开赵家的时候我们才发现叫出租汽车有困难，便打电话到拉斯吉叶家，说是他早已开车出去。我们走出赵家大门，一辆面包车在门外等候，从车上走下来拉斯吉叶夫人，驾驶座上坐的是她的丈夫。巴黎的五月的凉夜突然暖和起来了。他们夫妇在巴黎地拉尔旅馆楼下同我们告别的时候，带着友好的微笑祝我们这一夜得到很好的睡眠。

我回到七楼上的房间，为了整理行李，忙了将近两个小时。凌晨一点前，该办的事情都办好了。我感到疲劳，但是我不想睡。我坐在摆满沙发的宽敞的客厅里，没有翻看书报，也没有人同我谈话，十八天的生活像影片似的在我的脑子里一本一本地映了出来。几个小时以后我就要去戴高乐机场。离开这个国家，我感到留恋，离开朝夕陪同我们活动的法国朋友，我感到痛苦。"友谊"并不是空洞的字眼，它像一根带子把我们的心和法国朋友的心紧紧地拴在一起。"法中友协"是民间团体，经费有限。为了便于我们活动，朋友们借来一辆面包车，由"友协"的干部轮流来为我们开车。他们并不是"友协"的专职干部，大家都有另外的工作。他们为我们花费了不少的时间和精力，他们想得周到，做得自然，他们接待我们就像接待久别重见的亲友。对于他们这一切全是自觉自愿的"义务劳动"，鼓舞他们的力量是友谊，是对新中国的热爱，是对中国人民的感情。我们每次向他们表示谢意，他们总是带笑地回答："你们来了，我们就高兴了。我们盼你们盼了好久了。"我们还有什么话好说呢？

其实我们有许多话可以说，也应该说。同法国朋友在一起的时候，我总觉得他们想尽多地了解我们，也希望我们尽多地了解他们。他们对我们怀着无限的好意，但是对我们国内发生的事情也有一点疑惑，他们需要更多的理解。我们最后一次参加他们的干部会议，以为会上总有人提出要求帮忙澄清几个问题，他们的会议就是为着解决思想问题召开的。可是他们不愿意打扰我们，害怕使我们感到为难，什么都没有讲出来。我们感到轻松地走出了会场。只有坐在巴黎地拉尔旅馆七楼会客室的沙发上休息的时候，我才想到还有许多话没有讲。我们增进了友谊，可是很难说相互的了解加深了多少！我记起来，我们进行访问的时候，好几次"友协"的秘书长马纪樵夫人开她的小车送我到目的地。有时路相当长，小车常常中途停下，我们有机会交谈，她让我们了解一些法国的事情，却从不问："你们那里怎样，怎样？"有一次她谈起刚刚读了《家》的法译本，说对书中一些事情她也能理解，她年轻时候本来打算学医，因为父亲反对，才改学经济。另一次她的女儿也在车上，她们母女坦率地讲了些法国青年学生思想和生活的情况。"友协"的主席贝热隆先生陪同我们飞尼斯，去马赛，游里昂，我和他第一次见面就仿佛相识了多年。他知道我在翻译赫尔岑的回忆录，就把他收藏了多年的法译本《赫尔岑文选》送给我。我们从尼斯到马赛，因为通知当地"友协"的到站时间有错，迎接的人来迟了，急得贝热隆先生跑来跑去，不住地摇头，接连打电话找人。看见他急得那个样子，我反倒几次同情地安慰他，这当然没有用。但是后来车站上一下子出现了不少的人，他畅快地笑了。根据我的印象，这是一位脾气很好的人。为了安排我们访问的日程，他也花了不少的心血。在尼斯我们感受到家庭的温暖，在马赛海滨我找到五十一年前的脚迹，在里昂我们过着友谊的节日。他和我们一起衷心愉快地欢笑。在维尔高尔先生"岛上磨坊"的家里我们谈得十分融洽。在沙多-吉里我重温了五十一二年前美好的旧梦。这也和贝热隆先生与马纪樵夫人的安排分不开的。从早到晚，他们没有得到片刻的休息，其他的"友协"干部也是如此。我们和他们虽然都是初次见面，但我尊敬一切为人民友谊鞠躬尽瘁的人，他们在荆棘丛中找寻道路，在泥泞里奋勇前进，对他们这种艰苦的工作，子孙后代是不会忘记的。

  亲爱的朋友们，你们的工作绝不是徒劳的。你们不声不响地为我们所做过的一切，我们都牢牢地记在心上。道路可能很长，困难仍然不少，但是光明永远在前面照耀。我们回国已七十多天，代表团成员分居三个省市，今天我还接到诗人的来信，他说："想起在法国的那十八天，意味还是很长，许多美好的回忆是不会忘记的。"诗人可能把他火热的感情写成动人的诗篇。我呢，这几篇随笔只是向法国朋友的普通问候。倘使问起我这次访问的最大收获，我的回答便是：让我也把这余生献给人民友谊的事业！

七月二十四日

中岛健藏先生
——随想录二十五

访法归来，我在上海写信给东京的日本友人中岛健藏先生说："在巴黎同朋友们谈起当代的法国文学，我常常想到您，因为您是法国文学的研究者。"好久以前我读过中岛先生一篇介绍罗杰·马丁·狄·加尔的长篇小说《蒂波一家》的文章，保留着深的印象。但这次我在巴黎经常惦记中岛先生，还有一个原因，那就是他患着肺癌，据说到了后期了。

我知道中岛患癌症比较迟。去年八月中日和平友好条约签订以后，我国广播电台的记者到我家里来采访，我谈起过去在艰苦的岁月里不怕困难、不畏强暴、长期为两国人民友谊奋斗的中岛先生，表示了深深的怀念，我说看到他多年的艰苦工作开花结果，他应当放心地休息了，我祝愿他健康长寿。当时我并不知道他生病，我想他不久会在上海机场出现，我等待这一天的到来。

这样的等待我有过一次，那是在一九六六年七月在武汉机场同他们夫妇分别以后，我在度日如年的"牛棚"生活中常常回忆起同中岛先生一起喝酒谈心的日子，我相信我们还有重逢的机会，我等待着。等了十一年，我终于在上海的虹桥机场上接到了他，我们含着热泪紧紧握着彼此的手，"你好！"再也说不出什么了。我陪同他们活动了几天，还举行过座谈会，也讲了一些我个人的事情，可是那些堆积在我心里的话却始终没有讲出来。十几年来它们像火一样地烧着我的心，我哪一天忘记过它们！非

讲真话的书 (1977—1979)

常鲜明地印在我心上的就是这一件事：一九六六年六月中岛先生到北京出席亚非作家紧急会议，京子夫人同行，那天到机场欢迎的人不少，我也在其中。他们夫妇见到我，非常高兴。到了旅馆，闲谈起来，京子夫人还说看见我，他们很放心了。就在当时我也明白这所谓"放心"是什么意思，以后经过几次的交谈，我更了解他们夫妇对我的关心。那个时候《人民日报》已经发表了《横扫一切牛鬼蛇神》的社论，在日本流传着各种谣言，说是郭老的著作全部烧毁，他们以为我一定凶多吉少，想不到我还出来活动，他们的高兴是十分真诚的。我的感谢也是十分真诚的。那个时候我仿佛就坐在达摩克利斯的宝剑①下面，准备着随时落进灾祸的深渊，我多么珍惜这一份友情。我同他们一起从北京到武汉，后来我们在武昌机场分别，我对着民航小飞机不住地挥手，想到这也许是我和他们的最后一面，泪水使我的眼睛模糊了。只有在无穷无尽的"靠边"受审查的岁月中，在"五七"干校边种菜边背诵但丁的《神曲》第一部的漫长的日子里，我的内心又渐渐产生了希望，我想得很多。我常常想起东京的友人。我在报上看到中岛的照片和他到中国的消息。我盼望着、等待着同他们再见。

漫漫的长夜终于到了尽头，第一次的等待使我看到了光明。从一些熟人的口中我还听到不少动人的故事。在我生死不明、熟人在路上遇见都不敢相认的日子里，好些日本朋友四处打听我的消息，要求同我见面。有一次"中日友协"的工作同志告诉我在"四害"横行的时期，年近九十的土岐善麿先生到中国访问，听说不让我出来，他说他想不通。

在巴黎的法国朋友也曾使用各种方法打听我是否已遭"四人帮"的毒手。友情是我的生命中的一盏明灯，离了它我的生存就没有光彩，离了它我的生命就不会开花结果。我不是用美丽的辞藻空谈友情的。

第二次的等待却成了空。我到了北京，才知道中岛的真实病情。但是

---

① 达摩克利斯的宝剑：根据古传说，这宝剑是用头发悬挂起来的，达摩克利斯奉命坐在剑下，剑随时都可能落在他的头上。

我还希望他的病有转机。我开始给他写信,我去过三封信,他写过三封回信。写第一封信的时候,我还不了解他的病情的严重。他在第二封回信中告诉我,他"只能坐在床上用口述的办法进行工作。目前只是为一份杂志写连载文章《昭和时代作家群像》"。过了两个多月他寄来的第三封回信中附了一份水上勉先生到中国访问一行五位的名单,他们将在六月十五日在上海搭日航班机返国,他希望我接待他们。小说家水上先生也是我一位老友,十六年前我和冰心大姐曾到他府上做客,去年五月我又曾到北京饭店新楼同他和其他日本作家畅谈了一个夜晚。同他在上海重逢将是我莫大的愉快。然而在水上先生快要到上海的时候,我忽然得到通知去北京出席五届人大常委会的一次会议,匆忙中我给水上先生留下一封道歉的信,还有一封信是请他带给中岛先生的。可是我到了北京不几天,《人民日报》就刊出了中岛先生的噩耗。我托全国文联打了一个唁电去。但是对和中岛先生相依为命的京子夫人我能讲什么话呢?再过两天从上海转来水上勉先生的复信:"杭州出发的前夜接到中岛健藏先生的讣告,来到上海又收到您的信和您托我转交中岛先生的信函,实在无法制止悲痛之情。……"我给中岛先生的信就是访法归来写的那一封,我哪里想到他的时间竟然是这么短促,连听人念它的机会也没有!一位在北京作协工作的朋友对我说:"我见到和水上先生同来的木村女士,她含着眼泪说,'中岛先生不会活过一个星期了。'"我开完会回到上海,有一天同王西彦同志谈起,他接待过水上先生,他告诉我:"同行的木村女士说,中岛先生病危时,讲过几个人的名字,有一个就是你。"这一切我为什么早不知道?我为什么从法国回来不马上给他写信?

  为什么我不赶去东京探病?现在已经太迟了!他再也听不见我的声音,再也看不到我的字迹了。难道这就是结局?难道这本友情的书就从此关上给锁在书橱里面永远不再打开?不,不可能!死绝不能结束我们之间的友谊。

  我最初看见中岛在一九六一年,那是中国解放后我第一次访问日本。

讲真话的书 (1977—1979)

以后我去他来，我们几乎年年见面，无话不谈，一直到一九六六年七月。他喜欢酒，又有海量；我几次请他喝酒，但我也常常劝他有所节制。我的劝告不会有多大作用，我知道他是借酒浇愁。当时他正在为着中日两国人民友谊的事业艰苦奋斗，他接到恐吓信，他受到歧视，他的文章找不到发表地方，书店不出他的著作，生活的源泉给堵塞了，他卖掉了汽车，困苦地过着日子。他并不屈服，也不动摇。他在中日文化交流这个巨大工作上注入了多少的心血。我三次访日，当时两国邦交并未正常化，在复杂、困难的环境中，中岛先生是我们活动的一个有力的支持。我深深体会到，要是没有中岛先生这许多年的努力，我们中日两国的文化交流会有今天这样的发展么？只有由荆棘丛中、泥泞路上走到大路的人才充分了解日中文化交流协会和它的主要负责人中岛先生的工作的重大意义。

有一次我和中岛闲谈，他说，看来，中日友好将是他最后一件重要工作了，他没有什么顾虑和害怕。"我挑选了这个工作，走上这条道路，绝不后悔。"他说。于是他谈起他的"新加坡的经验"来。一九四二年他当过随军记者到过新加坡，亲眼看见日本军人毫无根据逮捕大批华侨，全部枪杀。后来有些死者的母亲拿着儿子的照片向中岛先生打听下落。他一直为这件事感到苦恼。他苦苦想着战后日本的出路。

他，这个著名的评论家和法国文学研究者，终于找到了他的主要的工作——中日两国人民世世代代友好下去。这也是他用他的心血写成的"天鹅之歌"[①]。他的确为它献出了他晚年的全部精力。……

昨天日本小说家井上靖先生经过上海回东京，我到机场送行。闲谈间我想起两年前的事。两年前我也曾来这里送别，客人中除井上先生外，还有中岛先生和京子夫人，还有其他的日本朋友。不过两年的时间，机场上仍然是一片灿烂的阳光，候机室里却似乎冷清得多，我始终感觉到自己心

---

① "天鹅之歌"：根据西方古代传说，天鹅临死发出美好的歌声，因此借用它来指诗人的最后杰作。

上那个无法填补的空洞，井上先生和我都在想念那位失去的友人。

日航班机飞远了。我也回到家里。我静下来，仍然不能忘记失去的老友。我又找出他今年的来信，读着："一九六一年樱花盛开的时节我同您一起游览了富士五湖和金泽，那个时候我们在东京还遇见了春雪，想起来好像是昨天的事情。还有东京新宿的秋田家，它的老板娘上了年纪，去年把店关了。您下次来日本就另外找一家像秋田家那样的地方为我们的友谊干一杯吧……"这是三月十六日信上的话。

敬爱的朋友，我是要来的。但是我在什么地方为我们的友谊干杯呢？中日两国的邦交恢复了。中日和平友好条约签订了。您的五卷新作《回想之文学》出版了。您的事业正在发展，您的影响不断扩大。为什么您偏偏死在刚刚看到胜利的曙光的时候？然而您放心吧。大桥架起来了，走的人越来越多，它是垮不了的。您看不到的美景，子孙后代会看见的，一定会看见的，我相信，我坚信。

七月三十日

观察人
——随想录二十六

不久前有两位读者寄给我他们写的评论我的文章。他们都是研究中国现代文学的，一位是大专学校的老师，另一位在做文学评论的工作，总之，他们都读过我的书，我就简单地称他们为读者吧。他们的文章长短不同，内容也有差别，篇幅较多的好像是我的评传，另一篇则专论"激流三部曲"。两位读者对我都有好感，不过他们有一个共同的意见：作者不应该对他所批判的人物表示同情甚至过多的同情。这个意见的确打中了我的要害。而且在他们之前就有人这样指出我的缺点。现在让我来谈谈我自己的想法。

首先我想说，我不知道他们的"批判"是什么样的"批判"。是不是我自己经受过几十次的那种批判？是不是那种很像在演戏的、一片"打倒"声的"批判"？说实话，这种"批判"跟我的小说毫不相干。我想到的只是讲道理的批评，我批评的对象常常是我同情的人，唯其同情我才肯在他或者她的身上花费笔墨。对于冯乐山之流，我用不着批评，我只是攻击。

五十年来我在小说里写人，我总是按照我的观察、我的理解，按照我所熟悉的人，按照我亲眼看见的人写出来的。我从来不是照书本、照什么人的指示描写人物。倘使我写人写得不好，写得不像，那就是因为我缺乏观察，缺少生活，不熟悉人物。不管熟悉或者不熟悉，我开始写小说以来就不曾停止观察人；即使我有时非常寂寞，只同很少的人来往，但我总有观察人的机会。我养成了观察人的习惯。我不大注意人们的举动和服装，我注意的是他们在想什么，他们有着什么样的精神世界。长时期来我观察了各种各样的人。哪怕就是在我给关进"牛棚"的时期，虽然没有经过任何法律手续"造反派"就剥夺了我的公民权利，但是我仍旧保留着观察人的习惯。对于从各个省市来向我进行"外调"的人，尽管他们装模作样、虚张声势，有时甚至张牙舞爪，发脾气骂人，或者说假话骗人，尽管他们降低身份拼命学习传统戏里坏人干的那些栽赃陷害和"逼供信"的把戏，他们却没有想到我暗暗地在观察他们。他们的坏心思并未逃过我的眼睛，即使他们自称是"工宣队"或者"军代表"。

然而说起观察人，我也有失败的时候，例如解放后我在上海经常同张春桥打交道（他管着我们），我也常常暗中观察他，可是我始终猜不透他对我讲话时心里在想些什么。张春桥就是这样一个人！

观察人观察了几十年，只要不是白痴，总会有一点点收获吧。我的收获不大，但它是任何人推翻不了的。这就是：人是十分复杂的。人是会改变的。绝没有生下来就是"高大泉（全）"那样的好人，也没有生下来就是"座山雕"那样的坏人。只有"四人帮"才想得到什么"三突出""高起点"一整套的鬼话。他们说的话越漂亮，做的事越见不得人。他们垮台了，可是他们的流毒现在到处都有。譬如学习外语吧，我收听外语广播讲座时，还听到"为革命学习外语"的宣传，我想，学外语不去记单词、做练习、学文法、念课文，却念念不忘"革命"，那么一定学不好外语。同样从事革命工作的人并不一定要"为革命吃饭"，"为革命睡眠"。吃饭就吃饭，睡眠就睡眠，难道不挂上"革命"的牌子，就会损害革命者的崇高品质吗？

我写《家》，我写了觉新的软弱和他的种种缺点，他对封建家庭存着幻想，他习惯了用屈服和忍让换取表面的和平……我也写了他的善良的心。这是一个真实的人。他是封建社会的牺牲品，为什么不值得我的同

讲真话的书 (1977—1979)

情？我同情他的不幸的遭遇，却并没有把他写成读者学习的榜样。事实上并没有读者愿意向觉新学习。我在小说里写高老太爷临死前"伸手在觉慧的头上摩了一下"，对他低声讲了话，又写高老太爷一死，在场的人"全跪下去，大声哭起来"。很简单，高老太爷并不是魔王，觉慧也不是伟大的革命家。我并不红脸，我自己当时就是这样，我跟着大家跪在祖父的床前。在我的眼里他只是一个病故的老人，我那时只有十五岁。觉慧至多也不过大一两岁，他一直生活在那样的家庭里，难道他身上就没有一点封建的流毒？有。而且他有不少的缺点。他当时明白的事情也不多。他梦想革命，他不满意封建社会，但是他并不懂"为革命吃饭"等等的大道理，也不会跟他的祖父"划清界限"。至于高老太爷，据我那时的观察和后来的回忆、分析，他临死很有可能感到幻灭、泄气，他在精神上崩溃了，他垮了。有人责备我"美化"了高老太爷，说这是我的"败笔"。其实我的小说中处处都是这样的败笔，因为我的那些人物都是从生活里来的，不是从书本上来的。高老太爷凭什么不垮下来、一定要顽强到底呢？难道他那时就想得到若干年后他会在"四人帮"身上借尸还魂吗？

  今天我比任何时候都更清楚：人的确是十分复杂的，他的头脑并不像评论家所想象的那样简单。在我非常敬佩的某些人身上我也发现过正在斗争着的矛盾。即使在他们身上，也不是每个细胞都是大公无私的，私的东西偶尔也会占了上风。这是合乎情理的。与其事后批评他们，不如事先提醒他们。对好人也不应当一味迷信。我有这样一个印象：评论家和中国文学研究者常常丢不开一些框框，而且喜欢拿这些框框来套他们正要研究、分析的作品。靠着框框他们容易得出结论，不过这结论跟别人的作品是不相干的。我想起一件事情：去年或者前年下半年吧，有一种杂志在上海创刊，上面发表了一篇评论《家》的文章，两次提到作品的"消极因素"。过了几个月，这刊物的一位编辑来向我组稿。我就顺便问他：我这部小说起过什么消极作用？是不是有人读了《家》就表示要做封建家庭的卫道士？或者有人读过《家》就看破红尘，出家做和尚、当尼姑？再不然就有读者悲观厌世、自杀身亡？文章不是他写的，他没有回答我的义务。我也只是发发牢骚而已。

但"四人帮"横行的时候，作家是没有权利讲话的，更说不上发牢骚了。

八月二日

要不要制订"文艺法"?
——随想录二十七

我国的《宪法》规定"公民有进行科学研究、文学艺术创作和其他文化活动的自由"。这所谓"自由"绝不是空话。这里说得很明白,一个人从事文艺创作活动,只要他不触犯刑法或者其他法律,就不应该受到干涉。《宪法》上并没有规定还有一种拿着棍子和帽子的人可以自由干涉别人的文艺创作活动,可以随便给人扣帽子,向人打棍子。然而有人说是不是还要制订一种"文艺法",他并非在开玩笑,他实在是胆战心惊,因为拿棍子的人就在近旁,他们并不躲躲藏藏,却若隐若现,有时甚至故意让你看见。在这些人的脑子里,宪法是不存在的,他们对待第一个宪法和第二个宪法有了丰富的经验,他们只是在等待时机。所以说话的人真正希望刑法之外还有一种"文艺法",上面说得明明白白:写什么主题,怎样写法,如何开头,如何结束,哪一种人可以做反面人物,正面人物应当属于哪一种人,等等,等等。这样一来文艺工作者就可以"安全生产",避免事故了。

这种想法似乎很妙。其实一点也不妙。首先不会有人出来制订什么"文艺法"。其次即使有了"文艺法",它也不会像安全帽那样保护工作的人。我还记得"四害"横行的时候,因为有人说"文艺工作危险",就大批"文艺工作危险论"。"四人帮"及其爪牙大批"文艺工作危险论"的同时,又大整文艺工作者。凡是在文艺工作上有一点成绩的人都挨过整，受过迫害，有的给弄得身败名裂、妻离子散，有的给搞得骨灰盒中只有一支金笔或者一副眼镜。总不能说这不是一场百年难逢的"浩劫"吧。

现在形势大好。不过所谓"大好"也有不同的看法和不同的解释。我们是在一面医治创伤、一面奋勇前进的时候，我们应当鼓足干劲，充满信心，但是绝不能够自我陶醉，忘记昨天。我们还得及时给身上的伤口敷药。还要设法排除背后荆棘丛中散发出来的恶臭。有人大言不惭地说"现代的中国人并无失学、失业之忧，也无无衣无食之虑，日不怕盗贼执杖行凶，夜不怕黑布蒙面的大汉轻轻叩门"，这种白日做梦信口开河的做法是不会变出"当今世界上如此美好的社会主义……"来的。

然而在今年六月号的《河北文艺》上就出现了这样的话。文章的题目是：《"歌德"与"缺德"》。用意无非是拿起棍子打人。难道作者真以为"社会主义"就是靠吹牛吹出来的吗？不会吧。"四人帮"吹牛整整吹了十年，把中国国民经济吹到了崩溃的边缘，难道那位作者就看不见，就不明白？

那位作者当然不是傻瓜。他有他的想法。就有这么一伙人。有的公开地发表文章，有的在角落里吱吱喳喳，有的在背后放暗箭伤人，有的打小报告告状。他们就是看不惯"文学艺术创作的自由"，他们就是要干涉这种"自由"。宪法不在他们的眼里。其他的法律更不在他们的眼里。

那些给蛇咬过、见了绳子也害怕的人最好不要再搞文艺创作，你们希望有一个"文艺法"来保护自己。有人就是不满意宪法给你们的这种权利，你们怎么办？

道理非常简单：要维护自己的合法权利，也必须经过斗争。

八月五日

绝不会忘记
——随想录二十八

我还记得我十二三岁的时候在成都买过一种"良心印花",贴在自己用的书上。这种印花比普通的邮票稍微大一点,当中一颗红心,两边各四个字:"万众一心"和"勿忘国耻"。据说外国人讥笑我们是"一盘散沙",而且只有"五分钟的热度",所以我们发售这种印花以激励自己。我那个时候是一个狂热的爱国主义者。后来我相信了无政府主义,但爱国主义始终丢不掉,因为我是一个中国人,一直受到各种的歧视和欺凌,我感到不平,我的命运始终跟我的祖国分不开。

然而有一点我应当承认:我当时贴了印花,我记住了国耻纪念日,一九一五年五月七日和五月九日(日本政府向袁世凯提出企图灭亡中国的条约《二十一条》,五月七日提出,五月九日袁世凯表示接受,因此当时有两个国耻纪念日),但过了一个时期我就把"印花"的事忘得干干净净,偶尔想起来自己也感到难过:难道我真的只有"五分钟的热度"吗?我每自责一次,这个记忆在我的脑子里就印得更深一些。所谓国耻早已雪尽。今天的青年并不知道"五七"和"五九"是怎么一回事。但是我没有忘记,而且我不愿意做健忘的人。

这一年我身体不好,工作较多,很少时间读书。但偶尔也翻看了几篇青年作者的作品,有的写了他们个人的不幸的遭遇,有的反映了某一段时期的现实生活,有的接触了一些社会问题……总之,这些作品或多或少地揭露了某一个时期我们社会生活的真实的侧面。有人讨厌这些作品,称它们为"伤痕文学""暴露文学",说这些作品"难免使人伤悲",使人"觉得命运之难测、前途之渺茫"。也有人说:"斗争才是主流","写反抗的令人感愤"。我很奇怪,究竟是我在做梦,还是别人在做梦?难道那十一年中间我自己的经历全是虚假?难道文艺界遭受到的那一场"浩劫"只是幻景?"四人帮"垮台才只三年,就有人不高兴别人控诉他们的罪恶和毒害。这不是健忘又是什么!我们背后一大片垃圾还在散发恶臭、染污空气,就毫不在乎地丢开它、一味叫嚷"向前看"!好些人满身伤口,难道不让他们敷药裹伤?

"忘记!忘记!"你们喊吧,这难忘的十一年是没有人能够忘记的。让下一代人给它下结论、写历史也好,一定有人做这个工作。但为什么我们不可以给他们留一点真实材料呢?我们为什么不可以把个人的遭遇如实地写下来呢?难道为了向前进,为了向前看,我们就应当忘记过去的伤痛?就应当让我们的伤口化脓?

我们应当向前看,而且我们是在向前看。我们应当向前进,而且我们是在向前进。然而中华民族绝不是健忘的民族,绝不会忘记那十一年中间发生的事情。

八月六日

纪念雪峰
——随想录二十九

最近香港报上刊出了雪峰旧作诗八首在北京《诗刊》上重新发表的消息，从这里我看出香港读者对雪峰的怀念。我想起了一些关于雪峰的事情。

我去巴黎的前几天，住在北京的和平宾馆里，有一天傍晚雪峰的女儿来看我，谈起五月初为雪峰开追悼会的事。我说我没法赶回来参加，我想写一篇文章谈谈这位亡友。雪峰的女儿我过去似乎没有见过，她讲话不多，是个沉静、质朴的人。雪峰去世后不久，他的爱人也病故了，就剩下这姐弟三人，他们的情况我完全不了解，但是我有这样一个印象：他们坚强地生活着。

雪峰的追悼会一九七六年在八宝山开过一次。据说姚文元有过"批示"不得在会上致悼词。姚文元当时是"长官"嘛，他讲了话，就得照办。那算是什么追悼会！冤案未昭雪，错案未改正，问题似乎解决了，却又不能在光天化日之下出头。只有这一次要开的追悼会才是死者在九泉等待的那一种追悼会：伸张正义，推倒一切诬陷、不实之词。我在这里说"要开"，因为追悼会并没有在五月里举行，据说也许会推迟到召开第四次全国文代大会的日子，因为那个时候，雪峰的朋友们都可能来京参加，人多总比人少好。

我认识雪峰较晚，一九三六年底我才第一次看见他。在这之前一九二二年《湖畔》诗集出版时我是它的读者。一九二八年底我第一次从法国回来住在上海,又知道他参加了共产党,翻译过文艺理论的书,同鲁迅先生较熟。一九三六年我在上海,忽然听见河清(黄源)说雪峰从陕北到了上海。这年鲁迅先生逝世。我参加了先生的治丧办事处的工作,对治丧委员会某些办法不大满意,偶尔向河清发一两句牢骚,河清说这是雪峰同意的,他代表党的意见。我并未读过雪峰翻译的书,但是我知道鲁迅先生尊重党,也听说先生对雪峰有好感,因此就不讲什么了。治丧处工作结束以后,有一天鲁彦来通知要我到他家里吃晚饭,说还约了雪峰。他告诉我鲁迅先生答徐懋庸文最初是由雪峰起草的。我并不怀疑这个说法。先生的文章发表在孟十还主编的《作家》月刊上,在排印的时候,我听见孟十还谈起,就赶到科学印刷所去,读了正在排版中的文章,是许广平同志的手抄稿,上面还有鲁迅先生亲笔修改的手迹,关于我的那句话就是先生增补上去的。

我在鲁彦家吃饭的时候见到了雪峰。我们谈得融洽。奇怪的是他并未摆出理论家的架子,我也只把他看作一个普通朋友,并未肃然起敬。他也曾提起答徐文,说是他自动地起草的,为了照顾先生的身体,可是先生改得不少。关于那篇文章他也只谈了几句。其他的,我想不起来、记不下来了。我们海阔天空,无所不谈,每次见面,都是这样,总的说来离不了四个字:"互相信任"。我还记得一九四四年到一九四五年我住在重庆民国路文化生活出版社,雪峰住在斜对面的作家书屋,他常常到我这里来。有一夜章靳以和马宗融要搭船回北碚复旦大学,天明前上船,准备在我这里烤火、喝茶、摆龙门阵,谈一个晚上。我们已经有过这样的经验了,雪峰走过出版社,进来看我,听说我们又要坐谈通宵,他就留下来同我们闲谈到天将发白、靳以和宗融动身上船的时候。现在要是"勒令"我"交代"这一晚我们究竟谈些什么,我一句也讲不出,可是当时我们的确谈得十分起劲。

见第一面我就认为雪峰是个耿直、真诚、善良的人,我始终尊敬他,

讲真话的书 (1977—1979)

但有时我也会因为他缺乏冷静、容易冲动感到惋惜。我们两个对人生、对艺术的见解并不一定相同，可是他认为我是在认真地搞创作；我呢，我认为他是个平易近人的好党员。一九三七年我是这样看法，一九四四年我是这样看法，一九四九年我也是这样看法，一九五几年我也是这样看法。有一次在一个小会上，我看见他动了感情，有人反映今天的青年看不懂鲁迅先生的文章，可能认为已经过时，雪峰因此十分激动，我有点替他担心。解放后他有一次从北京回来，说某同志托他找我去担任一家即将成立的出版社的社长，我说我不会办事，请他代我辞谢。他看我意思坚决，就告诉我倘使我不肯去，他就得出来挑那副担子。我劝他也不要答应，我说事情难办，我想的是他太书生气，耿直而易动感情。但他只是笑笑，就回京开始了工作。他是党员，他不能放弃自己的职责。他一直辛勤地干着，事业不断地在发展，尽管他有时也受到批评，有时也很激动，但他始终认真负责地干下去。他还是和平时一样，没有党员的架子，可是我注意到他十分珍惜"共产党员"这个称号。谁也没有想到一九五七年他会给夺去这个称号，而且一直到死他没有能看到他回到党里的心愿成为现实。

错误终于改正，沉冤终于昭雪，可是二十二年已经过去，雪峰早已一无所知了。但我们还活着。我真愿意忘记过去。可是我偏偏忘不了一九五七年的事情。反右运动已经开始，全国人大会刚刚结束，我回上海之前一个下午跟雪峰通了电话，到他家里去看他。当时的气氛对他是不利的，可是我一点也感觉不出来，我毫无拘束地同他交谈，还对反右运动提出一些疑问，他心平气和地向我解释了一番。他殷勤地留我一起出去吃饭。我们是在新侨饭店楼下的大同酒家吃饭的。雪峰虽然做主人，却拿着菜单毫无办法，这说明他平日很少进馆子。他那艰苦朴素的生活作风在重庆时就传开了。吃过饭他还依依不舍地拉着我同他夫妇在附近闲走了一会。现在回想起来，他当时可能已经成为批判的对象，自己已预感到大祸即将临头了。

我回到上海，过一两个月再去北京出席中国作家协会党组扩大会议的最后一次大会。我还记得大会是在首都剧场举行的。那天我进了会场，池子里已经坐了不少的人，雪峰埋下头坐在前排的边上。我想不通他怎么会是右派。但是我也上了台，和靳以作了联合发言。这天的大会是批判丁玲、冯雪峰、艾青……给他们戴上右派帽子的大会。我们也重复着别人的话，批判了丁玲的"一本书主义"、雪峰的"凌驾在党之上"、艾青的"上下串联"等等，等等。我并不像某些人那样"一贯正确"，我只是跟在别人后面丢石块。我相信别人，同时也想保全自己。我在一九五七年反右前讲过："今天谁被揭露，谁受到批判，就没有人敢站出来，仗义执言，替他辩护。"倘使有人揭发，单凭这句话我就可能给打成右派。这二十二年来我每想起雪峰的事，就想到自己的话，它好像针一样常常刺痛我的心，我是在责备我自己。我走惯了"人云亦云"的路，忽然听见大喝一声，回头一看，那么多的冤魂在后面"徘徊"。我怎么向自己交代呢？

这以后我还见过雪峰多次，不过再也没有同他长谈的机会了。他的外貌改变不大，可是换了工作单位，也换了住处。他给戴上帽子，又给摘了帽子，他劳动过，又在写作。然后"浩劫"一来，大家都变成了牛鬼。在什么战斗小报上似乎他又给戴上了"叛徒"的帽子，我呢，中国作家协会上海分会的"造反派"早已印发专书封我为"无产阶级专政的死敌"，而且我在"四人帮"的掌握中一直与世隔绝。一九七二年我爱人病危，我才从"五七"干校迁回上海。第二年七月忽然下来了当时的"上海市委书记"王洪文、马天水、徐景贤、王秀珍和常委冯国柱、金祖敏六个人的决定，我的问题作"人民内部矛盾处理，不戴反革命帽子，发给生活费"。这是由我们那个组织的"支部书记"当众宣布的，没有任何根据，也拿不出任何的文件，六个人的决定就等于封建皇帝的诏令。他们妄想用这个决定让我一辈子见不了天日。朋友中谁敢来看望我这个"不戴帽子的反革命"呢？我也不愿意给别人、也给自己招来麻烦。我更害怕他们再搞什么阴谋、下什么毒手。我决定采取自己忘记也让别人忘记的办法。我听说雪峰在干校种菜，又听说他到了人民文学出版社鲁迅著作编辑室，我不声

讲真话的书 *（1977—1979）*

不响。我听说雪峰患肺癌进医院动手术，情况良好，我请人向他致意；我又听说他除夕再进医院，我为他担心；最后听说他在医院里病故，一个朋友来信讲起当时的凄凉情景，我没有发过唁电，后来听说在北京举行无悼词的追悼会，我也不曾送过花圈。我以为我已经走上了"自行消亡"的道路，却没有想到今天还能在这里饶舌。

我还想在这里讲一件事，是关于《鲁迅先生纪念集》的事情。这本书可能在一九三七年年初就开始编辑发排了，详情我并不知道。"八一三"全面抗战爆发，上海成为战场，文化生活出版社的业务完全停顿，几个工作人员也陆续散去。有人找出了《鲁迅先生纪念集》的校样，八百多页，已经全部看过清样了。这本书可能是吴朗西经手的，但他留在四川，一时回不来。河清（黄源）是《纪念集》的一个编辑。不过他也不清楚当初的打算和办法。看见没有人管这件事，我就想抓一下，可是我手边没有一个钱，文化生活出版社也没有钱，怎么办？就在这个时候我遇见了雪峰，我同他谈起这件事，我说现在离鲁迅先生逝世一周年纪念日近了，最好在这之前把书赶印出来。他鼓励我这样做，还说他可以帮忙，问我需要多少钱。我就到承印这本书的科学印刷所去交涉，老实讲出我们的困难。最后印刷所同意先收印刷费两百元，余款以后陆续付清。我把交涉的结果告诉了雪峰。有天早晨他到我家里来交给我两百元，说这是许景宋先生借出来的。于是我就拉着河清一起动起来，河清补写了《后记》，但等不及看见书印成就因父亲患重病给叫回海盐老家去了。十月十九日下午，上海各界在浦东同乡会大楼开会纪念鲁迅先生逝世一周年，我从印刷所拿到十本刚刚装订好的《鲁迅先生纪念集》放在许广平同志的座位前面，雪峰也拿到了一册。

关于雪峰，还有许多话可说，不过他似乎不喜欢别人多谈他，也不喜欢吹嘘自己。关于上饶集中营，他留下一个电影剧本。关于鲁迅先生，他写了一本《回忆鲁迅》。前些时候刊物上发表了雪峰的遗作，我找来一看，原来是他作为"交代"写下的什么东西。我读了十分难过，再没有比这更不尊重作者的了。作家陈登科在《光明日报》上发表文章主张作者应当享有版权，我同意他这个意见，主要的是发表文章必须得到作者的同意。不能说文章一脱稿，作者就无权过问。雪峰长期遭受迫害，没有能留下他应当留下的东西，因此连一九七二年别人找他谈话的记录也给发表了。总之，一直到现在，雪峰并未受到对他应有的尊重。

八月八日

靳以逝世二十周年
——随想录三十

时间好像在飞跑,靳以逝世一转眼就二十年了。但我总觉得他还活着。

一九三一年我第一次在上海看见他,他还在复旦大学念书,在同一期的《小说月报》上发表了我们两人的短篇小说。一九三三年底在北平文学季刊社我们开始在一起工作。(他在编辑《文学季刊》,我只是在旁边帮忙看稿,出点主意。)这以后我们或者在一个城市里,或者隔了千山万水,从来没有中断联系,而且我仍然有在一起工作的感觉。他写文章,编刊物;我也写文章,编丛书。他寄稿子给我,我也给他的刊物投稿。我们彼此鼓励,互相关心。一九三八年下半年他到重庆,开始在复旦大学授课。他进了教育界,却不曾放弃文艺工作。二十几年中间,他连续编辑了十种以上的大型期刊和文艺副刊,写了长篇小说《前夕》和三十几本短篇小说和散文集,并为新中国培养了不少优秀的语文教师和青年文学工作者。今天不少有成就的中年作家大都在他那些有独特风格的刊物上发表过最初的作品,或多或少地得到他的帮助。那些年我一直注视着他在生活上、在创作上走过的道路,我看见那些深的脚印,他真是跨着大步在前进啊。从个人爱情上的悲欢开始,他在人民的欢乐和祖国的解放中找到自己的幸福,《青的花》的作者终于找到了共产党,他的精神越来越饱满,情绪越来越热烈,到处都听见他那响亮的、充满生命和信心的声音:"你跑吧，你跑得再快再远，我也要跟着你转，我们谁也不能落在谁的后边。"

二十年过去了。他的声音还是那样响亮，那样充满生命和信心。我闭上眼，他那愉快的笑脸就在我的面前。"怎么样？"好像他又在发问。"写吧。"我不假思索地回答。这就是说，他的声音、他的笑容，他的语言今天还在给我以鼓励。

靳以逝世的时候刚刚年过五十，有人说："他死得太早了。"我想，要是他再活三十年那有多好。我们常常感到惋惜。后来在"文化大革命"期间，我和其他几位老作家在"牛棚"里也常常谈起他，我们却是这样说："靳以幸亏早死，否则他一定受不了。"我每次挨斗受辱之后回到"牛棚"里，必然想到靳以。"他即使在五九年不病死，现在也会给折磨死的。"我有时这样想。然而他还是"在劫难逃"，他的坟给挖掉了。幸而骨灰给保存了下来，存放在龙华革命公墓里。可是我哥哥李林的墓给铲平以后，什么都没有了。①

一九五九年靳以逝世后，中国作家协会派人到上海慰问他的家属，问起有什么要求，家属希望早日看到死者的选集或者文集。协会同意了，出版社也答应了，不过把编辑的事务委托给作家协会上海分会办理。最初听说要编四册，后来决定编成上下两集。《靳以文集》上集已经在"文化大革命"以前出版，印数少，没有人注意，而且"大写十三年"的风越刮越猛，即使还没有点名批判，出这样的书已经构成了右倾的罪名，再没有人敢于提起下集的事。于是石沉大海，过了十几年还不见下集的影子。死者的家属问原来的编辑人，说是早在"文化大革命"以前就交出了原稿。出版社呢？还没有人到出版社去交涉，但回答是料想得到的。"现在纸张缺乏"，或者"不在计划以内"。不过我想，倘使靳以忽然走运，只要风往

---

① 墓是我给他修建的。墓上有一本大理石的书，书上刻着这样三行字："我的心在这里找到了永久的家。"这是从他翻译的小说《悬崖》（俄国冈查罗夫著）中摘录下来的，字还是请钱君匋同志写的。运动一来，连书、连碑、连死者的遗骨都不知弄到哪里去了。

讲真话的书 *(1977—1979)*

这边一吹，下集马上就会出来。否则……谁知道靳以是什么人？已经十几年没有印过他的一本书了。

要是靳以死而有知，他会有什么感想呢？

八月十一日

《随想录》第一集后记[1]

《随想录》第一集收《随想》三十篇，作为一九七九年的一本集子。以后每年编印一册，到一九八四年为止。

《随想录》是我翻译亚·赫尔岑的《往事与随想》时的副产品。我说过赫尔岑的"这些议论就在当时看也不见得都正确"。而我的"随想"呢，我可以说，它们都不高明。不过它们都是我现在的真实思想和真挚感情。

古语说："人之将死，其言也善。"我过去不懂这句话，今天倒颇欣赏它。我觉得我开始在接近死亡，我愿意向读者们讲真话。《随想录》其实是我自愿写的真实的"思想汇报"。至于"四害"横行时期被迫写下的那些自己咒骂自己的"思想汇报"，让它们见鬼去吧。

过去我吃够了"人云亦云"的苦头，这要怪我自己不肯多动脑筋思考。虽然收在这里的只是些"随想"，它们却都是自己"想过"之后写出来的，我愿意为它们负责。

八月十一日在上海

---

[1] 《随想录》第一集已由香港生活·读书·新知三联书店出版，共收了前三十篇。

关于《神·鬼·人》
——创作回忆录之五

最近我在看我的两卷本《选集》的校样。第一卷中选了我在日本写的短篇小说《鬼》，它使我回忆起一些事情。我找出我的短篇集《神·鬼·人》，把另外的两篇也读了。这三个短篇都是在日本写成的。前两篇写于横滨，后一篇则是我迁到东京以后四月上旬某一天的亲身经历。我是一九三四年十一月下旬到横滨的。我怎样到日本去，在最近修改过的《关于〈长生塔〉》这篇文章里已经讲过了。至于为什么要去日本？唯一的理由是学习日文。我十六七岁时，就在成都学过日文。我两个叔父在光绪时期留学日本，回国以后常常谈起那边的生活。我们对一些新奇事物也颇感兴趣。后来我读到鲁迅、夏丏尊他们翻译的日本小说，对日本文学发生爱好，又开始自学日文，或者请懂日语的朋友教我认些单字，学几句普通的会话，时学时辍，连入门也谈不上。一九三四年我在北平住了好几个月，先是在沈从文家里做客，后来章靳以租了房子办《文学季刊》，邀我同住，我就搬到三座门大街十四号去了。我认识曹禺，就是靳以介绍的。曹禺在清华大学做研究生，春假期间他和同学们到日本旅行。他回来在三座门大街谈起日本的一些情况，引起我到日本看看的兴趣。这年七月我从北平回到上海，同吴朗西、伍禅他们谈起，他们主张我住在日本朋友的家里，认为这样学习日文比较方便。正好他们过去在东京念书时有一个熟人姓武田，这时在横滨高等商业学校教中国话，他可能有条件接待我。

吴朗西（不然就是《小川未明童话集》的译者张晓天的兄弟张景）便写了一封信给武田，问他愿意不愿意在家里接待一个叫"黎德瑞"的中国人，还说黎是书店职员，想到日本学日文。不久回信来了，他欢迎我到他们家做客。

于是我十一月二十四日（大概没有记错吧）到了横滨。我买的是二等舱票，客人不太多，中国人更少，横滨海关人员对二等舱客人非常客气，我们坐在餐厅里，他们打个招呼，也不要办什么手续，就请我们上岸。不用我着急，武田副教授和他的夫人带着两个女儿（一个七岁、一个五岁）打着小旗在码头等候我了。以后的情况，我在《关于〈长生塔〉》里也讲了一些，例如每天大清早警察就来找我，问我的哥哥叫什么名字等等，每次问一两句，都是突然袭击，我早有准备，因此并不感到狼狈。我在当时写的第一个短篇《神》里面还描写了武田家的生活和他那所修建在横滨本牧町小山坡上的"精致的小木屋"。小说里的长谷川君就是生活里的武田君。我把长谷川写成"一个公司职员，办的是笔墨上的事"，唯一的原因是，万一武田君看到了我的小说，他也不会相信长谷川就是他自己。这也说明武田君是一个十分老实的人。我的朋友认识武田的时候，他还不是个信佛念经的人。这样的发现对我是一个意外。我对他那种迷信很有反感，就用他的言行作为小说的题材，我一面写一面观察。我住在他的家里观察他、描写他，困难不大。只是我得留心不让他知道我是作家，不能露出破绽，否则会引起麻烦。他不在家时，我可以放心地写，不过也不能让小孩觉察出来。因此我坐在写字桌前，手边总是放一本书，要是有人推门进屋，我马上用书盖在稿纸上面。但到了夜间他不休止地念经的时候，我就不怕有人进来打扰了。那个时候我写得很快，像《神》这样的短篇我在几天里便写好了。

我自己就在生活里面，小说中的环境就在我的四周，我只是照我的见闻和这一段经历如实地写下去。我住在武田君的书房里，书房的陈设正如我在小说中描写的那样，玻璃书橱里的书全是武田君的藏书，他允许我随

讲真话的书　(1977—1979)

意翻看，我的确也翻看了一下。这些书可以说明一件事实：他从无神论者变成了信神的人。至于他信奉的"日莲宗"，念的《法华经》，我一点也不懂，我写的全是他自己讲出来的。对我来说，这一点就够用了。我写的是从我的眼中看出来的那个人，同时也用了他自己讲的话作为补充。我不需要写他的内心活动，生活细节倒并不缺乏，我同他在一起生活在一起吃饭，他有客人来，我也不用避开。我还和他们一家同到附近朋友家做客。对于像他那样的日本知识分子的日常生活，我多少了解了一点，在小说里可能我对他的分析有错误，但是我用不着编造什么。我短时期的见闻本身就构成了一个完整的故事。我在小说里说："在一个多星期里看透了一个人一生的悲剧。"这是真话。在生活里常有这样的事，有时只需要一天、半天的见闻，就可以写成一个故事，只要说得清楚，不违反真实，怎样写都可以，反正是创作，不一定走别人的老路，不一定要什么权威来批准。

这个无神论者在不久之前相信了宗教，我看，是屈服于政治的压力、社会的压力、家庭的压力。（武田君就说过："在我们这里宗教常常是家传的。"）他想用宗教镇压他的"凡心"。可是"凡心"越压越旺。他的"凡心"就是对现存社会秩序的不满，这是压不死、扑不灭的火焰。"凡心"越旺，他就越用苦行对付它，拼命念经啦，绝食啦，供神啦，总之用绝望的努力和垂死的挣扎进行斗争。结果呢，他只有"跳进深渊"去。我当时是这样判断的。事实上是不是这样就难说了。我在武田君家里不是像小说中描写的那样只住了一个多星期，我在那里住了三个月光景。以后我在东京、在上海还接到他几封来信。我现在记不清楚是在一九三六年下半年还是在一九三七年上半年，他来过上海，到文化生活出版社找过"黎德瑞先生"。他写下一个地址，在北四川路，是他妹妹的家。当时有不少的日本人住在北四川路，但我在日本时，他妹妹不会在上海，否则他一定告诉我。我按照他留的地址去看他，约他出来到南京路永安公司楼上大东茶室吃了一顿晚饭。我们像老朋友似的交谈，也回忆起在横滨过的那些日子。他似乎并未怀疑我的本名不是"黎德瑞"，也不打听我的生活情况，很容易地接受了我所讲的一切。他的精神状态比从前开朗，身体也比从前好。我偶尔开玩笑地问他："还是那样虔诚地念经吧？"他笑笑，简单地回答了一句："那是过去的事情了。"他不曾讲下去，我也没有追问。我知道他没有"跳进深渊"就够了。以后我还去看望他，他不在家，我把带去的礼物留下便走了。他回国后寄来过感谢的信。再后爆发了战争。抗战初期我发表两封《给日本友人》的公开信，受（收）信人"武田君"就是他。一九四〇年我去昆明、重庆以后，留在上海的好几封武田君的信全给别人烧毁了，现在我手边只有一幅我和他全家合摄的照片，让我记起曾经有过这样的一个人。

我在小说里描写了武田君住宅四周的景物。可能有人要问这些景物和故事的发展有没有关系？作者是不是用景物来衬托主人公的心境的变化？完全不是。我只是写真实。我当时看见什么，就写什么。我喜欢这四周的景物，就把它们全记录下来。没有这些景物，长谷川的故事还不是一样地发展！它们不像另一个短篇《鬼》里面的海，海的变化和故事的发展，和主人公堀口君的心境的变化都有关系。没有海，故事一时完结不了。小说从海开始，到海结束。

我在《鬼》里描写的也是武田君的事情。我写《神》的时候，并没有想到还要写《鬼》。要不是几次同武田君到海边抛掷供物，我也不会写出像《鬼》这样的小说来。《神》是我初到横滨时写的，《鬼》写于我准备离开横滨去东京的时候，因此我把堀口君老实地写作"商业学校的教员"，就是说我不怕武田君看到我的小说疑心我在写他了。

《鬼》不过是《神》的补充，写的是同一个人和同一件事。在两篇小说中我充分地利用了我在横滨三个月的生活经验，这是一般人很难体验到的，譬如把供物抛到海里去，向路边"马头观音"的石碑合掌行礼吧，我只有亲眼看见，才知道有这么一回事情。我说："在堀口君的眼里看来，这家里大概还是鬼比人多吧。"有一个时期在武田君家里的确是这样。我还记得有一个晚上我已经睡下了，他开门进来，连声说："对不起。"我

讲真话的书 （1977—1979）

从地上铺的席子上坐起来，他连忙向我解释：这几天他家里鬼很多，我这间屋子里也有鬼，他来给我念念经，把鬼赶走。我差一点笑出声来，但终于忍住了。我就依他的话埋下头，让他叽里咕噜地在我头上比画着念了一会经，然后说："好了，不要紧了。"一本正经地走了出去。我倒下去很快就睡着了，我心中无鬼，在梦里也看不见一个。说实话，我可怜武田君，我觉得他愚蠢。开始写《鬼》的时候，我就下了决心离开武田家搬到东京去。我托一个在早稻田大学念书的广东朋友在东京中华青年会楼上宿舍给我预订了房间。我本来应当在武田君家里住上一年半载，可是我受不了他念经的声音，可以说是神和鬼团结起来把我从他家赶了出去的。我原先学习日文的计划也给神和鬼团结的力量打破了。我向主人说明我要搬去东京的时候，武田君曾经恳切地表示挽留。然而想到在这里同神、鬼和平共处，我实在不甘心。即使有人告诉我，迁到东京，不出两个月我就会给"捉将官里去"，我也不改变主张。我当时刚过三十，血气旺盛，毫无顾虑，不怕鬼神，这种精神状态是后来的我所没有的。我今天还怀念那些逝去的日子，我在小说《鬼》里面找到了四十五年前自己的影子。我现在的确衰老了。

《鬼》和《神》不同的地方就是：《鬼》的最后暗示了主人公堀口君的觉醒。故事也讲得比较清楚：他同一位姑娘相爱，订了约束，由于两家父亲的反对，断绝了关系。姑娘几次约他一起"情死"，他都没有答应。他认为"违抗命运的举动是愚蠢的"。姑娘嫁了一个商人，后来患肺结核死去。这是一个极其普通的故事，多少年前，百年、千年吧，就经常发生了，今天仍然在发生。"四人帮"横行的时期，他们反对恋爱，而且有所创造地用领导和组织代替家长安排别人的婚姻。十几年来，我见了不少奇奇怪怪的事情，婚姻渐渐变成了交易，像日本青年男女的恋爱故事倒显得相当新奇了。不过，武田君并没有这样的经历。但在当时"情死"是普遍的事，在报纸上天天都有这一类的新闻。我们常常开玩笑说，在日本不能随便讲恋爱，搞不好，连命也会送掉。著名的日本小说家有岛武郎在他的创造力十分旺盛的时期，也走上了"情死"的路，因为像堀口君那样几次拒绝女方相约"情死"的建议是丢脸的事。然而要是有岛武郎不死，他一定会留下更多的好作品来。

我现在记不准《鬼》的手稿是从横滨寄出的还是在东京交邮。收件人是黄源，他是上海生活书店发行的《文学》月刊的助理编辑。我寄稿的时候，心血来潮，在手稿第一页上标题后面写了一行字：神——鬼——人。这说明我还要写一个短篇：《人》，这三篇是有关联的，《人》才是结论。我当时想写的短篇小说《人》跟后来发表的不同。我不是要写真实的故事，我想写一个拜神教徒怎样变成了无神论者。我对自己说："不用急，过两个月再写吧，先在东京住下来再说。"在东京我住在中华青年会的宿舍里面，一个人一间屋，房间不大不小，陈设简单，房里有个两层的大壁橱，此外还有一张铁床，一张小小的写字桌和两三把椅子。楼上房间不多，另一面还有一间课堂，白天有一位教员讲授日语，晚上偶尔有人借地方开会。楼下有一间大礼堂，每个月总要在这里举行两次演讲会。我初来的时期杜宣、吴天他们正在大礼堂内排曹禺的《雷雨》，他们通常在晚上排练，我在房里听得见响动。楼下还有食堂，我总是在那里吃客饭。每天三顿饭后我照例出去散步。

中华青年会会所在东京神田区，附近有很多西文旧书店，可以说我每天要去三次，哪一家店有什么书，我都记熟了，而且我也买了不少的旧书，全放在两层的大壁橱里面。我的生活完全改变了。在这里我接触到的日本人就只有一个会说几句中国话的中年职员。后来我又发现几个经常出入的日本人，胖胖的、举动不太灵活，却有一种派头。我向别人打听他们是什么人，有人告诉我，他们是"刑事"，就是便衣侦探、特务警察之类吧。我一方面避开他们，另一方面暗中观察他们。我的观察还没有取得一点结果，我就让这些"刑事"抓到警察署拘留所去了，这是后话，我下面就要谈到它。

到了东京，我对西文旧书发生了浓厚的兴趣，买了书回来常常看一个

讲真话的书 (1977—1979)

晚上，却不怎么热心学习日语了。不过我还是到楼下办公室报了名，听陈文澜讲日语课。我记得是念一本岛木健作描写监狱生活的小说，他的讲解还不错。只是我缺少复习的时间，自己又不用功，因此我至今还不曾学好日语。回想起来，我实在惭愧得很。

在东京我有几个中国朋友，除了在早稻田大学念书的广东人外，还有两个福建人，他们租了一幢日本房子，楼上让给两位中国女学生住。这些人非亲非戚，这样住着，引起了日本人的注意。还有，我曾经坐省线电车到逗子，转赴叶山去看梁宗岱、沈樱夫妇，在他们家住过一晚。还有，卞之琳从北平到日本京都，住在一位姓吴的朋友那里，他最近到东京来看我。还有……我想不起什么了。到东京以后两个月中间我的活动大概就只有这些吧。"刑事"们一定也看在眼里记在账上。幸而只有这短短的两个月，因为所谓"满洲国皇帝"溥仪在四月初就要到东京访问了。日本报纸开始为这场傀儡戏的上演大肆宣传，制造舆论，首先大骂中国人。于是……

一场"大扫除"开始了。就在溥仪到来的前两天，大清早那个同福建人住在一起的四川女学生来找，说我那两个福建朋友半夜里给带走了，"刑事"们在他们那里搜查了一通。她讲了些经过的情形，要我注意一下。她走后我就把自己的书稿、信件检查了一番。两个福建人中姓袁的和我较熟，我是一九三〇年第一次去晋江时认识他的。我抽屉里还有他的来信，连忙找出撕毁了。我也把新买的西文旧书稍微整理了一下。

这样忙碌了之后，我感到疲乏，便躺倒在床上。脑子哪里肯休息，我就利用这一段空闲时间清理思想，把我在日本编造的自己的经历和社会关系也好好理一下，什么事该怎么说，要记清楚，不能露出破绽。我也回忆了梁宗岱夫妇的事和卞之琳到东京看我的事。我想，要是他们问起，我全可以老实地讲出来，用不着害怕。

吃过中饭以后我仍然照常逛西文旧书店。晚饭后我也到旧书店去。吃晚饭时我看见那个姓"二宫"的胖胖的"刑事"，但一下子就不见了。我从食堂出来,瞥见他和另一个"刑事"从楼梯上去。我心想,他们上来干什么?我考虑一下,才慢慢地走上楼。他们却不声不响地下来了。我警告自己,夜里要当心啊!

这一夜我心不定,书也看不进去。我估计"他们"会来找我,但是我希望"他们"不要来。我又把信件检查了一番,觉得没有什么破绽,把心一横就上床睡了,这时我们这里非常安静,不过十点多钟,我也出乎意外地睡得很好。

忽然我从梦中惊醒了。我朝房门看,门开了,接着电灯亮了,进来了五个人,二宫就在其中。"他们"果然来了。我马上跳下床来。于是"他们"开始了搜查:信抽出来看了,壁橱里的书也搬出来翻了。他们在我这个小房间里搞了一个多小时,然后叫我锁上门跟他们一起到警察署去。

在警察署里开始了"审讯",审讯倒也简单,"问官"要问话,我早就猜到了,梁宗岱、卞之琳、叶山、京都……"他们"在我的答话里抓不到辫子,不久就结束了"审讯",向我表示歉意,要我在他们那里睡一晚,就把我带到下面拘留所去,从凌晨两点到下午四点,整整关了十四个小时。

从我半夜里睁开眼睛看见"他们"推门进来,到我昂头走出神田区警察署,"看见落日的余光",这期间的经过情形,我详细地写在短篇《人》里面了,没有必要在这里重述。不过我应当提说一下,这不是我初来东京时计划写的那个短篇。它是作为一篇散文或者回忆写成的,最初的题目是:《东京狱中一日记》,打算发表在一九三五年七月出版的《文学》特大号上。稿子寄出去了,可是就在这年五月上海发生了所谓"《闲话皇帝》事件",日本政府提出抗议,发表文章的《新生》周刊被查封,主编被判处徒刑。我的文章编进《文学》,又给抽了出来。我不甘心,把它稍加修改,添上一点伪装,改名《一日记》,准备在北平《水星》月刊上发表,已经看过了清样,谁知书店经济出了问题,刊物印不出来。我看文章无处发表,就改变主意,改写一下,在那个偷书的囚人身上

讲真话的书 （1977—1979）

添了几笔，最后加了一句话："我是一个人！"把回忆作为小说，编在《神·鬼·人》这个集子里面了。这个时候我在上海为文化生活出版社编辑《文学丛刊》，有权处理自己的稿子，没有人出来干涉，不准我拿回忆冒充小说，而且通篇文章并没有"日本"的字样，不会有人把我抓去判处徒刑，何况我自己又承认这是"一个人在屋子里做的噩梦"。文章就这样给保全下来，一直到今天。但是当时那些用武力、用暴力、用权力阻止它发表的人连骨灰也找不到了。我从警察署回到中华青年会，只有一个人知道我给抓走的事，就是那个中年的日本职员。他看见我，小声说："我知道，不敢作声。真是强盗！"后来我才知道我给带到警察署去的时候，在叶山梁宗岱家里也有人进去搜查，在京都下之琳也遇到一点麻烦。这以后再没有人来找过我，但是我在东京住下去的兴趣也不大了。我总感觉到人权没有保障，要是那些人再闯进我的房间，把我带走，有人知道也不敢作声，怎么办？我写信给横滨的武田君发牢骚。他回信说："您要是不去东京，就不会有这种事。我们全家欢迎您回到我们家来。"他的确把事情看得像信神那样简单。我感谢他的邀请，但是我没有再去他的家，过了三四个月，吴朗西、伍禅他们在上海创办文化生活出版社，用我的名义编印《文化生活丛刊》，要我回去参加编辑工作，我就离开日本了。这次我买了"加拿大皇后"的三等舱票，仍然到横滨上船，从东京来送行的人不少，只是我没有通知武田君。

  我那两个福建朋友吃了不少的苦头。一个姓叶的因为第一次审问时顶了几句，给关了一个星期。一个姓袁的给关了半个月，放出来，他马上要回国，警察署怀疑起来就把他"驱逐出境"。后来听他说，他坐船到天津，一路上都有人押送。船停在一个城市，他就给带到监牢里囚禁。特别是在大连，他给关在日本监牢里过了一个时期。管牢的汉奸禁子，对同胞特别凶，有时领到一根新的鞭子或者一样新的刑具，就要在同胞的身上试一下，不管你是不是得罪了他们。到了天津，我那个朋友才得到了自由。他吃了那许多苦头，罪行就是：溥仪到东京访问时他住在那里；给带到牛达区警察署审问时他的回答不能使人满意；关了以后给释放出来，就要马上回国。这就是一九三五年一个中国知识分子在日本东京等地的遭遇。我在神田区警察署受到审问的时候，有人问我怎样在晋江认识他，我想起一个姓陈的朋友，就说是姓陈的人介绍，后来才知道他在审问中也是这样说。事实并不是这样，我当时住在黎明高中过暑假，他来找我，我们就熟了。但是审问的人非要我们讲出介绍人不可，我们只好随口回答，凑巧两个人的思路碰到一起，才没有露出马脚，否则他可能还要遇着更多的麻烦。

姓袁的朋友一九五八年患鼻癌死在福州，当地的报上还刊出他的讣告。他不可能讲述他的这段故事了。然而我还没有忘记四十四年前发生的那件事情。这以后我还和"刑事"们打过交道，那就是在一九六一年、六二年、六三年，我三次访问日本，进行人民友谊的活动，"刑事"们要为我的安全负责。我出门他们坐在车内前座，见到我默默地鞠一个躬。的确时代变了，二宫先生也一定不在人世了。那三年中间我昂着头进出日本现代化旅馆的时候，总是充满信心地想：我绝不会再做那样的"噩梦"了。

我完全没有想到一九三五年我在东京做过的"噩梦"竟然搬到上海来了，那是一九六六年九月的事情，甚至继续了十年之久，各种各样的人代替了日本的"刑事"，而且比"刑事"凶残得多，蛮横得多。……我遭受侮辱和迫害的时候，想起了自己的小说《人》，我怀着爱国主义的感情暗中祝愿：不要做得比"刑事"们更坏吧。但是当时许多人好像发了狂一样，好像喝醉了一样。是什么力量在推动他们呢？究竟为了什么呢？这一切究竟是怎样发生的呢？有些人似乎已经忘得干干净净了。这怎么可能呢？让大家重新想一想。这绝不是少数几个人的事情。这绝不是一两个帮派的事情。无论如何我不要再做"噩梦"了！

八月二十八日

"豪言壮语"
——随想录三十一

《随想录》到第三十篇为止，我已编成第一集，并且给每篇加上小标题，将在一九七九年内刊行，今后每年编印一集，一直到一九八四年。第三十一以下各篇（三十或者四十篇左右）将收在第二集内。

我为第一集写了一篇很短的《后记》，里面有这样一句："古语说：'人之将死，其言也善。'过去我不懂这句话。现在倒颇喜欢它。"这是我的真实思想。我的意思无非：我可以利用的时间不多了，不能随意浪费它们。要讲话就得讲老实话，讲自己的话，哪怕是讲讲自己的毛病也好。有毛病就讲出来，让大家看看、议议，自己改不了就请大家来帮忙。当然别人随便给扣上的帽子，我自己也要摘下。过去没有弄清楚的事，我也想把它讲明白。

最近我们讨论过"歌德"与"缺德"的问题。我对"歌德派"说了几句不大恭敬的话。我是经过思考之后讲话的，因为我过去也是一个"歌德派"。我最近看了我的《爝火集》的清样，这是我三十年来的散文选集，我让我女儿和女婿替我编选，他们挑选的文章并不多。可是我看校样时才发现集子的前半部大都是"歌德"的文章，而且文章里充满了豪言壮语。单单举出几个标题吧：《大欢乐的日子》《我们要在地上建立天堂》《最大的幸福》《无上的光荣》……我并不是在吹牛，我当时的感情是真挚的，我确实生活在那样的气氛中。二十年过去了。前几天出版社一位编辑看校样时来信问我是不是还要保留某文中引用的一首民歌的最后一句："叫某国落后。"我当时是把它当作"豪迈的壮语"来引用的。但在二十年后我们仍然落在某国的后面,为了避免"吹牛"的嫌疑,我只好将它删去了。我校阅自己三十年来的散文选集,感想实在不少。我当初的确认为"歌德"可以鼓舞人们前进,多讲成绩可以振奋人心,却没有想到好听的话越讲越多,一旦过了头,就不可收拾;一旦成了习惯,就上了瘾,不说空话,反而日子难过。譬如二十年前我引用过的豪言壮语:"叫钢铁听话,叫某国落后。"当时的确使我的心十分激动。但是它是不是有助于"叫某国落后"呢?实践的结果证明说空话没有用,某国并未落后。倘使真的要"叫某国落后",还得另想办法。无论如何,把梦想代替现实,拿未来当作现在,好话说尽,好梦做全,睁开眼睛,还不是一场大梦!

其实"叫某国落后",有什么不好呢?只要你有本事,有干劲,有办法,有行动,说得到,做得到,那就"叫"吧。这当然好。"歌德"也是这样。只要开的是准能兑现的支票,那就开吧,当然越多越好,越"歌"越好。倘使支票到期兑不了现,那就叫作空头支票,这种支票还是少开的好,开多了会吃官司,名誉扫地。我二十多年前写文章大大引用"豪言壮语",我觉得没有什么不好,但今天再引用同样的"豪言壮语",别人就会说我在"吹牛"了。

五十年代初期我还住在淮海坊的时候,我们家的保姆遇见进弄堂来磨刀的小贩,就把菜刀拿出来请他磨。她仍在厨房里等着,也不出去守住他。她说:"解放了,还会骗走菜刀?"但是磨刀的不见了,菜刀也没有了。半个月前有个亲戚在乡下买了一只母鸡晚上送到我家来,我妹妹打算隔一天杀掉它。保姆把它放在院子里用竹笼罩住。第二天傍晚我同我女儿和小外孙女在院子里散步,还看见树下竹笼里有一只鸡,我们都没有想到把鸡关到厨房里去,大概我们因为经常讨论"歌德"的问题,脑子里还有点"歌德"派的影响吧,我夜里做了一个没有"大汉轻轻叩门"的好梦,真正到了"当今世界上如此美好的""桃花源"。太好了!醒来时心情万

讲真话的书 (1977—1979)

分舒畅，走下楼，忽然听说鸡给人拿走了，我当然不相信，因为我还沉醉在"桃花源"的美梦中，可是鸡却不会回来了。给偷走了鸡，损失并不大，遗憾的是这以后我再也不好意思做美梦了。梦的确是好梦，但梦醒之后，我反而感到了空虚。现在我才明白：还是少说空话、埋头实干的好。

九月十二日

小骗子
——随想录三十二

  几个月前在上海出现了一个小骗子。他的真面目还不曾被人认出的时候，的确有一些人围着他转，因为据说他是一位高级军事干部的儿子。等到他给抓了起来，人们又互相抱怨，大惊小怪，看笑话，传小道，越传越广，终于到了本市两家日报都刊登长篇报道的地步。香港的刊物也发表了记事之类的东西。（当然报道、记事不一定完全符合事实。）有人出丑，有人庆幸，有人愤慨。总之，人们私下议论纷纷。后来剧团也编演了有关小骗子的话剧，但也只是在内部演出，因为对于这个戏还有不同的意见，有人认为它可以公演，也有人坚决反对。有人说剧作者同情小骗子，有人说剧本丑化了干部。
  我没有看过这个戏，当然没有发言权。我没有见过小骗子，不过在他还被人当作"高干子弟"的时候，我就听见人谈论他的事情，一直到他被揭露，一直到今天。听说他给抓起来了以后，还说："我唯一的罪名就是我不是某某人的儿子。"又听说他还说："倘使我真是某某人的儿子又怎样呢？"还听说，有人同情小骗子，甚至表示将来开庭审判时愿意充当小骗子的辩护人。不用说，这些都是小道消息，不可靠。但同情小骗子的人确实是有的。不过我却不曾听说有什么人同情受骗者，我只听见人批评他们"自作自受"。至于我呢，我倒更同情受害的人。这不是喜剧，这是悲剧，应当受谴责的是我们的社会风气。"大家都是这样做，我有什么办法

讲真话的书 (1977—1979)

呢？只是我运气不好，碰上了假货。"

我想起了一百四十三年前一位俄国作家果戈理写的一本戏《钦差大臣》。提起十九世纪的俄国作家，有人今天还感到头痛。可是不幸得很，这位俄国作家的鞭子偏偏打在我们的身上。一定有人不同意我这个说法，他们反驳道：果戈理鞭挞的是俄罗斯封建社会，跟我们社会主义社会，跟我们"当今世界上如此美好的社会主义"毫不相干。他们说得对：毫不相干；而且时间隔了一百四十三年，当时的骗子和今天的骗子不会有类似之处。但奇怪得很，今天许多人围着骗子打转跟果戈理时代许多人围着骗子打转不是一样地为了私利？两个骗子差一点都把老婆骗到手了。不同的只是果戈理的骗子更聪明，他远走高飞，反而写信给朋友把受骗者嘲骂一番，而我们的小骗子却给关进了班房，等候判刑。即使是这样，小骗子也不是傻瓜，他给我们提出一个值得深思的问题，讲过一句很有意思的话，那就是我在前面引用过的那一句："倘使我真是某某人的儿子又怎样呢？"这句话使我想了好久。我不能不承认：倘使他真是某某人的儿子，那么什么问题都没有了。结果就是皆大欢喜的"大团圆"。有人请他吃饭，有人请他看戏，有人把汽车借给他，有人给他介绍女朋友，他可以挑选美女做老婆。他可以给他未婚妻活动调工作，等等，等等，不但都是理所当然，他甚至可以出国访问，可以享受其他的许许多多——一句话，作为小骗子的罪状的一切都是合法的、可以容许的了。不会有人写报道或者编话剧，也不会因为话剧上演的问题发生争论了。事实上这样的事自古以来经常发生，人们习以为常，见怪不怪，这是为什么呢？

小骗子的一句话使我几个月睡不好觉。我老是想着这样的问题：为什么那些生活经验相当丰富的人会高高兴兴地钻进了小骗子的圈套？我越想越苦恼，因为我不能不承认在我们这个社会里还有非现代的东西，甚至还有果戈理在一八三六年谴责的东西。尽管三年来我们不断地说，要纠正"开后门的不正之风"，可是后门越开越大。有人看不见前门，找不到前门，有问题无法解决，连配一块窗玻璃也得等上一年半载，他们只好另想办法找门路开后门，终于撞到骗子怀里，出了丑，这是可以理解的。我们的某些衙门为什么不可以打开大门，替人民多办一点事情呢？我们的某些干部为什么不可以多看看下面、少看看上面呢？

关于话剧能不能公演的问题，倘使要我回答，我还是说：我没有发言权。不过有人说话剧给干部脸上抹黑，给社会主义脸上抹黑，我看倒不见得。骗子的出现不限于上海一地，别省也有，他是从天上掉下来的吗？倘使没有产生他的土壤和气候，他就出来不了。倘使在我们今天的社会风气中他钻不到空子，也就不会有人受骗。把他揭露出来，谴责他，这是一件好事，也就是为了消除产生他的气候、铲除产生他的土壤。如果有病不治，有疮不上药，连开后门、仗权势等等也给装扮得如何"美好"，拿"家丑不可外扬"这句封建古话当作处世格言，不让人揭自己的疮疤，这样下去不但是给社会主义抹黑，而且是在挖社会主义的墙脚。

九月二十八日病中写

中国作家协会第三次会员代表大会闭幕词

中国作家协会第三次会员代表大会的各项议程已经进行完毕，大会就要闭幕了。

我们的会开了六天半，在大会和小会中，代表们讨论了邓小平同志的祝词、周扬同志的报告和茅盾同志的发言。讨论得十分热烈，大家畅所欲言，的确说出了心里的话。不断的掌声就说明这些发言是受到全场热烈欢迎的。通过讨论，大家对三十年文艺工作的成绩和教训心中有数，对今后文艺工作的方向也很清楚。我们的信心更大了，勇气更多了。具体的问题将通过创作实践陆续得到解决。

我们大会选出了领导机构。作协筹备组的报告中关于今后的工作开了好些支票，我相信它们会一一兑现，因为作家协会并不是管作家的衙门，它是作家自己的组织，而且将成为名副其实的作家的组织。

现在文艺界形势很好。粉碎"四人帮"以后，三年来，全国各省市都出版了小型和大型的文艺刊物，每个刊物上都发表了不少好作品。这是从未有过的。全国出现了不少很有才华的新作家，每个作家都有好的作品：题材不同，风格不同，反映生活面广，而且有深度，有激情。

还有一大批被迫搁笔十年、二十年的作家又拿起笔写出了不少激动人心的作品。这些新作家和重新出现的作家，他们都是经受过磨炼的闯将。周扬同志说："我们这样一个大国的文艺事业，不仅需要几个、几十个闯将，而是需要成千上万的闯将。"勇猛的闯将将会打破任何精神的枷锁，冲破一切的禁区。这样的闯将已经有了不少，而且还在不断地出现。在他们的身上我看到了百花争艳、满园春色的前景。只要能够贯彻"百花齐放"的方针，只要没有人对作品横加干涉，对作家乱打棍子，那么像现在这样发展下去，三五年内就会出现社会主义文艺大繁荣的局面。关于这一点，我非常乐观。茅盾同志歌唱的"文艺春天"就要到来了。

可能有人要问：春天到来之前会不会刮冷风，出现霜冻呢？我想起两件事情：第一件，最近有个旅美华侨作家访问我，她说向好些人采访过，请他们谈在"四害"横行时的遭遇，最后问他们还会不会再出现像"四人帮"那样的人物，据说所有的人都回答说会。我不知道她访问的是些什么人。我的回答不同，我说很有可能再出现，也可能不出现，这就要看我们是不是愿意再受迫害。要是我们的民主和法制不健全、不完备，那就很难说了。但问题在于我们是不是愿意再让人把笔夺走！敢不敢捏住手里的笔不放！第二件，前不久我读到一本书《重放的鲜花》，收的全是一九五七年被打成"毒草"的作品。它们最初出现时就有过争议，但大多数人都认为它们是好作品。可是不久运动一来，作品打成了"大毒草"，多数作者不仅给剥夺了写作的权利，而且一下子变成罪犯，有的甚至给弄得家破人亡。这种对部分作家的不合理、不公道的惩罚，我们都是点头默认过或者举手赞成过的。我们当时不想弄清是非，不敢弄清是非。我说不出这是不是遵守了明哲保身的古训。可是作为正直的作家，是于心有愧的。我们自己终于也受到了惩罚，而且正是受到这样的惩罚。今天我们怀着无比信心向前看的时候，不能不想念背后无数才华横溢的屈死的作家，连他们也在呼喊："历史的悲剧决不允许重演！"我们不应当再"心有余悸"了。为什么还要害怕呢？

今天我们有一部全国人民拥护的《宪法》，这是根本大法。《宪法》上规定"公民有进行科学研究、文学艺术创作和其他文化活动的自由"。这不是空话。现在又颁布了一部《刑法》，明年一月一日起生效。这次文代会上邓小平同志在祝辞词中说："写什么和怎么写，只能由文艺家在艺术实践中去探索和逐步求得解决。在这方面不要横加干涉。"根据这些，只要作品没有触犯《刑法》某章某条，按照党纪国法，作家的写作权利任何人都不能（被）任意剥夺。我们大家都要守法，不侵犯别人的权利，但也有保护自己权利的权利。

希望我们各级文艺主管部门的领导爱惜人才，尊重作家和作家的劳动。在我们这个有十亿人口的大国，我们的作家不是太多，而是太少、太少了！

三十年前我参加第一次文艺工作者大会以后，给解放区的文艺工作者写过一封公开信。我说："因为有你们这样的文艺工作者生活在新中国的土地上，我觉得做一个文艺工作者是一桩值得骄傲的事情。"今天出席这次大会，看到许多新生力量，许多有勇气、有良心、有才华、有责任心、敢想、敢写、创作力极其旺盛的、对祖国和人民充满热爱的青年、中年作家，我仍然感觉到做一个中国作家是很光荣的事情。我快要走到生命的尽头，写作的时间极其有限了。但是我心灵中仍然燃烧着希望之火，对我们社会主义祖国和我们无比善良的人民，我仍然怀着十分强烈的爱，我永不放下我的笔，我要同大家一起，尽自己的职责，永远前进。作为作家，就应当对人民、对历史负责。我现在更明白：一个正直的有良心的作家，绝不是一个鼠目寸光、胆小怕事的人。

以上只是我个人的看法。最后，我代表参加大会的全体代表向大会各方面的工作人员和招待所服务员表示真诚的感谢，没有同志们日以继夜的辛勤劳动，大会不会进行得这样的顺利，取得成功。

现在宣布大会胜利闭幕。

十一月十一日

方之同志
——随想录三十三

这次在北京出席第四次全国文代会,见到从南京来的朋友,听他们谈起方之同志的事情,据说江苏省代表团因为参加方之同志的追悼会比我们迟一天到北京。

我在一九五七年反右运动开始前不久见过方之同志一面。他的面貌我现在怎样努力回忆也想不起来。我只记得他和陆文夫同志一起来找我,谈他们组织"探求者"的打算。当时我只读过方之的短篇小说《在泉边》和陆文夫的《小巷深处》,觉得还不错,认为他们是有希望的青年作者。他们想在创作上多下功夫,约几个志同道合的业余作者共同"探求"。他们说已找某某人谈过,得到那位同志的鼓励。我了解他们,三十年代我们也曾这样想过,这样做过。这两位年轻人在创作上似乎有所追求,有理想,也有抱负。我同情他们,但是我替他们担心,我觉得他们太单纯,因为我已经感觉到气候在变化,我劝他们不要搞"探求者",不要办"同人杂志",放弃他们"探求"的打算。我现在记不清楚他们当时是不是已经发表了"探求者"的宣言,或者这以后才公开了它。但有一点是可以确定的,他们没有听懂我的话,我也说不清楚我的意思,他们当然不会照我的意思办。

过几天我便去北京出席第一届全国人民代表大会第四次会议。我一到北京,反右的斗争就开始了,许多熟人都受到了批判。回到上海后,我听

讲真话的书 （1977—1979）

说"探求者"们都给戴上了"右派"的帽子，从此再也没有人向我提起方之的名字。陆文夫的名字后来倒在《文艺报》上出现过，先是受到表扬，说是他"摘帽"以后写了不少的好作品，后来又因此受到批判，说是他的表现并不好，总之，他还是给打下去了。一直到许多被活埋了多年的名字在报刊上重新出现的时候，我才有机会看到这两位"探求者"的大名。

方之先后发表了《阁楼上》和《内奸》两篇小说，受到读者们的重视。我读过前一篇，别人对我讲述了后一篇的内容。我听说有些刊物的编辑不敢发表他的作品，这说明二十一年的遭遇并没有扑灭他的心灵之火，他至今还在"探求"，他始终不曾忘记作为作家他有什么样的责任。他的小说正如他一位朋友所说，是"一团火，一把剑"。现在需要这样的作品。我等待着他的更多的作品，却没有想到他把他最后的精力花在南京《青春》杂志的创刊上。他知道自己的生命力快要消耗尽了，他要把手里的火炬交给后面的年轻人，他要创办一个发表青年作者作品的刊物。他打电报来要我为《青春》创刊号写稿，我回了一封短信，说我生病写不出文章，请他原谅。这是我写给他的第一封信，也是最后的信。我今天才体会到这封信带给他多大的失望。但已经太迟了。

方之同志的身世我知道很少。全国解放那年他才十九岁。他在一九五六年发表短篇小说，也不过二十六岁，我也正是在这样的年纪开始写短篇。他的作品说明他很有才华。他的青春刚刚开放出美丽的花朵，就受到"反右扩大化"狂风的无情摧残。他的早死也是那二十年不幸遭遇的后果。受到这种残酷打击的并不只是方之同志一个，而是一代的青年。关于这一代人的故事我听到不少。可是像千万根针那样刺痛我的心的仍然是方之同志的事情。听说："四人帮"给粉碎以后，方之回到南京，身体已经被折磨得很坏了，他定了个五年的计划，他说："我准备再做五年苦工。"他想好了十多篇作品，准备一一写出。后来他病情严重，住进了医院，他向爱人央求："告诉我，我还能活多久。能活三年，我就作三年的打算；倘使只能活一个月，我就马上出院，把最要紧的事情做完……"

一九七九年

这样的话是那些不爱惜自己的时间，也不珍惜别人的时间的人所不理解的。比起方之来，我幸福多了，我还有五年的写作时间。方之死了，可是他的心灵之火将永远燃烧，他的爱憎还激动着人心。他的作品没有能写出来，太可惜了！但是勤奋地写作的人今天是不会少的。我也要奋笔写下去。当然我写不出他那样的作品，不过把笔当作火、当作剑，歌颂真的、美的、善的，打击假的、丑的、恶的，希望用作品对国家、对社会、对人民有所贡献——这样的理想，这样的抱负，这样的愿望我也是有的。我为什么不能够实现它们呢？

十二月四日

怀念老舍同志
——随想录三十四

我在悼念中岛健藏先生的文章里提到一九七七年九月二日虹桥机场送别的事。那天上午离沪返国的，除了中岛夫妇外，还有井上靖先生和其他几位日本朋友。前一天晚上我拿到中岛、井上两位赠送的书，回到家里，十一点半上床，睡不着，翻了翻井上先生的集子《桃李记》，里面有一篇《壶》，讲到中日两位作家（老舍和广津和郎）的事情。我躺在床上读了一遍，眼前老是出现那两位熟人的面影，都是那么善良的人，尤其是老舍，他那极不公道的遭遇，他那极其悲惨的结局，我一个晚上都梦见他，他不停地说："告诉朋友们，我没有问题。"总之，我睡得不好。第二天一早我到了宾馆陪中岛先生和夫人去机场。在机场贵宾室里我拉着一位年轻译员找井上先生谈了几句，我告诉他读了他的《壶》。文章里转述了老舍先生讲过的《壶》的故事[①]，我说这样的故事我也听人讲过，只是我听

---

① 下面抄一段井上的原文（吴树文译）："老舍讲的故事，内容是这样的：很久以前，中国有一个富翁，他收藏有许多古董珍品。后来他在事业上失败了，于是把收藏的古董一件件变卖，最后富翁终于落魄成为讨饭的乞丐，然而即使成了乞丐，有一只壶，他是怎么也不肯割爱的，他带着这只壶到处流浪。当时，另外有一个富翁知道了这件事，他千方百计想要获得这只壶。富翁出了很高的价钱想把壶买到手，虽经几次交涉，乞丐却坚决不脱手。就这样过了好几年，乞丐已经老态龙钟，连走路都十分困难了。富翁便给乞丐房子住，给乞丐饭吃，暗中等着乞丐死去。没多久，乞丐衰老之极，病死了。富翁高兴极了，觉得盼望已久的这一天终于来临。可是谁知道，乞丐在咽气之前，把这只壶掷到院子里，摔得粉身碎骨。"

到的故事结尾不同。别人对我讲的《壶》是福建人沏茶用的小茶壶。乞丐并没有摔破它,他和富翁共同占有这只壶,每天一起用它沏茶,一直到死。我说,老舍富于幽默感,所以他讲了另外一种结尾。我不知道老舍是怎样死的,但是我不相信他会抱着壶跳楼。他也不会把壶摔碎,他要把美好的珍品留在人间。

那天我们在贵宾室停留的时间很短,年轻的中国译员没有读过《壶》,不了解井上先生文章里讲些什么,无法传达我的心意。井上先生这样地回答我:"我是说老舍先生抱着壶跳楼的。"意思可能是老舍无意摔破壶。可是原文的最后一句明明是"壶碎人亡",壶还是给摔破了。

有人来通知客人上飞机,我们的交谈无法继续下去,但井上先生的激动表情给我留下深刻的印象,他告诉同行的佐藤女士:"巴金先生读过《壶》了。"我当时并不理解为什么井上先生如此郑重地对佐藤女士讲话,把我读他的文章看作一件大事。然而后来我明白了,我读水上勉先生的散文《蟋蟀罐》(一九六七年)和开高健先生的得奖小说《玉碎》(一九七九年)。日本朋友和日本作家似乎比我们更重视老舍同志的悲剧的死亡,他们似乎比我们更痛惜这个巨大的损失。在国内看到怀念老舍的文章还是近两年的事。井上先生的散文写于一九七〇年十二月,那个时候老舍同志的亡灵还作为反动权威受到批斗。为老舍同志雪冤平反的骨灰安放仪式一直拖到一九七八年六月才举行,而且骨灰盒里也没有骨灰。甚至在一九七七年上半年还不见谁出来公开替死者鸣冤叫屈。我最初听到老舍同志的噩耗是在一九六六年底,那是造反派为了威胁我们讲出来的,当时他们含糊其辞,也只能算作"小道消息"吧。以后还听见两三次,都是通过"小道"传来的,内容互相冲突,传话人自己讲不清楚,而且也不敢负责。只有在虹桥机场送别的前一两天,在衡山宾馆里,从中岛健藏先生的口中,我才第一次正式听见老舍同志的死讯,他说是中日友协的一位负责人在坦率的交谈中讲出来的。但这一次也只是解决了"死"的问题,至于怎样死法和当时的情况中岛先生并不知道。我想我将来去北京开会,总可

讲真话的书 （1977—1979）

以问个明白。听见中岛先生提到老舍同志名字的时候，我想起了一九六六年七月十日在人民大会堂同老舍见面的情景。那个上午北京市人民在人民大会堂举行支援越南人民抗美斗争的大会，我和老舍，还有中岛，都参加了大会的主席团，有些细节我已在散文《最后的时刻》中描写过了，例如老舍同志用敬爱的眼光望着周总理和陈老总，充满感情地谈起他们。那天我到达人民大会堂（不是四川厅就是湖南厅），老舍已经坐在那里同当时的北京市副市长王昆仑在谈话。看见老舍我感到意外，我到京出席亚非作家紧急会议一个多月，没有听见人提到老舍的名字，我猜想他可能出了什么事，很替他担心，现在坐在他的身旁，听他说："请告诉朋友们，我没有问题……"我真是万分高兴。过一会中岛先生也来了，看见老舍便亲切地握手、寒暄。中岛先生的眼睛突然发亮，那种意外的喜悦连在旁边的我也能体会到。我的确看到了一种衷心愉快的表情。这是中岛先生最后一次看见老舍，也是我最后一次同老舍见面，我哪里想得到一个多月以后将在北京发生的惨剧！否则我一定拉着老舍谈一个整天，劝他避开，让他在精神上有所准备。但有什么办法使他不会受骗呢？我自己后来不也是老老实实地走进"牛棚"去吗？这一切中岛先生是比较清楚的。我在一九六六年六月同他接触，就知道他有所预感，他看见我健康地活着感到意外的高兴，他意外地看见老舍活得健康，更加高兴。他的确比许多人更关心我们。我当时就感觉到他在替我们担心：什么时候会大难临头。他比我们更清醒。

可惜我没有机会同日本朋友继续谈论老舍同志的事情。他们是热爱老舍的，他们尊重这位有才华、有良心的正直、善良的作家。在他们的心上、在他们的笔下他至今仍然活着。四个多月前我第二次在虹桥机场送别井上先生，我没有再提"壶碎"的问题。我上次说老舍同志一定会把壶留下，因为他热爱祖国、热爱人民，他虽然含恨死去，却留下许多美好的东西在人间，那就是他那些不朽的作品，我单单提两三个名字就够了：《月牙儿》《骆驼祥子》和《茶馆》。在这一点上，井上先生同我大概是一致的。

一九七九年

今年上半年我又看了一次《茶馆》的演出，太好了！作者那样熟悉旧社会，那样熟悉旧北京人。这是真实的生活。短短两三个钟头里，我重温了五十年的旧梦。在戏快要闭幕的时候，那三个老头儿（王老板、常四爷和秦二爷）在一起最后一次话旧，含着眼泪打哈哈，"给自己预备下点纸钱""祭奠祭奠自己"。我一直流着泪水，好些年没有看到这样的好戏了。这难道仅仅是在为旧社会唱挽歌吗？我觉得有人拿着扫帚在清除我心灵中的垃圾。坦率地说，我们谁的心灵中没有封建的尘埃呢？

我出了剧场脑子里还印着常四爷的一句话："我爱咱们的国呀，可是谁爱我呢？"完全没有想到，一个熟悉的声音在追逐我。我听见了老舍同志的声音，是他在发问。这是他的遗言。我怎样回答呢？我曾经对方殷同志讲过："老舍死去，使我们活着的人惭愧……"这是我的真心话。我们不能保护一个老舍，怎样向后人交代呢？没有把老舍的死弄清楚，我们怎样向后人交代呢？一九七七年九月二日井上先生在机场上告诉同行的人我读过他的《壶》，他是在向我表示他的期望：对老舍的死不能无动于衷！但是两年过去了，我究竟做了什么事情呢？我不能不感到惭愧。重读井上靖先生的文章、水上勉先生的回忆、开高健先生的短篇小说，我也不能不责备自己。老舍是我二十年代结识的老友。他在临死前一个多月对我讲过："请告诉朋友们，我没有问题……"我做过什么事情，写过什么文章来洗刷涂在这个光辉的（是的，真正是光辉的）名字上的浊水污泥呢？

看过《茶馆》半年了，我仍然忘不了那句台词："我爱咱们的国呀，可是谁爱我呢？"老舍同志是伟大的爱国者。全国解放后，他从海外回来参加祖国社会主义建设事业，他是写作最勤奋的劳动模范，他是热烈歌颂新中国的最大的"歌德派"，一九五七年他写出他最好的作品《茶馆》。他是用艺术为政治服务最有成绩的作家。他参加各项社会活动和外事活动，可以说是把整个生命和全部精力都贡献给了祖国。他没有一点私心，甚至在红卫兵上了街、危机四伏、杀气腾腾的时候，他还拿着事先准备好的发言稿，到北京市文联开会，想以市文联主席的身份发动大家积极参加

讲真话的书　（1977—1979）

"文化大革命"，但是就在那里他受到拳打脚踢，加上人身侮辱，自己成了"文化大革命"专政的对象。老舍夫人回忆说："我永远忘不了我自己怎样在深夜用棉花蘸着清水一点一点地替自己的亲人洗清头上、身上的斑斑血迹，不明白是哪里出了问题，不明白为什么会闹成这个样子……"

我仿佛看见满头血污包着一块白绸子的老人一声不响地躺在那里。他有多少思想在翻腾，有多少话要倾吐，他不能就这样撒手而去，他还有多少美好的东西要留下来啊！但是过了一天他就躺在太平湖的西岸，身上盖了一床破席。没有能把自己心灵中的宝贝完全贡献出来，老舍同志带着多大的遗憾闭上眼睛，这是我们想象得到的。

"为什么会闹成这个样子？"去年六月三日我在北京八宝山公墓礼堂参加老舍同志的骨灰安放仪式，低头默哀的时候，我想起了胡絜青同志的那句问话。为什么呢？……从主持骨灰安放仪式的人起一直到我，大家都知道，当然也能够回答。但是已经太迟了。老舍同志离开他所热爱的新社会已经十二年了。

一年又过去了。那天我离开八宝山公墓的时候，我忽然想起一位外籍华人、一位知名的女作家的谈话，她说："中国的知识分子是很了不起的，他们是忠诚的爱国者。西方的知识分子如果受到'四人帮'时代的那些待遇，那些迫害，他们早就跑光了。可是中国的知识分子，不管你给他们准备什么条件，他们能工作时就工作。"这位女士脚迹遍天下，见闻广，她不会信口开河。老舍同志是中国知识分子最好的典型，没有能挽救他，我的确感到惭愧，也替我们那一代人感到惭愧。但我们是不是从这位伟大作家的惨死中找到什么教训呢？他的骨灰虽然不知道给抛撒到了什么地方，可是他的著作流传全世界，通过他的口叫出来的中国知识分子的心声请大家侧耳倾听吧："我爱咱们的国呀，可是谁爱我呢？"

请多一点关心他们吧，请多一点爱他们吧，不要挨到太迟了的时候。话又说回来，虽然到今天我还没有弄明白，老舍同志的结局是自杀还是被杀，是含恨投湖还是受迫害致死，但有一点是可以肯定的：人亡壶全，他把最美好的东西留下来了。最近我在北京出席第四次全国文代会，没有看见老舍同志我感到十分寂寞。有一位好心人对我说："不要纠缠在过去吧，要向前看，往前跑啊！"我感谢他的劝告，我也愿意听从他的劝告。但是我没有办法使自己赶快变成《未来世界》中的"三百型机器人"，那种机器人除了朝前走外，什么都看不见。很可惜，"四人帮"开动了他们的全部机器改造我十年，却始终不曾把我改造成机器人。过去的事我偏偏记得很牢。

老舍同志在世的时候，我每次到北京开会，总要去看他，谈了一会，他照例说："我们出去吃个小馆吧。"他们夫妇便带我到东安市场里一家他们熟悉的饭馆，边吃边谈，愉快地过一两个钟头。我不相信鬼，我也不相信神，但我却希望真有一个所谓"阴间"，在那里我可以看到许多我所爱的人。倘使我有一天真的见到了老舍，他约我去吃小馆，向我问起一些情况，我怎么回答他呢？……我想起了他那句"遗言"："我爱咱们的国呀，可是谁爱我呢？"我会紧紧捏住他的手，对他说："我们都爱你，没有人会忘记你，你要在中国人民中间永远地活下去！"

十二月十五日

大镜子
——随想录三十五

我的书房里壁橱上嵌着一面大镜子。"文革"期间造反派和红卫兵先后到我住处,多次抄家,破了那些"四旧",却不曾碰一下这块玻璃,它给保全下来了。因此我可以经常照照镜子。

说真话,面对镜子我并不感到愉快,因为在镜面上反映出来的"尊容"叫人担心:憔悴、衰老、皱纹多、嘴唇干瘪……好看不好看,我倒不在乎。使我感到不舒服的是,它随时提醒我:你是在走向死亡。那么怎样办呢?

索性打碎镜子,从此不接触这一类的东西也罢。我遇见的人经常对我讲:"你没有改变,你精神很好。"这些话听起来很入耳,同死亡完全连不起来。用好听的话做养料,是不是越养越好,我不敢断定。但这样下去,日子总不会不好过吧。我曾经这样想过,也这样做过。有一个时期我就不照镜子。我不看见自己的"尊容",听见好话倒更放心,不但放心,而且自己开始编造好话。别人说我"焕发了青春"。我完全接受,甚至更进一步幻想自己"返老还童"。开会的通知不断,索稿的信不停。我还要为各种各样的人办各种各样的事,做各种各样的工作。那么多的来信,那么多的稿件,还有访问和谈话。似乎大家都要求我"树雄心、立壮志"。我也就完全忘记了自己。于是有一天我发现自己垮了。用钢笔写字也感到吃力,上下楼梯也感觉到膝关节疼痛。一感冒就发气管炎,咳嗽不停,痰不止。这时候我才又想起应当照照镜子,便站在镜子前面一看,那是在晚上,刚刚漱过口,取下了假牙,连自己都认不出来了。哪里有什么"青春"?好像做了一场大梦似的,我清醒了。在镜子里我看见了自己真实的面容。前天看是这样;昨天看也是这样;今天看仍然是这样。看看自己,想想自己,我的感觉,我的感情,都跟我的相貌相称,也可以说是符合。这说明一件事实:镜子对我讲的是真话。所以我不得不认真地考虑现实。这样我才定了一个五年计划。我是站在这样的"思想基础"上定计划的:是作家,就该用作品同读者见面,离开这个世界之前我总得留下一点东西。我不需要悼词,我也不愿意听别人对着我的骨灰盒讲好话。最近常有人找我谈我自己的事。他们想知道四五十年前某一个时期我的思想情况和我对某些问题的看法,等等。这使我想起了我"靠边"的时候受到的一次外调,来的那位工宣队老师傅要我讲出一九三一年我在苏州经人介绍见到一位年轻朋友,当时讲了些什么话。我怎么讲得出呢?他把我训了一顿。不用说,他是别有用心。现在来找我谈话的人却不是这样,他们是怀着好意来的,他们来"抢救材料"。他们是有理由的,有的人还想对我有所帮助,替我的旧作作一点辩护,或者讲几句公道话。我说:好意可感,过去的就让它过去吧,不是在号召大家向前看吗?我也要向前看。

对,我也要向前看。不然我为什么还要制订计划、想方设法、东求西告、争取时间来写作品呢?其实不写也照样过日子,只要自己名字常见报,大会小会不缺席,东讲几句话,西题几个字,这样似乎对社会就有了贡献,对后人就有了交代,这又有何不可呢?但是我的书房里偏偏留着那面大镜子,每次走过它前面,我就看到自己那副"尊容",既不神气,又无派头,连衣服也穿不整齐,真是生成劳碌命!还是规规矩矩地待在家里写吧,写吧。这是我给自己下的结论。

我感谢我眼前这面镜子,在我的头脑发热的时候,总是它使我清醒。我要讲一句我心里的话:请让我安静,我不是社会名流,我不是等待"抢救"的材料,我只是一个作家,一个到死也不愿放下笔的作家。

十二月二十三日

关于《龙·虎·狗》
——创作回忆录之六

一

《创作回忆录》我准备至少写十篇，当然能多写更好。关于"回忆录"我的看法常常在改变，最近有一位朋友劝告我丢开一切写作计划，集中精力写自己的"回忆录"，他说这是"别人代替不了的工作"。恰恰相反，我认为我的结局应当是"烧掉拉倒"，作家只用作品和读者见面，倘能得到读者的宽容，作品可以多活几年。至于个人所作所为，经过十年的内查外调，也应当弄得一清二楚，一、不需要再拿出来示众，二、不需要自己出来鸣冤叫屈，三、再没有人逼我写检查交代，四、我不想抬高自己也不愿贬低自己，那么为什么我还要啰嗦地谈自己的事情呢？因此我不打算写"自传""回忆录"之类的东西，即使以前写过，今后也不再写了。

但《创作回忆录》又当别论。我既然写了那许多作品，而且因为它们受到长期的批评和十年的批斗，对这些作品至今还存在着各种各样的议论以至于吱吱喳喳，那么回忆一番它们写作的经过，写出来帮助读者了解我当时的思想感情，自己似乎有这样的责任，因此在我的作品给摘下"毒草"帽子之后，我又写起《创作回忆录》来。这《创作回忆录》和五十年代、六十年代发表的《谈自己的创作》差不多。《谈自己的创作》在十年

"文革"中给打成"作者替自己翻案的'大毒草'",在上海专门开过一次批判它的批斗会。因此今天奋笔写作的时候,我还在想会不会再构成一次翻案的罪行。给蛇咬过的人看见绳子也害怕,我现在的顾虑也许是可以原谅的吧。

在以前几篇《回忆录》里我谈过了中、短篇小说和童话,这次我想谈谈我的散文,我就从《龙·虎·狗》谈起。《龙·虎·狗》是一九四一年八月我在昆明编成,寄给上海文化生活出版社的陆圣泉,由他发排出版的。我手边还有这个集子的两种版本:一九四二年一月的上海"初版"和一九四三年三月的"渝二版",不用说,重庆版是用很坏的土纸印刷的。重庆版第一辑中少两篇文章(《寂寞的园子》和《狗》),我一时想不起是什么原因,重庆版和当时在重庆出版的一般书刊一样,是经过了所谓"重庆市图书杂志审查处"审查的,封底还印着"审查证图字第二〇三号"字样。但是那两篇文章的矛头是对着日本侵略军的,不会得罪重庆市的审查老爷,而且他们也没有胆量抽掉它们。现在想不起不要紧,以后会慢慢想起来的,我用不着在这件小事多花费脑筋。

我在抗战时期到昆明去过两次,都是去看我的未婚妻萧珊。第一次从上海去,是在一九四〇年七月;第二次隔了一年,也是在七月,是从重庆去的。《龙·虎·狗》中主要的十九篇散文是在一九四一年写的,只有第一辑里收的四篇文章中的前两篇是第一次在昆明小住时写成的,后两篇则是到四川以后的作品了。今天我重读这本集子,昆明的生活又非常显明地出现在我的眼前。我当时就住在那个寂寞的园子里,大黄狗是我的一个和善的朋友。

那是将近四十年前的事情。一九三九年年初我和萧珊从桂林回到上海,这年暑假萧珊去昆明上大学,我在上海写小说《秋》。那个时候印一本书不需要多少时间,四十万字的长篇,一九四〇年五月脱稿,七月初就在上海的书店发卖了。我带着一册自己加印的辞典纸精装本《秋》和刚写成的一章《火》的残稿,登上英商怡和公司开往海防的海轮,离开了已经

讲真话的书 （1977—1979）

成为孤岛的上海。那天在码头送行的有朋友陆圣泉和我的哥哥李尧林。我在"怡生轮"上向他们频频挥手，心里十分难过。

我一去就是五年。没有想到过了一年多陆圣泉就遭了日本宪兵队的毒手，我回到上海只能翻读他用陆蠡笔名发表的三本散文集：《海星》《竹刀》《囚绿记》。而李尧林呢，他已经躺在病床上等着同我诀别，我后来把他的遗体埋葬在虹桥公墓，接着用他自己的稿费给他修了一个不太漂亮的墓。然而"十年浩劫"一来，整个公墓都不见了，更不用说他的尸骨。

一九四〇年从上海去海防毫无困难。需要的护照，可以托中国旅行社代办，船票可以找旅行社代买，签证的手续也用不着我自己费神。那次航行遇到风在福州湾停了一天半，但终于顺利地到达了海防。在海防我住在一家华侨开设的旅馆里。上船时我是单身一个，在旅馆里等待海关检查行李时我已经结交了好几位朋友。我随身带的东西少，一切手续由旅馆代办，我只消出一点手续费。同行的客人中有的东西带得较多，被海关扣留，还得靠旅馆派人交涉，或缴税或没收，由那里的法国官员说了算。还有人穿着新的长统皮靴，给强迫当场从脚上脱下来。总之，当时从上海到所谓"大后方"去的人大都经由海防乘火车进云南，去昆明。我经过海防时法国刚刚战败，日本侵略军正在对法国殖民当局施加压力，要侵占越南，形势紧张，这条路的命运不会长了，但这里还是十分热闹、拥挤，也正是旅馆里的人大显身手的时候。我们等在旅馆里。

同行的人被海关扣留的东西都一件一件地给拿了回来。这样大家就动身继续往前走了。

我们自动地组织起来，身强力壮的人帮忙管理行李，对外交涉，购票上车，客栈过夜，只要花少许钱都办得顺利。我们从海防到河内，再由河内坐滇越路的火车到老街，走过铁桥进入中国国境。火车白昼行驶，夜晚休息，行李跟随客人上上下下，不仅在越南境内是这样，在云南境内一直到昆明都是这样。但是靠了这个自发的组织，我在路上毫不感到困难。跟着大家走，自己用不着多考虑，费用不大，由大家公平分担。所谓大家就是同路的人，他们大都是生意人，也有公司职员，还有到昆明寻找丈夫的家庭妇女。和我比较熟悉的是一位轮船公司的职员和一位昆明商行的"副经理"，我们在海轮上住在同一个舱里。"副经理"带了云南太太回上海探亲，这条路上的情况他熟悉，他买了好几瓶法国三星牌白兰地酒要带出去；为了逃税，他贿赂了海关的越南官员，这当然是通过旅馆的服务员即所谓接客人员进行的。我看见他把钞票塞到越南人的手里，越南人毫无表情，却把钞票捏得紧紧的，法国人不曾觉察出来，酒全给放出去了。做得快，也做得干脆，这样的事以后在不同的地方我也常有机会见到。他们真想得出来，也真做得出来。

这以后我们就由河口铁桥进入中国境内。在"孤岛——上海"忍气吞声地生活了一年半，在海防海关那个厅里看够了法国官员的横暴行为，现在踏上我们亲爱的祖国的土地，我的激动是可以想象到的。我们在河口住进了客栈，安顿了行李，就到云南省出入境检查机关去登记。这机关的全名我已经忘记，本来在一九四〇年我用过的护照上盖得有这机关的官印，护照我一直保存着，但到了一九六六年九月十日上海作家协会的"造反派"在抄家的所谓"革命行动"中从我家里拿走后就像石沉大海，因此我连这一段"回忆"差一点也写不出来。机关的衙门并不堂皇，官员不多，然而他们有权威。他们检验了护照，盖了印，签了字，为首的官员姓杨。大家都给放过了，只有我一个人遇到了麻烦。我的护照上写明："李尧棠，四川成都人，三十六岁，书店职员。"长官问我在哪一家书店工作，我答说"开明书店"。他要看证件，我身上没有。他就说："你打个电报给昆明开明书店要他们来电证明吧。"他们把护照留了下来。看情形我不能同大家一起走了。同行的人感到意外，对我表示同情，仿佛我遭到什么不幸似的。我自己当然也有些苦恼，不过我还能动脑筋。我的箱子里有一张在昆明开明书店取款四百元的便条，是上海开明书店写给我的。我便回到客栈找出这张便条，又把精装本《秋》带在身边，再去向姓杨的长官说明我是某某人，给他看书和便条。这次他倒相信，不再留难就在护照上盖

讲真话的书 (1977—1979)

了印，签了名，放我过去了。

这是上午的事。下午杨先生和他两位同事到客栈来找我，我正在街上散步，他们见到商行副经理，给我留下一张字条，晚上几点钟请我吃饭，并约了我那两位同行者作陪。到了时候三位主人又来客栈寒暄一通，同我们一起大摇大摆地走过铁桥，拿出准备好的临时通行证进入越南老街，在一家华侨酒家吃了一顿丰盛的晚餐。饭后我们有说有笑地回到河口，主人们还把我们送到客栈门口，友好地握手告别。第二天早晨我就离开那个一片原始森林的小城，以后再也没有同那三位官员见面，他们也没有给我寄来过片纸只字。他们真是突然出现，又突然消失了。但是在老街过的那一两个钟头，今天回想起来还觉得愉快。

从河口去昆明仍然是白天行车，晚上宿店，我们还是集体活动，互相照顾，因此很顺利地按时到达了终点站。萧珊和另一位朋友到月台来接我，他们已经替我找到了旅馆。同行者中只有那位轮船公司职员后来不久在昆明同我见过一面，其余的人车站匆匆一别，四十年后什么也没有了，不论是面貌或者名字。我在旅馆里只住了几天。我去武成路开明书店取款，见到分店的负责人卢先生。闲谈起来，他说他们租得有一所房屋做栈房，相当空，地点就在分店附近，是同一个屋主的房屋，很安静，倘使我想写文章，不妨搬去小住。他还陪我去看了房子。是一间玻璃屋子，坐落在一所花园内，屋子相当宽敞，半间堆满了书，房中还有写字桌和其他家具。我和卢先生虽是初次相见，但我的第一本小说（《灭亡》）和最近一本小说（《秋》）都是在开明书店出版的，开明书店的职员都知道我，因此见一两面，我们就相熟了。我不客气地从旅馆搬了过去，并且受到他们夫妇的照料（他们住在园中另一所屋子里），在那里住了将近三个月，写完了《火》的第一部。

我在武成路住下来，开始了安静的写作生活，这对我也是意外，我在上海动身时并没有想到在昆明还能找到这样清静的住处。《静寂的园子》和《狗》就是在这里写的。我坐在玻璃屋子里，描写窗外的景物和我的思想活动，看见什么就写什么，想到什么就写什么，想怎样结束就怎样结束，我写散文从来就是这样。但绝不是无病呻吟。住下来的头两个月我的生活相当安适，除了萧珊，很少有人来找我。萧珊在西南联合大学念书，暑假期间，她每天来，我们一起出去"游山玩水"，还约一两位朋友同行。武成路上有一间出名的牛肉铺，我们是那里的常客。傍晚或者更迟一些，我送萧珊回到宿舍。早晚我就在屋子里写《火》。我写得快，原先发表过六章，我在上海写了一章带出来，在昆明补写了十一章，不到两个月就把小说写成了。虽然不是成功之作，但也可以说是一个意外的收获。对这本书的完成，卢先生给我帮了不少的忙，他不但替我找来在《文丛》上发表过的那几章，小说脱稿以后他还抄录一份寄往上海。我住在武成路的时候，他早晚常来看望。后来敌机到昆明骚扰，以至于狂炸，他们夫妇还约我（有时还有萧珊）一起到郊外躲警报。我们住处离城门近，经过一阵拥挤出了城就不那么紧张了。我记得有一次我们在郊外躲了两个钟头，在草地上吃了他们带出去的午餐。我在《静寂的园子》里还提到这件事。

这次在昆明我写的散文不过寥寥几篇，但全都和敌机轰炸有关，都是有感而发的。几篇随感和杂文给我编在杂文集《无题》里面了。收在《龙·虎·狗》中的就只有我前面讲过的那两篇（《静寂的园子》和《狗》）。有些数字在我的脑子里已经模糊。我说不清楚我是在十月下旬的哪一天去重庆的，只记得是沈从文同志介绍一位在欧亚航空公司工作的朋友（查阜西同志吧？）替我买的飞机票。我离开昆明的时候，日本侵略军对这个城市正在进行狂轰滥炸。日本帝国主义终于挤进了越南（河口铁桥早已炸断），他们的飞机就是从越南飞来的。对于和平城市的受难，我已经有了丰富的经验，一九三七年下半年在上海，一九三八年上半年在广州，下半年在桂林，生命的毁灭、房屋的焚烧、人民的受苦，我看得太多了！但是这一切是不是就把中国人民吓倒了呢？是不是就把中国知识分子吓倒了呢？当然没有。上飞机的前一两天，我和开明书店的卢先生闲谈，我笑着说："我们都是身经百炸的人。"他点头同意。

讲真话的书 （1977—1979）

他的经验更丰富。前一两年他坐公路车在贵阳附近翻车，左膀跌断，在中央医院治疗，左膀上了石膏给绑在架上，发了警报后他不便下洞躲避，人们给他一把剪刀，准备在危急的时候剪断绑带逃命。贵阳市遭大轰炸时，他正在医院里，他不但保全了性命，也保全了膀子。关于他，我还有话可说。以前我只听见别人谈起他，例如翻车断臂的事。在昆明我们才是第一次见面（也有可能他在上海见过我）。听说他本来研究我国古代文学，在上海开明书店担任编辑一类职务，他的岳父是知名的学者，他的妻子也研究中国文学，不知道怎样他给派到昆明当了分店经理，可能因为他能干，可能因为他可靠。那个时候开明书店发行教科书，销售量大，做一名分店经理，只要不是傻瓜，就不会放过发财的机会，他的生活条件可以不断改善。他们夫妇一直待在昆明。全国解放后他们的情况有改变，后来开明书店与中国青年出版社合并，我就没有再看见他。一九五七年听说他们夫妇给戴上了右派帽子，从此什么都完了。果然不到几年，就听说他们都死了。我不曾仔细打听过他们的遭遇，也不知道向哪里打听方便、可靠，而且我没有精力和时间。现在萧珊已经逝世，孩子们都是新时代的人，我即使谈起武成路玻璃屋子的情况，家里也没有人感兴趣了。但是想到那个"身经百炸"的人的归宿，我觉得十分难过，但愿有人为这一对亡灵摘去沉重的"帽子"，让他们在泉下得到安息。

二

我第二次到昆明在第二年（一九四一）七月，也是为了看望萧珊。她已经搬出联大宿舍，和几个同学在先生坡租了房子，记得是楼上的三间屋子，还有平台。我一九四三年在桂林写《火》第三部时，常常想起这个住处，就把它写进小说，作为那个老基督徒田惠世的住家。"这是一排三间的楼房，中间是客厅，两旁是住房，楼房外有一道走廊，两间住房的窗外各有一个长方形的平台，由廊上左右的小门出入。"楼下住着抽鸦片烟的房东。萧珊她们三个女同学住里面的一间,三个男同学住外面的一间。我来的时候,萧珊的一个女同学和两个男同学刚去路南县石林参观,她留下来等我,打算邀我同去。谁知我一到昆明,就发烧、头昏、无力,不得不躺下来一连睡了几天。有两天放了空袭警报甚至紧急警报,我跑不动,萧珊坚持留下陪我。敌机好久不来轰炸,大家也就大意了,这两次敌机都没有投弹,我们也不曾受惊。但一个月后(因为正碰到雨季,这中间下了一个月的雨)敌机在这附近扔了炸弹,那天警报解除,我们从郊外回来,楼上三间屋子里满地碎砖断瓦,倘使我躺在床上不出去,今天就不能在这里多嘴了。

  我第二次来昆明遇到的轰炸,是在《龙·虎·狗》已经编成、原稿寄往上海之后,因此收在《龙·虎·狗》里的十九篇散文中没有一篇描述炸后昆明的情况。《龙·虎·狗》的序是在八月五日写的,当时我还在埋怨"差不多天天落雨",说"听到淅沥的雨声……真叫人心烦"。还说:"这雨不知要下到哪一天为止。"但正是这雨使我能够顺利地写成这些文章、编成集子。在这落雨的日子里我每天早晨坐在窗前,把头埋在一张小书桌上,奋笔写满两三张稿纸,一连写完十九篇。题目是早想好了的:《风》《云》《雷》《雨》;《日》《月》《星》;《狗》《猪》《虎》《龙》;《醉》《生》《梦》《死》;《死去》《伤害》《祝福》《抛弃》(只有最后四个略有改动)。我有的是激情,有的是爱憎。对每个题目,我都有话要说,写起来并不费力。我不是在出题目做文章,我想,我是掏出心跟读者见面。好像我扭开了龙头,水管里畅快地流出水来。那些日子里我的生活很平静,每天至少出去两次到附近小铺吃两碗"米线",那种可口的味道我今天还十分怀念。当然我们也常常去小馆吃饭,或者到繁华的金碧路一带看电影。后来萧珊的同学们游罢石林归来,我们的生活就热闹起来了。虽然雨给我们的生活带来一些不便(我们不是自己烧饭,每天得去外面喂饱肚子;雨下大了,巷子里就淹水;水退了,路又滑,走路不小心会摔倒在泥水地上,因此早晚我不外出),可是在先生坡那座房

讲真话的书 （1977—1979）

子的楼上我感到非常安适，特别是在早晨，我面对窗外的平台，让我的思想在过去和未来中海阔天空地往来飞腾。当时并没有人号召我解放思想，但我的思想已经习惯了东奔西跑、横冲直撞。它时而进入回忆、重温旧梦，时而向幻想叩门，闯了进去。在我的文章里回忆和理想交替地出现。在我的笔下活动的是我自己的"意志"。我在当时是没有顾虑的。我写《龙·虎·狗》，我说："我在地上拾起一块石子，对准它打过去。……从此狗遇到我的石子就逃。"我说："死了以后还能够使人害怕，使人尊敬，像虎这样的猛兽应该是值得我们热爱的吧。"我又说："龙说：'我要乘雷飞上天空。然后我要继续去追寻那丰富的充实的生命。'"为了人民，放弃自己的利益，这就是生命的"开花"。我重读三十八年前的旧作，我觉得我并没有讲过假话，骗过读者。

《龙·虎·狗》写成后在上海和重庆各印过两版，印数不会多。后来我把它编在《文集》第十卷中抽出了一篇《死去》，这并无深意。自从一九二九年我发表《灭亡》以来，挨的骂实在不少，仿佛我闯进文坛，引起了公愤。我当时年少气盛，又迷信科学，不相信诸葛亮会骂死王朗，因此不但不服，而且常常回敬几句。在这篇散文里我梦见自己死去给埋葬以后，人们在墓前"举行大会，全体围绕棺盖站立，来一个集体唾骂"。他们劈开棺材进行批判，我忍受不了，忽然坐了起来。大家吓得大叫"有鬼"，"马上鸟兽似的逃散了"。一九五九年我删去这篇一九四一年的文章，还暗中责备自己的"小器"和"不虚心"。我万万想不到这种劈棺暴尸的惨剧在"四人帮"时期居然成了"革命的行动"。《人生蛋和蛋生人》的作者、生物学家朱洗就是在死后成为"反动学术权威"，既给挖了坟，又受到批判。这样看来我似乎成了预言家了。不过今天想想，还是删去它为好。

现在我实在想不起来，那讨厌的雨是在哪一天停止的，大约是在八月十日前后吧，因为我十八日写了一篇叫《废园外》的散文，讲起"八月十四日的惨剧"，至少这个城市在十四日遭到轰炸，先生坡附近就落过弹，我在前面讲到的楼房受震、砖瓦遍地，可能还是那天以后的事，所以散文的结尾有这样的句子："我应该回家了，那是刚刚被震坏的家，屋里到处都漏雨。"一连几天我中午或傍晚出去散步，经常走到那个"灾区"，花园里的防空洞中了弹，精致的楼房只剩下一个空架子，土坡上躺着三具尸首，用草席盖着，中间一张草席下露出一只瘦小的泥腿，有人指着死尸说："陈家三小姐，刚才挖出来。"难道我没有看够这样的惨剧？在我这年底写成的《还魂草》里也有少女的死亡，那是在重庆沙坪坝发生的事情，我写得比较详细，真真假假，糅在一起。可是在一千多字的《废园外》中"带着旺盛生命的红花绿叶"还在诉说一个少女寂寞生存的悲惨故事。我的叙述虽然带着淡淡哀愁的调子，但我控诉了敌人的暴行，也不曾放过我的老对头——封建家长、传统观念和旧的风习。我不会向任何时期出现的封建幽灵低头。

我在昆明住到九月，就同萧珊，还有一个姓王的朋友，三个人一路去桂林旅行。我们都是第二次到桂林。萧珊只住了一个短时期就回联大上学。我和姓王的朋友留了下来，住在新成立的文化生活出版社办事处。我和萧珊谈了八年的恋爱，到一九四四年五月才到贵阳旅行结婚，没有请一桌客，没有添置一床新被，甚至没有做一件新衣服。将近两年的时间我们住在出版社里，住在朋友的家里，无法给自己造个窝，可是我们照样和睦地过日子。关于她，我要在下一篇回忆里多谈一点，在这里我不啰唆了。

十二月二十六日

扫码共享
走近巴金